太宰治の表現空間

相馬明文
Akifumi Soma

和泉書院

目次

第二部　芥川文学受容から太宰治へ

第三部　太宰治へのアプローチ

序に代えて——太宰文学への離陸

アントワーヌ・コンパニョン Antoine Compagnon『文学をめぐる理論と常識』[1]は、「文学に関するあらゆる言説には、つまりあらゆる文学研究には、いくつかの大問題が課せられている」と述べ、文学、作者、世界、読者、文体、歴史、価値の七つの「問題」を設定して「このひとつひとつの問いに対して、できるだけ多様な回答を示したい」と論考を進めている。この七つの概念は、それぞれコンパニョンが示すところの文学性、意図、表象、受容、言語体系・テキスト、文学史、文学批評の問題と置き換えられる。「世界」は、現実とのかかわりと言っても相当するだろう。

太宰治とその文学の研究においてもアプローチの方法は既に多様である。最も進展をみせてきたのは作家研究や作者の人間像に関心をよせる分野領域であったことは疑いない。個々の作品に関する研究も、一九八〇年代文学理論に即した〈読み〉、特にテキスト論に及び一挙に展開の進行をみた感がある。

研究状況を展望した中に「作品ごとに研究対象が切り分けられがちな現状にあっては、むしろ言葉を基点に、全体に通底するテーマ、モチーフを探る発想が重要になるだろう[2]」（安藤宏）という言及がみられた。また、長らく太宰文学研究の道標を示し続けてきた研究者から「前期の実験的な方法による諸作を含めて、太宰の話法の解明など表現論的な方法に基づく研究が今最も望まれる」「また、個々の独立した作品論もさることながら、いくつかの作品群に共通するイメージやモチーフの意味を考える方法も有効であろう[3]」（東郷克美）という指摘がなされていたことも管見できる。もちろん、さらなる研究の進展によって、状況の変化はなされているはずである。たとえば中村三春の文学理論に根ざした数々の研究が名高いことは周知の事実である。

小著は、太宰文学におけるさまざまな表現に着眼した分析と考察である。コンパニョンの七つの「大問題」で言えば、まず「文体」的側面から太宰文学を照射しようとする試みである。もっとも、最初から固定したある方法論的体系に沿ったものではなく、その都度の〈読み〉で得た太宰文学の文体印象、文体的特徴、表現特性となる「語句」「表現」を取りあげて分析したものである。その意味で、目標とする地点は「文体」であることに違いないが、書名には「文体」ではなく、より広範な概念と類推される「表現」を掲げてある。

著者は、文体論研究の第一人者である中村明が行った『比喩表現の理論と分類』[4]以来の文体表現研究、特に作家あるいは作品の表現分析の仕事に示唆されるところがあった。太宰に関しては「太宰治の文体」「太宰治の表現」[5]があり、語学的文体論に分類されるが、かなり文学的な位置に立った考察と思われる。この方法を広い意味で視野に入れて、太宰の文学作品に対してアプローチが必要ではないかと考え、模索を続けている。そのひとつひとつの試みが積み重なれば、太宰文学の表現構造ひいては太宰文学の全容の何ほどかの解明に繋がると考えるものである。

第一部には、語（語句）や表現に注目し、太宰文学全体あるいはある一時期の太宰の文学作品に特有の表現特性を考察してみたものである。第二部では、太宰の表現成立にもっとも深く関わったと考えられる芥川龍之介の表現との共通点と影響を考察したものを取りあげた。第三部は、特に表現のみを分析したものではないが、第一部第二部に関連し補足となるものを収めた。

太宰文学研究の入り口は各研究者と研究方法とによってさまざまである。本書は、表現分析とその考察という発着点から太宰文学へ離陸する。

［注］

（1）中地義和　吉川和義　訳　岩波書店　平成一九年一一月
（2）『日本文学研究論文集成　41』解説（若草書房　平成一〇年五月）
（3）「別冊國文學特大号　日本現代文学研究必携」（學燈社　昭和五八年七月）、他に「解釈と鑑賞別冊　現代文学研究情報と資料」（至文堂　昭和六一年一一月）等でも同趣旨の指摘がある。
（4）国立国語研究所報告57　秀英出版　昭和五二年二月。中村明の著作は注（5）も含め多数あり、近年では編著『表現と文体』（明治書院　平成一七年三月）がある。
（5）それぞれ「解釈と鑑賞」（昭和五八年六月、同昭和六〇年一一月）に発表、後に『日本語の文体　文芸作品の表現をめぐって』（岩波書店　平成五年九月）に所収。同書店からは『日本語レトリックの体系』（平成三年三月）も刊行されている。

第一部　太宰文学の表現空間

第一章　自閉する発話空間
――「ひとりごとのやうに」の表現心理

はじめに――問題の所在

たとえば、吉本隆明と饗庭孝男に次の論及がある。

太宰治の作品のもっとも深いところからはひとつの声が聴こえる。じぶんは〈人間〉から失格している、じぶんは〈人間〉というものがまるでわからないと疎隔を訴えている声である。この声はかれが生涯の危機に陥ちこんだとき、かならず作品からしみでてくる。けれど太宰治のいう〈人間〉は人間の本質をさしてはいない。他者の気持ちの動きがつかめないために他者との関係の仕方がまるでわからないと呼びかけている。（略）かれが他者がまるでわからない、他者に投影された人間の在り方や、振舞いがわからないというとき、いつも、はじめて打ちのめされたような、新鮮な恐怖と不信がつきまとっている。いわば絶対的に他者がわからないという、不安なおびえた表情がみえる。(1)

（吉本隆明『悲劇の解読』）

「私」と世界との関係が安定していないばかりではなく、「私」そのものが喪失しており、あるいは分裂しているという認識が太宰にはあったのである。それは本質的に他者や世界との違和に苦しんでいた太宰のもって生れた性向ばかりではなく、大正から昭和初期においてインテリゲンチャをひとしなみにとらえたマルクス主義への献身と、自己の内部世界との苦痛のきしみをあげる違和がうみ出す不安にも大いにかかわっていたと言うことができるだろう。(2)（饗庭孝男『太宰治論』）

吉本、饗庭とも、太宰の他者との関係認識、他者への意識・心理（以下、本章では対他意識）を論点として取りあげている。最も早く現れた奥野健男『太宰治論』は、それゆえに相対化に晒されたが、奥野も「太宰治再説」(3)で同様の言及をしている。奥野の「他者」は、自意識を重視した関心を寄せている。

太宰治の性格は、小説の内容から見れば明らかに分裂性性格である。自己独自の閉ざされた世界の中に住み、外界との生ける接触感の欠如にいつも悩まされていた。本質的に他者と了解不能であるという怖れを持っていた。

彼はいつも他者の目を意識していた。たえず見られている意識につきまとわれていた。その他者は世間であり、社会であり、神でもあった。彼はその他者の目の前で演技する。その目に向って限りなく自分を説明している。だがその他者のように見える目は、実はもうひとりの自分の目であったかも知れぬ。

文体や表現の面での研究も、研究者評論家からさまざまに解析され論拠が説かれ世に行われている。対他意識と関連づけられるものとして、「太宰治の文体は個の意識と論理を解体に導くような肉感的で虚無的なリズムを含んでいる」(4)（東郷克美）、「太宰はストレートに自分の思いをつづることに、ためらいを感じる作家である」(5)（中村邦夫）などの指摘を見ることができる。確かに太宰作品の多くには、他者との心理的距離を測ることの不得手な人間の逡巡やためらいが表出される。しかも「思ひ出」（昭和八年四、六、七月）や「津軽」（昭和一九年一一月）等から、他者には父母をはじめとする肉親も含まれると受け止めざるを得ないのである。

太宰治の小説表現に直喩「ひとりごとのやうに」が現れる。本章では、太宰治の作中人物にみられる対他意識を手がかりに、「ひとりごとのやうに」の比喩性を考察していきたい。太宰治の作中人物たちは、なぜ「ひとりごとのやうに」発話したり認識したりするのか、どのような表現効果が醸し出されているのか。おそらく、対他意識で生じる語り手や登場人物たちの複雑微妙な、時には屈折した心理を読み解いていくことになる。

一、太宰文学作品の「ひとりごとのやうに」

この章において関心が寄せられる表現は、次に示すようなものである（傍線相馬、〔／〕は原文での改行を示す）。

例1　大蛇！／大蛇になつてしまつたのだと思つた。うれしいな、もう小屋へ帰れないのだ、とひとりごとを言つて口ひげを大きくうごかした。（「魚服記」）

例2　アカルサハ、ホロビノ姿デアラウカ。人モ家モ、暗イウチハマダ滅亡セヌ。／と誰にともなくひとりごとをおつしやつて居られた事もございました。（「右大臣実朝」）

例3　「すごいよ。」小菅は、わざとふざけたやうにして叫ぶのである。「その病院ていふのは？」／真野はそれに答へず、ごそもそと寝返りをうつて、ひとりごとのやうに呟いた。

（「道化の華」）

例4　「ちきしやう！　警察だ。もう承知できねえ。」／ぼんやり外の暗闇を見ながら、ひとりごとのやうにさう呟き、けれども、その男のひとの総身の力は既に抜けてしまつてゐました。

（「ヴィヨンの妻」）

ただし、表記については、「ひとりごと」の他に「独りごと」「独り言」「独語」が行われている。

「どうも私は宴会は苦手で、」と入道さまはちらと将軍家のはうを見て、「武芸のあとの酒盛りならまあ意味もあつて。（略）」と老いの愚痴みたいな調子で（略）。けれども将軍家は、何もお気づかぬ御様子で、ただにこにこ笑つておいでした。／「しかし、」と相州さまはひとりごとのやうに、ぼんやりおつしやいました。「婦女子を相手の酒もまた、やめられぬものです。」／（略）／その時、将軍家は静かに独り言のやうにおつしやいました。／酒ハ酔フタメノモノデス。ホカニ功徳ハアリマセヌ。

（「右大臣実朝」）

たびたび中略をしたが、ひとつづきの場面である。「右大臣実朝」の他の用例をも勘案してみると、「将軍家」に限って「独り言」と表記する原則性は確認できない。表記の差異は、当然ながら表現上の効果ひいては作者の表現意図、文体の個性を考える上での重要な一因である。(6)そのことを充分に認めながらも、右の「右大臣実朝」の用例も本章で取りあげていく他作品の用例も、効果が微妙微細で有効な説明が難しい。以上の点から、本章では表記の差異による効果を捨象しての考察となる。したがって、表記の差異を示す必要のない場合「ひとりごと」「ひとりごとのやうに」と表記する。

太宰作品の「ひとりごとのやうに」出現表

作品名	発表年月（昭和）	ひとりごと	ひとりごとのやうに	発話者	認識主体	受話者・発話の対象
魚服記	08･03	1				
彼は昔の彼ならず	09･10		2	青扇	私＝語り手	私
道化の華	10･05		1	真野	作品外の語り手	小菅他
ダス・ゲマイネ	10･10	1	2	馬場	私＝語り手	私
虚構の春	11･07	1				
狂言の神	11･10	1				
姥捨	13･10		1	嘉七	作品外の語り手	窓（自身）
駈込み訴へ	15･02		1	あの人	「私」＝語り手	私（ユダ）
東京八景	16･01		1	Ｓさん	私＝語り手	私
正義と微笑　①	17･06	1	2	津田さん	僕＝語り手	兄と僕
②				僕	僕	齋藤氏
右大臣実朝　①	18･09	1	3	相州	近習＝語り手	広元
②				実朝	近習＝語り手	広元・相州
③				入道＝鴨長明	近習＝語り手	実朝
津軽	19･11	1	1	Ｍさん	私＝語り手	私
新釈諸国噺　遊興戒	20･01		1	六右衛門	作品外の語り手	友人２名
新釈諸国噺　吉野山	20･01		1	里人	私＝語り手	私
惜別	20･09		2	藤野先生	私＝語り手	私
パンドラの匣　①	20･10		2	お母さん	僕＝語り手	場長
②				竹さん	僕＝語り手	僕
庭	21･01		1	長兄	私＝語り手	私
未帰還の友に	21･05		1	僕	僕＝語り手	友人
冬の花火（戯曲形式）	21･06		1			
春の枯葉（戯曲形式）	21･09		1			
薄明	21･11		1	義妹	私＝語り手	こども（私も）
母	22･03	1				
ヴィヨンの妻　①	22･03		2	椿屋の亭主	私＝語り手	暗闇（夫へ）
②				椿屋の亭主	私＝語り手	私
朝	22･07		1	私	私＝語り手	キクちゃん
斜陽　①〜④	22･07		6（うち４）	お母さま	私＝語り手	私
⑤				上原	私＝語り手	私
⑥				私	私＝語り手	上原
おさん	22･10		1	夫	私＝語り手	マサ子と私
渡り鳥	23･04		1＊	柳川	作品外の語り手	山名先生
桜桃	23･05		2（1＊）	父＝私	私＝語り手	母＝妻
人間失格	23･06		1	自分	自分＝語り手	堀木
総　　数		8	39			

注１　参考までに「ひとりごと」も抽出した。この語の方がはるかに僅少である。
注２　認識主体などは「ひとりごとのやうに」（戯曲を除く）のみ挙げた。＊は「ひとりごとみたいに」。

「ひとりごとのやうに」は、いわゆる初期作品（習作）を除く全小説（戯曲含む）[7]作品に三七例みられる（出現表参照）。他に「ひとりごとみたいに」が二例あり、「ひとりごとのやうに」と類似の分析ができるものとし、これも考察の対象に組み入れると、合計で三九例となる。また、直喩でない「ひとりごと」が八例ある。[8]これは、もちろん本章の考察の対象ではないが、関連事項という形で一部取りあげることになる。

因みに、初期作品（習作）では「ひとりごとのやうに」二例、「ひとりごと」二例である。

二、直喩としての「ひとりごとのやうに」

既に「ひとりごとのやうに」を直喩表現と提示してきた。助動詞「やうに」の大まかな文法的意味である、比喩、例示、不確実な断定、婉曲のうち、後三者とはみなさない。ただし、具体的用例には識別がかなり微妙なものもある。[9]

長兄はその翌る日から、庭の草むしりをはじめた。私も手伝つた。／「わかい頃には、」と兄は草をむしりながら、「庭に草のぼうぼうと生えてゐるのも趣きがあるとも思つたものだが、としをとつて来ると、一本の草でも気になつていけない。」／それでは私なども、まだこれでも、若いのであらうか。草ぼうぼうの廃園は、きらひでない。／「しかし、これくらゐの庭でも、」と兄は、ひとりごとのやうに低く言ひつづける。「いつも綺麗にして置かうと思へば、庭師を一日もかかさず入れてゐなければならない。それにまた、庭木の雪がこひが、たいへんだ。」（「庭」）

抽出した全用例は、「庭」にあるようにいずれも、ある具体的発話行為の様態を「ひとりごと」と比況している。「ひとりごと」も発話行為には違いない。そこで表現対象＝ある発話行為と、言語形式＝「ひとりごと」が同じカテゴリーに属するため、たとえば「落ち葉が滝のように降る」などに比較すると、比喩関係が明確にならない点も持っている。文法的意味の識別の微妙さもこの点からくるものと思われる。

比喩表現自体の考察は、本章の課題とするところではないが、ここでそのことを確認しておくことにする。比喩の効果については、次のような研究者の言及をみることで十分であろう。

当人が意識するしないにかかわらず、そこには作者のそれまでの経験の積み重ねが、人となりが、おのずと映っているはずだ。つまり、その場所は、作品に論理的な情報をつけ加えはしないが、作者にとってはどうでもいいどころではなく、そここそ人間性の直接の出口なのである。(10)

比喩表現は、その表現効果の面を眺めてみれば、成立契機が知性的であるにせよ、感性的であるにせよ、いずれも比喩を使わない叙述以上に事物や現象を具象化し、より強く相手の感情に訴える事にあったのである。（略）表現主体の発想の差は、性別や環境あるいはその他もろもろの原因による事が考えられる。(11)

さて、中村明は、比喩表現の成立について次のように説く。

比喩行為が成りたつためには、まず、表現主体側に、その発言が文字どおりには事実でない、という意識のあることが必要である。(12)

先に挙げた「庭」の用例では、中村の言う「表現主体」は語り手「私」になる。「発言」とは「ひとりごとのやう」に述べている発話の内容を指している。語り手「私」は戦禍の東京を避け、長兄の家に家族を連れて疎開している。用例の場面は、終戦の翌日のことである。

「私」は長兄の「しかし、これくらゐの庭でも」と「いつも」以降の発話を、「ひとりごと」として認識しているのではない。言い換えるならば、長兄の発話行為に付随した様態――話し方、態度、表情、声の大小、高低などのノン・バーヴァルな状況を、「ひとりごと」という「事実」とは認識していない、ということである。ここで、「ひとりごとのやうに」と比喩性が問題視されることになる。

限定的に読み取れば、長兄の声の低さの程度を「私」の規定している「ひとりごと」と比況し、似た低さと認識して「ひとりごとのやうに」と表現したことになる。語り手が「事実」として「ひとりごと」と認識したというのであれば、この作家には「ひとりごと」という表現形式も用意されてあるのだから「ひとりごと」と表現しなければならない。もちろん、読者は、読者自身の規定している「ひとりごと」と掏り合わせてイメージ化する。

語り手である「私」は過去に起こした行動のため、「いまさら図々しく長兄の厄介になりに行けない状態」という気持ちを吐露している。しかし、現実には寄寓している。その気詰まりな疎隔感が、兄への複雑な対他意識となって、兄の発話を「ひとりごとのやうに」感じ取らせるのである。以下、比喩性を認識する人物を「認識主体」という。

繰り返しになるが、「ひとりごと」を発話する（と表現する）ことと、「ひとりごとのやうに」発話する（と表現する）ことは同じことではない。後者はあくまでも「ひとりごと」に近いあるいは似た様態を形容する表現形式である。

さて、「ひとりごと」について『国語学大事典』（東京堂　昭和五五年九月）は、次のように説明する。

コミュニケーションに役立たぬ音声言語のこと。

同様に、『哲学事典』（平凡社　平成九年七月版）の「独語」の項をみる。

コミュニケーションの意図をもたずに発せられる非社会的な談話をいう。

「ひとりごと」を、相手（他者）の存在を意識していない発話と言い換えることが可能ならば[13]、「ひとりごとのように」は相手の存在を意識していない状態に近いあるいは似た発話ということができる。しかし、太宰の具体的な小説表現では、「ひとりごとのやうに」認識される発話は、認識主体の他者への意識が強いからこそ、とみられる表現が多い。このことは、発話そのものが強いということを意味するものではない。発話主体や認識主体の内部にある対他意識は強く、その意識を隠すかのような仮装がみられ、そこに作中の表現効果なり作者太宰の表現意図なりが現れることになる。

前掲例文1では、場面の表層に他者は存在していないので、「ひとりごと」の発話主体スワに対他意識はない。例文2は場面に最小限語り手（実朝の近習）がいるはずである。しかし、発話主体である実朝がその存在を他者として強く意識したとは考えられない。

引き換え、例文3の看護婦「真野」は小菅から病院を聞かれているのに、それには直接答えず「ひとりごとのやうに」「私ね、大庭さんのときも」と呟いていく。ここには場面にいる小菅か大庭のどちらかにあるいは両者に、真野が持っている対他意識が作用した発話と見るべきで例文2とは異なる。

例文4は、「ヴィヨンの妻」たる語り手「私」が場面にいる。発話者「その男のひと」が「ひとりごとのやうに」呟くのは、「ひとりごと」に似せて呟いているわけではない。発話は「私」、もしかすると発話者自身の妻も意識された結果のものである、と認識主体「私」には受け取られたのである。

もっとも、対他意識や認識の心理は、「ひとりごとのやうに」の部分のみから洞察できるわけではなく、前後の表現内容あっての分析であることを抑えて置かねばならない。

三、「ひとりごとのやうに」の表現空間

三九の用例で「庭」にみられた「低く」のように、その発話が「ひとりごと」と喩えられる主たる根拠が明示されている表現が八例あり、うち一例「小さい声で」一例「静かに」である。また「ひとりごとのやうに「呟く」」が伴う例が一一例あり、一例は「低くひとりごとのやうに呟いて」（「駈込み訴へ」）となっている。「呟く」は「小声で言う」意であるから、これも根拠が明示されているとみてよい。残る二一例は「ひとりごとのやうに言つた」の形式で、発話が「ひとりごと」に喩えられる根拠が示されていない。この場合においても、認識主体は発話行為を構成する表現状況の何らかの要素を、あるときにはそのすべてを比喩の根拠としていると考えられる。

本項ではしばらく用例を取りあげてみたい。発話者—認識主体—語り手の関係で、三分類する。

1　発話者と認識主体が同一で作品内の語り手

七例数えられる。作中の語り手が自分自身の発話を「ひとりごとのやうに」と認識しているので、発話の対象である他者に何らかの意図・作為があるといってよい。

「（略）おれは道楽はしても、女を死なせたり、女から金を巻き上げたりなんかはしねえよ。」／死なせたのではない、巻き上げたのではない、と心の何処かで幽かな、けれども必死の抗議の声が起つても、しかし、また、いや自分が悪いのだとすぐに思ひかへしてしまふこの習癖。／自分には、どうしても、正面切つての議論が出来ません。焼酎の陰鬱な酔ひのために刻一刻、気持が険しくなつて来るのを懸命に抑へて、ほとんど独りごとのやうにして言ひました。／「しかし、牢屋にいれられる事だけが罪ぢやないんだ。罪のアントがわかれば、罪の実体もつかめるやうな気がするんだけど、……神、……救ひ、……愛、……光、……しかし（略）

（「人間失格」）

「自分」は、人間を極度に恐怖する一方、人間と絶縁もできないため、「最後の求愛」の方法として道化を思いつく。ここには既に人間という他者に対しての強い意識、執着がみられる。用例は語り手でもある「自分」と友人の画学生堀木が、「対義語《アントニム》の当てつこ」をして遊ぶ場面である。「自分」は堀木とは互いを高めあうような付き合いではないと断じながら、何かに窮して孤絶すると堀木を「たった一つの頼み」などと再三吐露するのである。「自分」は内面では堀木を強く意識している。しかしそれは、全く対人関係上の弱さにほかならない。このために、堀木に罵倒されて「必死の抗議」が湧いても「独りごとのやうに」その場を取り繕うしかない。この強迫観念的とでもいうべき意識[14]がなければ、心内言「死なせたのではない、巻き上げたのではない」と同一か、それに近い物言いが「正面切つて」なされたはずである。これは、「独りごとのやうに」すら言葉にできないのである。そのうえ、もともとの「罪の対義語」の答えも普通の物言いにならないという、二重に屈折した心理の動きが分析できる。他者への意識が弱さ、虚無、自己存在の希薄感などとして分析される、このような例は多い。


さすがの「通人」の父も、たうとう、まじめな顔になつてしまつて、

「誰か、ひとを雇ひなさい。どうしたつて、さうしなければ、いけない。」

と、母の機嫌を損じないやうに、おつかなびつくり、ひとりごとのやうにして呟く。


（「桜桃」）


「桜桃」の語り手「私」は、「父」という人称を用いて自己を語っていく。

語り手は「極端な小心者」で生活「無能」と自らを評する。子供たちの世話や家事をする妻（母）は、たいへんな苦労をしている。そんな中、妻への発話を「ひとりごとのやうにして呟く」ことになった。「誰か、ひとを雇ひなさい。どうしたつて、さうしなければ、いけない」は本来的には「ひとりごとのやうに」言わなくてもよい内容のはずである。「私」自身に生活能力がないために妻にお手伝いを雇いたいのである。それが「私」の弱さと妻に対する引け目という意識が強いため、「おつかなびつくり」「ひとりごとのやうに」発話しなければならない。服部康喜が既に「無力な自己存在を暴露するしかなかった悲哀(15)」と言及しているとおり、自己に対する卑小感を持つ弱者として存在している。この場面では、後で「「誰か、ひとを雇ひなさい。」／と、ひとりごとみたいに、わづかに主張してみた次第なのだ」と再度繰り返される。

次に、他者への意識心理が、これまで見た弱さという形では表れず、ある種の強さとして表現されている用例を

みる。もちろん発話者の内部にある対他意識が強いことに変わりがない。

やつと話が本筋にはひつて来たと思つた。

答へない。

「やつぱり、だめなんですか。」

答へない。鞄をやたらに、いぢくりまはしてゐる。

「誰でも、勝手に応募できるのかしら。」と、わざと独り言のやうにして呟いてみた。

なんにも反応が無い。

「試験があるんでせう?」と今度は強く、詰め寄るやうにして聞いてみた。

（「正義と微笑」）

語り手「僕」芹川進が兄の紹介で、演劇の大家である「齋藤氏」に再度劇団への入団のお願いに行った場面である。齋藤氏は無言無視といった体で、芹川は話をしてもらえない状況である。なんとかして事態を打開して対話にもちこむために、芹川は齋藤氏という他者を射程にして、積極的に「独り言のやうに」装って逆説的発想に基づく作為を図っている。「わざと」はその作為の証拠と言えるが、なくてもほぼ同様に読み解くことができる。「ひとりごとのやうに」は認識主体の発話では自身の作為、認識主体が受話する場合は発話者からの被作為という表現機能が顕著になることがある。

２　認識主体と受話者が同一で作品内の語り手

この項に分類される用例は比較的多数である。「庭」から挙げた用例でみたように、発話側の意図や作為を表層から確定できない、いわば普通の会話を、受話側が「ひとりごとのやうに」認識したとすれば、発話側に対して何らかの意識をもつ心理状態であるからだと解釈される。

さう私が言つたら、あの人は、薄くお笑ひになり、「ペテロやシモンは漁人《すなどり》だ。美しい桃の畠も無い。ヤコブもヨハネも赤貧の漁人《すなどり》だ。あのひとたちには、そんな、一生を安楽に暮せるやうな土地が、どこにも無いのだ。」と低く独りごとのやうに呟いて、また海辺を静かに歩きつづけたのでしたが、（略）　（「駈込み訴へ」）

語り手である「私」ユダは「あの人」イエスに、出身の村にあるユダの家と桃畠で自分が奉公して一生安楽に暮らす、という「一人でこつそり考えてゐる」計画を吐露する。用例は、ユダのその提案への答えの場面である。イエスの答えがユダには「独りごとのやうに」感じられるのである。

この場面に至る前に、ユダはイエスが自分の世話を受けているので引け目をもっていると思い込んでいる。そのことが、「あの人は、私の此の無報酬の、純粋の愛情を、どうして受け取つて下さらぬのか」という非難につながっていく。「駈込み訴へ」はユダの一人称視点のため、イエスの心中は全く読み手の知るところとはならない。用例のイエスの発話は、ペテロ等を擁護する発言内容ではあるが、ユダに対して強く拒絶したとか嗜めたとかとは読み解くことができない。この「低く」発した言葉はそのまま受話されることなく、逆にユダの内面で自身に対する強い非難、抗議、あるいは否定と受け止められ、憎さ百倍とでもいうべき穏やかならぬ心の状態を形成した。

「おさん」の語り手「私」は、ラジオから流れたフランス国歌に単に合わせた夫の発話「ああ、さうか、けふは巴里祭だ」を「ひとりごとのやうに」認識する。

「マサ子も、お父さまとご一緒だと、パンパがおいしいやうね。」

と冗談めかして言つてみましたが、何だかそれも夫への皮肉みたいに響いて、かへつてへんに白々しくなり、私の苦しさも極度に達して来た時、突然、お隣りのラジオがフランスの国歌をはじめまして、夫はそれに耳を傾け、

「ああ、さうか、けふは巴里祭だ。」

とひとりごとのやうにおつしやつて、幽かに笑ひ、それから、マサ子と私に半々に言ひ聞かせるやうに、

「七月十四日、この日はね、革命、……」

と言ひかけて、ふつと言葉がとぎれて、見ると、夫は口をゆがめ、眼に涙が光つて、泣きたいのをこらへてゐる顔でした。それから、ほとんど涙声になつて、（略）（「おさん」）


「夫」は、語り手「私」の「よい夫」「やさしい夫」であった。無条件降伏後、勤めていた雑誌社が戦火による罹災などのため解散して失業する。その後、知り合いと出版社を起こして、多額の借金を抱えてしまう。借金は返済できたものの、夫は以降「たましひの、抜けたひと」「幽霊」「とてもこの世に生きてゐるものではない」ようになってしまう。そして、「私の視線を避けるやうな、おどおどしたお態度」を示し始める。用例はそんなある日の場面である。夫は例の如く妻の視線を避け、「私」も「夫の痛いところにはさはらないやう話題を細心に」配慮している。「桜桃」で取りあげた「誰か、ひとを雇ひなさい」と違って、「ああ、さうか、けふは巴里祭だ」が、妻に伝達したい内容ではなさそうである。そのことは「私」自身が理解していると思われる。「人間失格」のように対人恐怖による弱さのせいでもない。

フランス国歌がラジオから聞こえてきたことによる偶然の発話である。しかし、発話の「巴里祭」は夫の内部で

は既に、自身と家庭に瞬時に接合してイメージが内包してしまっている。巴里祭、革命とその本質、かなしさ・美しさ・愛、自身と家庭、その崩壊。だから語り手「私」も夫が別な何事かを考えているらしいことを感じ取って「夫は、革命のために泣いたのではございません」と述べている。「フランスのロマンチックな王朝」の瓦解が、自身の家庭の平和の崩壊と一体化していることを、妻はこれまでの歴史、経験則から感じ取ってしまっている。さらに、その一体化を妻と娘の前で沈潜させようとする心理が屈折した発話となった、と察することは可能だ。その夫の存在の希薄感、虚無感が「ひとりごとのやうに」認識させるのである。

「夫」はまもなく女性編集者と諏訪湖で心中することになる。

本当に、この山の下の里人は、たちが悪くて、何かと私をだましてばかり居ります。諸行無常を観じて世を捨てた人には、金銭など不要のものと思ひのほか、里人が持つて来る米、味噌の値段の高い事、高いと言へば、むつと怒つたやうな顔をして、すぐに品物を持帰るやうな素振りを見せて、お出家様が御不自由していらつしやるかと思つて一日ひまをつぶしてこんな山の中に重いものを持ち運んで来るだ、いやなら仕方が無い、とひとりごとのやうに言ひ、私も、この品が無ければ餓死するより他は無いし、山を降りて他の里人にたのんでも同じくらゐの値段を言ひ出すのはわかり切つてゐますし、泣き泣きその高い米、味噌を引きとらなければならないのです。

（「吉野山」『新釈諸国噺』）

語り手「私」は、吉野山に出家隠遁した。そこは都の人たちが和歌で詠う吉野と大違いで、「いまはつくづく無分別の出家隠遁を後悔」している始末。麓に住む里人からいろいろ必需品を買って生活を凌いでいる。その一場面である。

冬の吉野の庵室、「私」にとって里人の来訪は生死に関わることであり、最初から弱い立場である。「私」に「いやなら」という選択肢は無いも同然である。語り手に「ひとりごとのやうに」認識させる里人の物言いは、「私」を突き放す仮装となり反語をさらに強調する装置となっている。死を賭している分、認識に切迫感が出ている。ただ里人の側に立てば、発話内容は商売の口上に過ぎず、表層に見受けられる脅迫的な感覚を指摘されることは不本意かもしれない。脅迫を認識するのは、この場合あくまでも受話者であって、里人という他者に対してどのような意識を抱いて、どのような心理状態にあるかに依る。

似た用例を、もう一例みる。

> 僕は思はずぽろつと、燃えるマッチをとり落としたのである。悪鬼の面を見たからであつた。
> 「それでは、いづれまた参ります。ないものは頂戴いたしません。」僕はいますぐここからのがれたかつた。
> 「さうですか。どうもわざわざ。」青扇は神妙にさう言つて、立ちあがつた。それからひとりごとのやうに呟くのである。「四十二の一白水星。気の多いとしまはりで弱ります。」
> （「彼は昔の彼ならず」）

語り手「僕」は木下青扇に家を貸す。青扇は結果的に一年間も家賃を払わない。青扇はどこやら常人と違っていて、芸術家好みの「僕」は青扇に天才的なものを感じていく。認識主体の青扇への対他意識である。

用例は、家賃の支払いを催促する「三度目の訪問」の場面である。「一白水星」には、性格上変化に富む面があったり、他に被害を及ぼしたりする性質も言われるようであるが、「気の多いとしまはり」は、自身のことを述べただけの発話としか言いようがない。しかし、「僕」には脅迫に近い怖れを与えている。もちろん、この以前に青扇の「悪鬼の面」をみて既に避けたい心理になっており、駄目押しの様相となったのである。「僕」に「ひとりごとのやうに」受け取られたこの発話の効果は絶大に機能したことになる。ただし、青扇に作為の意図があったかどうかは、他者である「僕」にとって明瞭とはならないし、いかにそのようにみえても読み手にもわからない。この直後、「僕」は「ころげるやうに」逃げ帰った後、落ち着くと「一杯くはされた」「わざとらしくきざつぽく」と言うことになる。

3　認識主体が発話者でも受話者でもない場合

太宰作品では少ない用例となる。

「右大臣実朝」の語り手は実朝の近習「私」である。場面は鴨長明が実朝に謁見する一幕となる。

ドノヤウナ和歌ガヨイカ

将軍家は相変らず物静かな御口調で、ちがふ方面の事をお尋ねになりました。

「いまはただ、大仰でない歌だけが好ましく存ぜられます。和歌といふものは、人の耳をよろこばしめ、素直に人の共感をそそつたら、それで充分のもので、高く気取つた意味など持たせるものでないやうな気も致しまする。」あらぬ方を見ながら入道さまは、そのやうな事を独り言のやうにおつしやつて、それから（略）

（「右大臣実朝」）

実朝の下問に和歌観を披瀝言上する長明の発話を、近習は「独り言のやうに」認識する。「あらぬ方を見ながら」からだけの印象ではないのだが、当代随一の歌人風流人として名高い長明の実人物像は、語り手の想像とかなり異なっていた。下品で軽薄な態度である。

この場の直接の対話は実朝と長明の間のことで、近習はその場に同席しているに過ぎない。別な見方をすれば、ある程度、近習は客観的に鴨長明をみていると言える。「ある程度」の意は、後にも触れる近習の語りが実朝の絶対性を帯びている分を差し引く必要があるからである。

さて、視線を合わせようとせず、関心を逸らすかに見えるしぐさで、「独り言のやうに」具申する僧に、語り手は鋭い興味を抱き、長明入道の和歌観の披瀝に過剰な自信の強さ、自己顕示欲を感じ取っている。この直後、長明の言上は自賛の体になり、実朝に「モウヨイ」と制止されてしまう。長明の落ち着きの無さは、「ゆつたりした御態度」「鷹揚」な実朝と対照的で、実朝の聖化を高める道具立てとなっている。

表層では人物に向けられたものでない発話の用例が二つある。

「わかりました。もう、いいのよ。ほかのひとに聞えたら、たいへんぢやないの。」
「なんにも、わかつてゐないんだなあ。おまへには、私がよつぽどばかに見えてゐるんだね。私は、ね、いま、自分でいい子にならうとしてゐるところが、心のどこかの片隅に、やつぱりひそんでゐるのではないかしら、とそれで苦しんでゐるのだよ。おまへと一緒になつて六、七年にもなるけれど、おまへは、いちども、いや、そんなことでおまへを非難しようとは思はない。むりもないことなのだ。おまへの責任ではない。」

かず枝は聞いてゐなかつた。だまつて雑誌を読みはじめてゐた。嘉七は、いかめしい顔つきになり、真暗い窓にむかつて独りごとのやうに語りつづけた。（「姥捨」）

嘉七と妻のかず枝が、水上の谷川温泉に向かっている列車の中の場面である。

かず枝は過失を犯してしまう。妻のその行為の原因と責任を自分にあるとする嘉七。二人は谷川温泉で死んで、結末をつけることを決意する。その日、荻窪の駅前の質屋で屈託無くはしゃいでいるかず枝、浅草でつまらないギャグに笑い興じる姿に、嘉七は彼女を殺すべきでない、かず枝は死ぬべきでない、と思い直す。一度は死の中止を提案するが、結局は水上行の決行となった。

ウイスキイの酔いと汽車の速度のせいで、嘉七は能弁になる。用例部分のあと、全集版で一七行分も一気に語り続けるのであった。表層レベルでは、嘉七のかず枝への対他意識は強くはない。因みに、かず枝も嘉七の話は聞いてはいない。既に野口武彦が「この長い独白はとにもかくにも、主人公が自己自身に聞かせる動機づけである」[16]と指摘している。単に自身への納得に過ぎない発話は、かず枝ではなく「真暗い窓にむかつて」なされる。窓は答えるはずもない。「真暗い窓」には嘉七が映っていたろうか。ここには他者へではなく、自分自身への作為とでもいうべき意識が読み取れる。もちろん、この作家を解く鍵として使われる、自意識と言い換えてもよい。

用例の前の部分でも全集で一四行に及ぶ嘉七の「長い独白」がある。「私が人がよくて女にだまされ」「女にひきずられて死んで」、「世間の人たち」の「いい加減な同情を得ようとしてゐるのではない」と言っている。ここでも個体としての他者は想定できないが、「世間」という他者への言い訳、弁解と考えられないこともない。

もう一例は、「ヴィヨンの妻」の冒頭部分である。

「ちきしやう！　警察だ。もう承知できねえ。」

ぼんやり外の暗闇を見ながら、ひとりごとのやうにさう呟き、けれども、その男のひとの総身の力は既に抜けてしまつてゐました。

（「ヴィヨンの妻」）

「ヴィヨンの妻」は語り手の異同が指摘されているが、用例では大谷の妻でよい。

夫の大谷が深夜、帰宅するや否や、物を探して慌しい。すぐに来客があった。夫が玄関に出て行くと、男と女と大谷の三人の声で言い争いとなる。用例は大谷がジャックナイフを出し、男がひるむ隙に逃げ出した直後の場面である。この後、男と女は大谷の行きつけの居酒屋のご亭主夫婦であったことがわかる。

大谷は既に逃げて直接この場にはいない。激怒している男の発話は「外の暗闇」に向けられた。その先には姿なき他者とでも言うべき大谷がいるはずで、この発話は投射のような叫びである。大谷はこの店で、ほとんどただ酒を飲み続けてきた上、今夜五千円もの大金を盗んできた、というのが夫婦の言い分である。玄関先の口論で女は「はつきり怒つてゐる声」であり、男の言葉には「私の全身鳥肌立つたほどの凄い憎悪」が感じられたほどである。それが、用例の発話が「ひとりごとのやうに」呟いていたと認識されたのである。「私」は亭主に空虚感といってよい心理的混乱、困惑をみたのである。

用例の分析の最後に「ひとりごとのやうに」ではなく「ひとりごと」の用例を見ておくことにする。

アカルサハ、ホロビノ姿デアラウカ。人モ家モ、暗イウチハマダ滅亡セヌ。

と誰にともなくひとりごとをおつしやつて居られた事もございました。

（「右大臣実朝」）

前述したとおり、語り手は実朝の近習である。カタカナ表記は、実朝の発話である。この場面には実朝本人と近習以外の他の人物は登場していないと推測される。近習が「ひとりごと」と認識しているからには、この発話は近習自身に向けられたものではない。少なくとも近習はそう思っている。実朝の発話が実際に誰かに向けられたのか、あるいはひとりごとを発したのかは、もちろん実朝にしかわからない。ここでの考察で重要なことは、実朝その人は近習を他者として意識していないかも知れないが、近習が「ひとりごと」と認識した発話をした実朝を見ていて、読者に語り伝えているということである。

近習にとって実朝は、「あのお方の天与の霊感によつて発する御言動すべて一つも間違ひ無し」の存在であって、崇敬の意識が強いはずである。実朝の発話の内容自体、既に深くアイロニカルである。しかし、語っている近習の作品世界での現在時間においては、実朝の「滅亡」は既成の事実なのである。近習のこの語りこそが、「右大臣実朝」全編を覆う表現上のアイロニーの広がりを生んでいる。

前掲の『哲学事典』では「非社会的存在」「非社会的状況下」で「独語を発する」ともあり、実朝が北条氏に鼎の軽重を問われていく幕府内での展開を知らされるとき、近習の語りによる実朝の「ひとりごと」は避けがたい「滅亡」の予兆とも言うべき表現となっている。

因みに、「渡り鳥」（昭和二三年四月）では表層は別として内面が「非社会的」となっている人物が、「ひとりごとみたいに」発する場面がある。

「音楽は、モオツアルトだけですね。」／お世辞の失敗を取りかへさうとして、山名先生のモオツアルト礼讃の或る小論文を思ひ出し、おそるおそるひとりごとみたいに呟いて先生におもねる。／「さうとばかりも言へないが、……」／しめた！　少しご機嫌が直つて来たやうだ。（「渡り鳥」）

「渡り鳥」の語り手は作中人物の柳川青年と作者らしい人物との混在である。第一文の発話者は柳川、第二文「ひとりごとみたいに」の認識主体は作者らしい語り手となる。柳川は今は出版社の「手伝ひ」兼「闇商売」である。この場面の直前で柳川が山名先生に、音楽批評を書いていないのではと挨拶をすると、先生は「書いてゐますよ」と答えた。柳川は失敗と思い、「しまつた！」と「暗闇で口をゆがめる」。「ひとりごとみたいに」発話するのは、失敗を恥じているわけではなく、再び失敗をしない用心のため先生の心中を推し量っている小ずるさである。他者に対する鋭い細心の意識がみられる。先生と別れた後、青年は心中で先生の悪口を言いたい放題。「ゐやがる」「あの野郎」という卑俗な語句に青年の底意地の悪さが現れ、一見自粛か遠慮かと錯覚させる「ひとりごとみたい」の字面と対照的な狡猾さが浮かび上がっている。建前と本音が非社会的に当たるというわけではない。ただ「おもてには快楽をよそひ、心には悩みわづらふ」のエピグラフどおり、柳川は「四十女を見れば、四十女。三十女を見れば、三十女。十六七を見れば、十六七」「もう、僕の周囲には誰もゐない。風だけ」と、山名先生に対したと同じく、相手相手で表面上は軽薄に迎合をみせ心中では悪態をつく。自我が解体しているこの青年は、文学表現の分析からは非社会的と言わざるを得ない。

四、「ひとりごとのやうに」の表現システム

これまでの考察から、太宰治の表現において直喩「ひとりごとのやうに」は、次のように集約できる。

強い対他意識を何らかの心理作用により発話行為に顕在化させず、あるいは相手の発話行為を屈折して認識・受容し、発話主体の意図の有無にかかわらず、発話上の効果が生じる言語表現形式

ただし、抽出した全用例に完全に敷衍できる集約とはならないことを断っておきたい。また、「発話行為」を表現行為に「発話主体」を表現主体と改めたとき、太宰の表現に限定しない有効度を得ることも出来よう。

前項までの分析と考察から、「ひとりごとのやうに」で形容される発話が、単線的にかつ率直に発話したり受話されたりしないことがわかった。作中人物の発話内容が明示されていることもあり、この比喩表現は表現内容の論理的知的な理解を期待するものではなく、感覚的に訴えて、ある場面や状況の雰囲気や様態を深く印象づけるものであることは自明に近い。中村明のいう「相手に強く感じさせるために使う」「強意的な比喩[17]」、相原林司の述べる「感性的、情緒的な要素を加えて、聞き手や読者の理解の促進をはかるため」の「感性的な比喩[18]」に相当し、その表現機能を充分に果たしている。

奥野健男によって「潜在二人称的な説話体」と銘打って提出された文体は、次のように説かれていた。

> 太宰の小説のほとんどが読者に直接語りかけるかたちをとっていることだ。彼の姿勢はたえず読者の方を向いているのだ。片時も読者の反応から注意をそらすことがない。つまり太宰治の小説の九割以上は説話体の形式で書かれているのだ。それもただ漠然と読者に向って語りかけるというのではない。ひとりの読者、つまり読んでいる自分に直接話しかけてくる。ある時は耳のそばでひそひそと、ある時はうちとけて冗談を言いながら。読者である自分が、隠された二人称として、小説の中に登場させられているのだ[19]。

この文体は、語られる読み手が作品内部に引き込まれて共感を生む開放性の表現上の操作といえるものである。「ひとりごとのやうに」は語りの面に広く作用しているわけではなく、作中世界の一場面にある発話行為の形容であり、ほぼ作品内人物間の関わりに限定されるが、屈折したコミュニケーションが供給されるため、読み手に自閉の感覚や閉塞性を暗示させる。他者に語りながら実質的に語っていないも同然であり、他者から語られながら語られていないに等しい構図が見える。その自閉や閉塞感が、読み手に沈潜している個の意識や孤絶の不安と共鳴して一体となる感覚を作り出すのではないか。「潜在二人称的」ならぬ「潜在一人称的」とでも呼びたくなる表現機能である。この感覚も作者との同一視的錯覚を生み出し、潜在二人称と相乗効果を引き起こして、太宰治の表現特性の一端を支えている。長文と短文とが一体となってこの作家の文体リズムを作り出しているように、である。

冒頭の饗庭孝男は「平明で淡々とした形で「他者」に向いあうことのできなかった太宰」（前掲『太宰治論』）とも述べている。表現論的解析を安易に作家論的論及へ連接させることは厳に慎むべきであるが、吉本、饗庭あるいは奥野をはじめとする先行諸家の太宰における他者の優れた洞察は、微細な一つの表現形式からも相似の分析ができると言える。

太宰治は、いわゆる女性一人称形式（女性独白体）の語りの小説に作家としての資質と才能が発揮されたと説かれる。比喩表現「ひとりごとのやうに」の分析において注目されることは、用例に見られるその語りである。いささか伝統的用語になるのかもしれないが、別言すれば「視点」（point of view）である。

三九例がある二五作品は、「冬の花火」「春の枯葉」の戯曲形式の二作を除くとほとんどが一人称視点である。一人称と言えない語りは「道化の華」「姥捨」「遊興戒」（『新釈諸国噺』）「渡り鳥」「桜桃」の五作品である。しかし、「道化の華」はよく知られているように、三人称視点の物語が進行していく途中途中に作者と思われる語り手「僕」の作品の意図や構造を作中で解説する言説が織り込まれ、太宰作品の中で最も前衛的あるいは実験的と目されるメタフィクション小説である。「姥捨」は表層的に三人称限定視点を採りながら、実際は嘉七の多くを「私」に置換して読むことのできる一人称視点にみえる。「桜桃」もほぼ同じく、「父」は語り手「私」と同一人物であり、読み換えても実質的な差し支えは少ない。また前項で既にみたように、「渡り鳥」の語り手は作者と作中人物の柳川青年との混在のように見受けられる。このようにみてくると、完全に非一人称視点の作品は、「遊興戒」一作となる。つまり、「ひとりごとのやうに」は全体として一人称視点小説に限って出現する、といっても過言にあたらないようである。

　さて、この「視点」に関連して、ここで他作家の用例に簡単に触れて置きたい。結論を急いで置くと、直喩「ひとりごとのやうに」がもたらす表現効果は語りと深く関わっており、太宰治の一人称語りにおいて特に発揮されるのである。

　太宰と何らかのつながりを持つと思われる四人の作家の作品を取りあげる。芥川龍之介、佐藤春夫、伊藤整、石坂洋次郎である。芥川は、太宰が中学時代から私淑し、自殺に衝撃を受けたと言われる。太宰が中学時代に編集発行した同人誌「蜃気楼」には「侏儒の言葉」の模倣とみられる「侏儒楽」が掲載された。佐藤春夫は、前期において師事した作家、第一回芥川賞の選者であった昭和一〇年、いわゆる芥川賞事件に巻き込まれる。伊藤整は、太宰の同時代作家。直接の交際は見られなかったが、無頼派、新戯作派として太宰と括られることもある。石坂洋次郎は、同じ青森県出身作家。石坂が師事した葛西善蔵は太宰が目標の一人とした作家で、葛西も青森県出身である。太宰と石坂も直接の交友は乏しい。

　主な資料に『現代日本文学全集』（筑摩書房版）収録作品を充て、必要に応じてそれ以外の作品も補いながら調査抽出した。無作為に一例ずつ挙げてみる。

芥川龍之介
　弟子の僧は之を見ると、足を止めて独り言のやうにかう云った。
　――之を鑷子《けぬき》でぬけと申す事でござつた。（「鼻」）

佐藤春夫

「うむ。お通ししてくれ給へ。——男爵は抗議を申し込みに来てくれたな」半分を猪股はひとり言のやうに言つた。

（「更生記」）

伊藤整

するとその男は、得能と左側の男との間に出来ていた空席にすぐ目をつけて、「じゃ、いいさ、ここへ坐る」と独語のように呟いて、そこへ大きな身体を割り込ませた。

（「得能五郎の生活と意見」『伊藤整全集　第四巻』新潮社　昭和四七年一二月）

石坂洋次郎

くみ子は、小走りに後に引っ返して行った。

その後ろ姿を見送って、信次がひとり言のように、「あいつ駈け出さなきゃいいのに……。駈け出すと、どうしてもびっこが目立ってしまうんだ……。ばかな奴だ……。」

「そんなことを言うもんじゃありませんわ」と、たか子は口先だけでとがめたが、（略）

（「陽のあたる坂道」『新潮日本文学27』昭和四四年一一月）

最も出現数の少ない作家でも五例を確認できた。すなわち、「ひとりごとのやうに」は、言うまでもなく太宰固有の言語表現形式ではない。しかし、太宰以外の作家群の用例は、三人称客観視点や限定視点による語りに出現しているため、発話者の対他意識も自意識も太宰の用例ほどには認識できない。

石坂の「陽のあたる坂道」からの用例は三人称視点であっても、一見、対他意識が汲み取られるように錯覚される。これは、兄である信次の妹くみ子へのいたわりと兄妹愛が「ひとり言のように」発話させたと考えられる。しかし、「ひとり言のように」認識している人物が特定できない。作品の外にいる作者らしき語り手の認識とすることが、もっとも正解に近い。太宰の用例の大半は発話者と受話者の関係認識に生じる対他意識が分析の対象とされた。また、「ひとりごとのやうに」認識するのが語り手であったとしても作品内の人物であったから、石坂の用例は本章の関心から逸脱していることになる。一人称視点は作品内の語り手の心理が表現に直接打ち出されるのに比し、三人称視点の語り手は作中人物の心理に立ち入ることは不可能となるかあるいは制限を受ける。しかも作品世界の外にいる三人称視点の語り手の役割は、第一義的には作品内事実を外部読者に伝達することにある。したがって、語りの構造の相違によって対他意識や心理が、一方は現れやすく他方が現れにくくなることは当然の帰結であり、この相違は、太宰治の表現における特異性のひとつとして指摘することが可能である。もちろん、太宰の一人称視点による語りの用例であっても、対他意識自意識とは無縁とおもわれるものも、僅少であるがみられる。

浅草の酒の店を五六軒。馬場はドクタア・プラアゲと日本の楽壇との喧嘩を嚙んで吐き出すやうにしながらながながと語り、プラアゲは偉い男さ、なぜつて、とまた独りごとのやうにしてその理由を呟いてゐるうちに、私は私の女と逢ひたくて、居ても立つてもゐられなくなつた。（「ダス・ゲマイネ」）

語り手「私」が「独りごとのやうに」認識するのは馬場の発話のどの部分かという問題は残るが、表現されていない「理由」は最小限その認識に属している。しかし、この発話は対他意識によるというよりは、酔態での言い方自体の形容と解した方が適切か。「私」が「私の女」と逢いたくなったこととの因果関係もよく説明できない。

「ひとりごとのやうに」は後期に多用される表現形式である。たとえば最新版全集で大まかに三期を言えば、前期一巻と三分の一、中期五巻と三分の二、後期二巻に相当する。作品数で言えば、前期約三八作、中期八六作、後期約三八作である。「ひとりごとのやうに」の出現個数は、前期六、中期一二、後期二一となる。後期のうち、「斜陽」に六例が集中して見られることを考慮しても、この時期の出現率は高いといえる。

太宰治はその後期、すなわち戦後の社会に失望し遂には絶望や反俗を抱き、健康を害しながら山崎富栄との自死に至ったと研究各書が言う。「ひとりごとのやうに」の出現の状況から判断しても、後期になって他者や世間そして時代に向かう意識心理の屈折が大きくなり、孤高による苦悶が深まっていく作家の相貌が思い描かれるのである。

おわりに

太宰治の次のような言説はよく知られている。

読者は旦那である。作家の私生活、底の底まで剝がうとする。失敬である。安売りしてゐるのは作品である。作家の人間までを売つてはゐない。
（「一歩前進二歩退却」昭和一三年八月）

随筆は小説と違つて、作者の言葉も「なま」であるから、よつぽど気を付けて書かない事には、あらぬ隣人をさへ傷つける。
（「作家の像」昭和一五年三月）

僕は自分の悲しみや怒りや恥を、たいてい小説で表現してしまつてゐるので、その上、訪問客に対してあらたまつて言ひたい事も無かつた。

（「未帰還の友に」昭和二一年五月）

「未帰還の友に」は小説で登場人物の言葉に託したものであるから、この言説自体が作者の虚構という懸念がつきまとうものの、これらの言説は太宰が小説表現により高度な文学的真実を認めていた証しに違いない。

実は「ひとりごとのやうに」は小説表現に特有な表現形式とみられる。随想随筆類には、一例のみ散見できた。

井伏さんも、少し元気を取り戻したやうで、握り飯など召し上がりながら、原稿用紙の裏にこまかい字でくしやくしやと書く。私はそれを一字一字、別な原稿用紙に清書する。

「ここは、どう書いたらいいものかな。」

井伏さんはときどき筆をやすめて、ひとりごとのやうに呟く。

（『井伏鱒二選集』後記）

これは、確かに小説表現ではない。しかし、たとえば「富嶽百景」の「井伏氏」が「放屁」した場面、続く「浪漫派の一友人」と富士を眺める場面を想起させる。文体的には、小説表現に近いと考えられる。また、書簡からは一例も採集できなかった。参考までに、「ひとりごと」は随想類一例、書簡一例。このことから、「ひとりごとのやうに」は太宰治の小説とりわけその表現面を理解するうえで、重要な部分を担っていると思量できる。

［注］

（1）吉本隆明『悲劇の解読』（筑摩書房　昭和五四年一二月）初出五一年五月。

（2）饗庭孝男『太宰治論』（講談社　昭和五一年一二月）の第二部。

（3）「文学界」昭和四〇年八・九月　引用は『太宰治』（文芸春秋社　昭和四八年三月）

（4）東郷克美「太宰治――かるみの文体」（「解釈と鑑賞」昭和五一年四月）

（5）中村邦夫「「人間失格」その文章の種々相」（『新編　太宰治研究叢書　1』近代文芸社　平成四年四月）

（6）太宰の作品では、「銅貨のふくしう」（「HUMAN LOST」）と「復讐」（「道化の華」）、「にんじゆうの徳の美しさ」（「川端康成へ」）と「忍従」（「姥捨」）のように表記が異なる語句もあり、文体の一側面に関与しているとみられる。たとえば「右大臣実朝」では本文での用例に示されてあるように、実朝の発話等はカタカナ表記である。細谷博は小林秀雄「実朝」を引き合いにして、「ひたすらにいちずな読みの対象とする小林の実朝像とくらべると、〈カタカナ言葉〉で語る太宰の実朝からは、よりゆるやかな、ふっくらとした感触を得る」（『太宰治』岩波新書　平成一〇年五月）と述べている。

（7）太宰に戯曲は五作あり、次の三作に「ひとりごとのやうに」を見ることができる。「春の枯葉」「冬の花火」と初期作品「虚勢」である。対話が成立の重きを成している戯曲の三作のト書きに「ひとりごとのやうに」が採られていること、二作は冒頭のト書きが「ひとりごとのやうに」であることは興味深いことと指摘される。

（8）『作家用語索引　太宰治』全6巻別巻1（教育社　平成元年二月）を参照した。これは『晩年』の一五編、「ダス・ゲマイネ」「富嶽百景」「走れメロス」「ヴィヨンの妻」「桜桃」「右大臣実朝」「斜陽」「人間失格」の調査である。他の作品は相馬調査。

（9）『日本文法大辞典』（明治書院　昭和四六年一〇月）、森田良行『基礎日本語1』（角川書店　昭和五二年一〇月）『同2』（昭和五五年六月）その他の文献を参照した。仮に識別が比喩以外に分類されるべき用例があっても、ある発話を「ひとりごと」で説明しようとするので、本章の試みは無意味ではない。　↓［補注］

（10）中村明『比喩表現辞典』（角川書店　昭和五二年一二月）

（11）橋本仲美「比喩の表現論的性格と文体論への応用」　引用は『論集日本語研究8　文章・文体』（有精堂出版　昭和五四年四月）

（12）『比喩表現の理論と分類』（秀英出版　昭和五二年一二月）

（13）土岐哲「表現のかたち　ひとりごと」は、相手を想定した「ひとりごと」についての論考である。この考察は文学的表現を射程にしたものではないが示唆に富む。土岐は、日常の身辺から音声や文字の具体例を取りあげて分析し、最後に述べる。「ひとりごと」は「表面に積極的にはうちだされないものの、心理的にはかなり大きな働きをするコミュニケーション方法の一体系として位置づけることができよう」。（『講座日本語の表現　3　話しことばの表現』筑摩書房　昭和五八年九月）

（14）「自分」は堀木を「軽蔑」してもいるが、ヒラメの説教から逃亡した後、「堀木でさへなつかしく」、「この世でたつた一つの頼みの綱は、あの堀木なのか」、「堀木に見捨てられたやうな気配」などの表出を散見できる。安藤宏は「他者とかかわることが〈恐怖〉であると同時に、一方で他者から完全に隔絶してしまうこともまた〈恐怖〉であるという事実」（「『人間失格』の構成」「太宰治」第7号　平成三年六月）と述べている。

（15）「別冊國文學№47　太宰治事典」（學燈社　平成六年五月）

（16）野口武彦「「反立法」としてのスティリスティク」（「日本語学」昭和六一年一月）

（17）注（10）と同じ。

（18）相原林司『文章表現の基礎的研究』（明治書院　昭和五九年一月）

（19）注（3）と同じ。

［補注］

初出発表のあとで、前田直子『「ように」の意味・用法』（笠間書院　平成一八年一一月）の刊行が管見に入った。前田は「名詞＋の＋ように」の用法を、類似事態の用法と思考・知覚の内容に大別する。そのうちの類似事態の用法（「第2章」一一ページ―三六ページ）は、様態、比喩、同等に分類され、それぞれのレアリティー（「述べられている事態」と「現実」との「事実関係」―前田の定義）が、「仮説的」「反事実的」「事実的」であるという。比喩は「「兄上さまが……憎い……」婉、血を吐くように言う」（傍線前田）の例が挙げられている。注（10）の中村の成立条件と大差はないと考える。なお、前田によると、「名詞＋の＋ように」の用法は、比喩が最も多いという。

第二章　「月のない夜」をめぐって

第一節　非日常としての「月」の表現

はじめに

「虚構の春」（昭和一一年七月）と「狂言の神」（昭和一一年一〇月）には、ほぼ同じ表現がある。「虚構の春」の部分を引用してみる。

月のない夜、私ひとりだけ逃げた。残された仲間は、すべて、いのちを失つた。私は、大地主の子である。転向者の苦悩？　なにを言ふのだ。あれほどたくみに裏切つて、いまさら、ゆるされると思つてゐるのか。（一行あき。）裏切者なら、裏切者らしく振舞ふがいい。

「狂言の神」では、「或る月のない夜に、私ひとりが逃げたのである」となる。執筆時期・発表年月が近いとは言え、ともに「月のない」夜と表現するのはなぜだろう。表現上、何らかの効果が生まれているのだろうか。「月」

の出ていない暗い夜というなら、「暗い夜」でも表現内容に大きな相違はないように思われる。習作の「地図」（大正一四年一二月）には「暗い晩であつた。まだ月が出るに間があるのか、たゞまつくらで空と大地との区別すらつかない程であつた」の例もある。以上の素朴な疑問から出発し、太宰の小説作品における「月」に関する表現を取りあげながら、できれば「月のない夜」の表現効果を考察してみたい。

「虚構の春」「狂言の神」の引用部分は、太宰治と非合法（左翼）運動に関心を寄せる論考にしばしば取りあげられる箇所である。管見の限りでは、「月のない夜」の当該月日を特定した指摘は見当たらないが、具体的な月日に即した記述で当該日の実景である可能性も想定される。たとえば、青森警察署に自首（出頭）した日などである。(1)しかし、この節での考察の意図は年譜的事項の検証に立ち入るものではないことを確認しておきたい。

一、「月」の表現

「女生徒」（昭和一四年四月）から長い場面の引用を試みる。

私は、それから風呂場でお洗濯。（略）窓からお月様が見える。しやがんで、しやツしやツと洗ひながら、お月様に、そつと笑ひかけてみる。お月様は、知らぬ顔をしてゐた。ふと、この同じ瞬間、どこかの可哀想な寂しい娘が、同じ様にかうしてお洗濯しながら、このお月様に、そつと笑ひかけた、たしかに笑ひかけた、と信じてしまつて、（略）やはり私と同じとしの娘さんが、ひとりでこつそりお洗濯して、このお月様に笑ひかけた、とちつとも疑ふところなく、望遠鏡でほんとに見とどけてしまつたやうに、色彩も鮮明にくつきり思ひ浮ぶのである。（傍線相馬　以下同じ）

　この部分は全集八行に「お月様」が五回ある。[2]「月」ではなく「お月様」という擬人化とこの作家の表現の特徴のひとつでもある同語反復によっても、「可哀想な寂しい娘」の心理感覚が効果的に表出されている。[3]

「懶惰の歌留多」（昭和一四年四月）には、六行中「月かげ」二回、「月光」一回、「月」四回がたたみこまれている場面がある。さらに、前掲「虚構の春」には、「今度書いた百枚ほどのもの」という架空の小説の題名として、「月夜の華」が出てくる。「日本にまだない小説」（「川端康成へ」昭和一〇年一〇月）と自負した「道化の華」（昭和一〇年五月）を意識していることは疑いない。「月夜」は何かの暗示乃至象徴であろう。「女生徒」の引用箇所を五例、「懶惰の歌留多」を七例とみなし、習作を含む太宰の全小説から、「月」に関する表現を約一五七例抽出した。[4]ただし、「月日」を示すもの、地名人名、「月見草」などの名詞、「月並み」などの慣用表現は、字面の表現効果を認めるべき例もあるが、原則として数えなかった。用例は作品中の実体もあり、比喩もあり、単なる話題・回想の一部もある。「月」の表現の主な語と変化形は、表1のとおりである。

抽出した一五七例を、表現状況から三大別する。

1　情景美・美的表現
2　非日常の暗示・象徴的表現
ア　直接明示による用例
イ　場面の表現内容から間接的に判別可能な用例
3　その他

表1　主な「月」の表現の出現回数

月（お月様・お月さま）			42
月光（月の光・月の光り）			29
月影（月かげ・月の影法師）			11
満月	13	三日月	6
月夜	15	月下	7
月のいい夜＊			4
月のない夜＊			5

＊は類意を持つ表現の基本となる形式

二、「月」の表現構造

前項1、2、3の具体的用例をそれぞれ挙げ、簡単な説明を加えていくことにする。

1　情景美・美的表現

① 振り向いて見ると、月光を浴びて明眸皓歯、二十《はたち》ばかりの麗人がにつこり笑つてゐる。
（「竹青」昭和二〇年四月）

② 月のいい夜には、時々それを思ひ出すのです。これがまあ、僕の唯一の風流な追憶でせう。僕のやうな俗人でも、月光を浴びると、少しは sentimental になるやうです。
（「惜別」昭和二〇年九月〜）

③ いつか、西片町のおうちの奥庭で、秋のはじめの月のいい夜であつたが、私はお母さまと二人でお池の端のあづまやで、お月見をして、（略）
（「斜陽」昭和二二年七月〜）

④ おそろしく、明るい月夜だつた。富士が、よかつた。月光を受けて、青く透きとほるやうで、私は、狐に化かされてゐるやうな気がした。（略）。富士。月夜。維新の志士。財布を落した。興あるロマンスだと思つた。
（「富嶽百景」昭和一四年二月〜）

①、③、④は情景美、②は美的表現に分類した。④の主人公「私」はそれまでの生活を改悛し心機一転の小説家で、芸術上のことやその他の悩みがないではない。しかし、引用部分は「モチーフの核心は（富士ではなく——引用注）夜であり、月光である。月光から鬼火へ」「とめどなく美しく深まってゆく感性の方である」[5]（畑山博）の指摘どおり、この項に分類される。

ただし、次の⑤は美的表現に含めるにしても、屈折のある表現となろう。

⑤　父の死骸は大きい寝棺に横たはり橇に乗つて故郷へ帰つて来た。（略）やがて森の蔭から幾台となく続いた橇の幌が月光を受けつつ滑つて出て来たのを眺めて私は美しいと思つた。（「思ひ出」昭和八年四月〜）

2　非日常の暗示・象徴的表現

ア　直接明示による用例——場面や文脈に、後述する非日常の暗示とでも呼ぶべき表現機能を持つ語句（〜〜〜で示す）が明示されてある

⑥　月光が彼のベッドのあらゆるくぼみに満ちあふれ、掬へると思ひました。高橋は、両の眉毛をきれいに剃落してゐました。能面のごとき端正の顔は、月の光の愛撫に依り金属のやうにつるつるしてゐました。名状すべからざる恐怖のため、私の膝頭が音をたててふるえるので、（略）（「虚構の春」）

⑦　あれは秋のなかば、月の非常にいい夜でございましたが、（略）どろぼう！　どろぼう！　と連呼し、やがて、ジヤンジヤンジヤンジヤンといふまことに異様な物音が内から聞え、（略）私は身の毛もよだつほどの恐怖におそはれ、（略）二つ三つ殴られ、それから、おまはりは月の光にすかして、（略）（「男女同権」昭和二二年一二月）

⑧　見よ。林の奥の、やや広い草原に、異形の物が十数人、と言ふのか、十数匹と言ふのか、とにかく、まぎれもない虎の皮のふんどしをした、あの、赤い巨大の生き物が、円陣を作つて坐り、月下の宴のさいちゆうである。（『お伽草紙』「瘤取り」昭和二〇年一〇月）

⑥「月光」⑦「月の非常にいい夜」は、この箇所のみ取りあげるならば情景美とみてよい。しかし、これらの「月」の表現は、後続する「恐怖」と対比され、それを引き立たせる表現機能を果たしている。また、⑧の作品世界は「春の下弦の月」の「月下」、「この世のものとも思へぬ不可思議の光景が展開されて」いくのである。⑧の表

現内容は、編中の随所で繰り返されている。

イ　場面の表現内容から間接的に判別可能な用例

⑨　満月の宵(6)。光つては崩れ、うねつては崩れ、逆巻き、のた打つ（略）、たかく名を呼んだ。俺の名ではなかつた。　（「葉」昭和九年四月）

⑩　七年まへの師走、月のあかい一夜、女は死に、私は、この病院に収容された。　（「狂言の神」）

⑪　寒い。眼をあいた。まつくらだつた。月かげがこぼれ落ちて、ここは？――はつと気付いた。／おれは生き残つた。／（略）かず枝は、安楽さうに眠りこけてゐた。深夜の山の杉の木は、によきによき黙つてつつ立つて、尖つた針の梢《こずゑ》には、冷たい半月がかかつてゐた。　（「姥捨」昭和一三年一〇月）

⑫　今夜はこの湖で死ぬる覚悟。やがて夜になると、輪郭の滲んだ満月が中空に浮び、同庭湖はただ白く茫として空と水の境が無く、岸の平沙は昼のやうに明るく（略）　（「竹青」）

⑨〜⑫の用例は、表現状況を勘案すると、1と単一の情景美とは分析できない。縊死の傷を「熊の月の輪のやうな赤い傷跡」（「喝采」昭和一一年一〇月）とする比喩もあり、これに似た表現は「狂言の神」でも、縊死の場所を捜す「私」自身を「月の輪の無い熊」と用いられている。

3　その他――1、2どちらとも判別困難、あるいは1、2の分析から逸脱している用例

⑬　さう言ひながら左手をたかく月光にかざし、自分のてのひらのその太陽線とかいふ手筋をほれぼれと眺めたのである。　（「彼は昔の彼ならず」昭和九年一〇月）

⑭　「月夜はどうだらう。今夜は、十三夜の筈だが、あなたは、これからすぐお帰りですか。」　（「惜別」）

⑮　謂はば破格の着想である。月も雪も花も無い。風流もない。　（「津軽」昭和一九年一一月）

⑬は部分的に取りあげると情景美のようだが、作中人物「青扇」の強い自意識のなせる行為であり、怪奇美とでも言った方が適当とさえ言える。もちろん「月光」の美を感得しているわけではない。

三、非日常としての「月」

抽出した用例を分類してみると、表2のようである。3は省略（ひとつの場面の同一に分類される複数の「月」の表現を異なり数としていないので、分母は一五七ではない）。

表中では、⑤のように非常に微妙である用例を［＋α］で示した。要は、直接間接の違いはあるにしても、単なる美としての表現でない「月」の表現がかなり多いことを示したい。冒頭の「女生徒」の用例も⑤も、1の［＋4］に含めている。前者は情景美ではないが「私」は美的印象を受けての心理状態となっているからだ。注目したいのは、もちろん2のア、イの用例である。

2アは、「異様」「不思議」などの語句が文脈に明示され牽引し合うものが多く、心情的に恐怖や不安と結びつく。2イは、自殺と心中を表現対象とした場面が実に多い。「夏の月が、その夜は満月でしたが、その月光が」「夫の痩せたはだかの胸に当つてゐました」（「おさん」昭和二二年一〇月）というこの「夫」は、いずれ妻とは別な女性と心中することになる。

表2　用例の分類

1、の用例		20［＋4］
2	アの用例	16［＋5］
	イの用例	15［＋1］

この作家は死と生が近く、死が日常的だったなどと言われるが[7]、もちろん死の観念はともかく生命活動の停止そのものとしての死が日常的だったわけではない。この考察でいう「非日常」はあくまでも表現分析上の用語である。

他にも「里人」のすこぶる悪質な嘘（騙り）の中の「月の輪」、金を盗む夜（『新釈諸国噺』の「吉野山」昭和二〇年一月）など、2に分類される「月」の表現は異常とか非日常とかの語で括られるイメージが内包されている。端的な用例は⑧「瘤取り」の作品世界を形成している表現であろう。換言するならば、習作から見られる「月」の表現が「瘤取り」で飽和に達した、と言えるかもしれない。(8) この物語では、月下の異形の者たちに対するお爺さんの心情は「恐怖」に結びつかず、むしろ安心に近い眼で「眼前の異様の風景」の中に自身を一体化させている。にもかかわらず、日常ではない。お爺さんにとっての日常は、異様の世界が終わって息子「阿波聖人」が瘤の消失に気づいても、何も言わない翌朝の家庭である。「右大臣実朝」（昭和一八年九月）には、「天変地異」の暗示的表現となっている「月蝕の異変」もある。

四、「月のない夜」の表現構造

前項までの作業を踏まえ、「月のない夜」の表現効果の考察を進めてみたい。この表現は変奏しながら五回出現する。

⑯　月のない夜、私ひとりだけ逃げた。　（冒頭引用「虚構の春」）

⑰　七年まへには、若き兵士であつたさうな。ああ。恥かしくて死にさうだ。或る月のない夜に、私ひとりが逃げたのである。とり残された五人の仲間は、すべて命を失つた。　（「狂言の神」）

⑱　秋のはじめの或る月のない夜に、私たちは港の桟橋へ出て、海峡を渡つてくるいい風にはたはたと吹かれながら赤い糸について話合つた。　（「思ひ出」）

⑲　月の無い夜、私は自転車に提灯《ちやうちん》をつけて、狐火を見に出かけた。　（「懶惰の歌留多」）

⑳　月のない闇黒の一夜、湖心の波、ひたひたと舟の横腹を舐めて、深さ、さあ五百ひろはねえずらよ、とかこの子の無心の答へに打たれ、われと、それから女、凝然の恐怖、地獄の底の細き呼び声さへ、聞えて来るやうな心地（略）

（「二十世紀旗手」昭和一二年一月）

前述したように⑯と⑰の表現内容はほぼ同じである。⑰の引用の後では自殺が叙述されていく。⑱は「赤い糸」の内容が作用してか、ロマンティックな印象を醸し出している点は否めない。「月のない」とすれば、「暗い」「まっくら」（習作「地図」）ということになる。暗さもロマンティックになり得るが、ここでのロマンティックは文字としての「月」そのものの作るイメージではないか。⑲「狐火」の噂を確かめに行く内容である。結末は全く日常的風景となるが、この表現部分は非日常の話題というしかない。⑳は「闇黒」が明示されている。「月のない」はその「闇黒」への論理的な意味での補足的強調である。しかし、内容的にそれだけなら「月のない」は不要となる。この部分も自殺の話題である。前掲した「右大臣実朝」の「月蝕」は月があるのに（見え）ないとでもなろうか。後に具現化する実朝の悲劇の予兆ともなっている。

「月のない」は、当然暗い夜という論理上の意味内容を表示する。この暗さから孤立や孤独を引き出すことも可能だ。しかし、「月のない」にもかかわらず、用例の多くは「月」が表現上のイメージを決定していると認められるのである。表現「月のない」は「月」が認識された時点で、「月」のイメージが読者に形成されてしまう。その「月」のイメージの残像が作用して、表層の論理的意味に、情景美と非日常のイメージが重ねられる多重構造の表現層となっているのではないか。[9] 実に耽美的表現とも言えよう。「月」の表現は習作においても、次の用例が既にある。

㉑　変なものでね、病気になつてから兄貴、又凄い程美しくなつたんだ。なんでも月の出て居た晩だつた。兄貴

は水色のピジヤマを着て病室の縁先に、青鷺《あをさぎ》のやうにすうツと立つて居た、あの物凄さはまだ忘れもせぬ。

（「花火」昭和四年九月）

㉒　いい月夜だつたから若い彼の眼には恐しく妖幻的に見えた。

（「学生群」昭和五年九月～）

「虚構の春」「狂言の神」の「月のない夜」にもどって裏切り行為に触れるならば、世間や仲間に顔向けできず、白日に曝す行為でないという論理的意味に、この行為は日常的ではなく死にも価する非日常的行為であるという暗示が重なり、作者の年譜上の悔恨が象徴的に表出されているという表現効果を見てよいのではないか。さらには「月」は、その裏切りを作者自身の中で照らし暴く観念となっての深層に沈潜したのではなかろうか。

伝記研究や作家論また作品構造の解析からも言及がみられるが、ここでは「月」「月のない夜」という表現を手懸かりとする観点から考察を加えてみた。

おわりに

太宰治に、「月」に対する美的観念の表出は特に見当たらない。ただ書簡には昭和一〇年九月、翌昭和一一年九月、同年一〇月の三度「配所の月」の文言が見られ、美知子夫人も「太宰は「配所の月」という言葉が好きで、よく配所で月を見る心境に陥る人であった」（「点描」『回想の太宰治』人文書院　昭和五三年五月）と述べている。夫人の回想は津軽疎開の「あの人気の無い、昼も夜も森閑とした離れでは、配所に在るような気分になることも度々あったのだろう」と続く。太宰の昭和一〇年九月は芥川賞事件での川端康成との応酬、昭和一一年九月一〇月は佐藤春夫との応酬、そして、この二年間はパビナール中毒による苦悶、入退院があった不安定な季節ではあった。

「月」の表現は近現代作家の中で、必ずしも太宰に特有とは言えまい。中島敦の「山月記」（昭和一七年二月）は言うに及ばずとしても、太宰の読んだ可能性があるという泉鏡花「歌行燈」（明治四三年一月）にも「月」が現れ、作品の主たるイメージを形成している。太宰に影響を与えたと言われる芥川文学に「月」表現は多いわけではないが、「地獄変」（大正七年五月）二〇章のうち、「十」から「十三」までに「月明り」四回、「月光」一回、「十六」に「中には又月のない夜毎々に」「丁度その夜はやはり月のない、まつ暗な晩で」を見ることができた。

また、宮沢賢治について「月や月光のイメージが賢治ならではの独創性を発揮してい」て、「浪漫的な月の通念からはみ出していることは確かである」[10]という指摘がある。この言及を借りるならば、太宰治の「月」の表現も太宰ならではの独創的な表現効果を演出している、という言い方が許されるかもしれない。

【注】

（1）たとえば、島田昭男に次の言及がある。

太宰が長兄にともなわれて青森警察署に出頭したのは、昭和七年七月中旬である。「虚構の春」（「文学界」昭11・7）の中でいう「月のない夜、私ひとりだけ逃げた」とあるのが、それに当るかどうか分らぬが、これを機に「政治」から身を引き離したのは事実である。

（「太宰治論」『太宰治２　仮面の辻音楽師』所収、教育出版センター　昭和五三年七月）

また、川崎和啓は、冒頭引用部分は昭和五年秋までの実体験をふまえた表現との見解に立ち、「昭和五年十一月には、太宰は運動からの決定的な脱落を痛覚し、実質的な転向をすでに内部体験していたと考えられる」と述べている。（「太宰治におけるコミュニズムと転向」平成二年一月、ただし、引用は『日本文学研究論文集成　41』若草書房　平成一〇年五月から）

（2）「女生徒」の原日記である「有明淑の日記」には、「風呂場でお洗濯」の場面に小説化されたとみられる記述はあるが、その部分に「月」の表現は見られない。（『資料集　第一輯　有明淑の日記』青森県近代文学館　平成一二年二月）

（3）根岸泰子は、主人公の「女生徒」の意識を「モラトリアムの宙づり状態の中で、成熟した女性へのあこがれと嫌悪、そして子ども時代への回帰願望の三点を往還しながら揺れ動いている」と述べている。（「女生徒」「國文學」平成一一年六月）

（4）「約」は、ある程度の原則の揺れを示した。「月夜の利左」（『新釈諸国噺』「遊興戒」）は俗称（氏名に準ずる程度の意）であるが、「月夜」で人物像の何かを暗示していると見られるので抽出している。

（5）畑山博「『富嶽百景』論」（「國文學」昭和五一年五月）

（6）水谷昭夫の調査によって、この「満月」は実景でないことがわかっている。「昭和五年十一月二十八日。月令は八。横浜地方気象台の記録」「月令八は上弦の月で太宰はこれを「満月の宵」と表現する」（「太宰治と女性」「解釈と鑑賞」昭和五二年一二月）。注（2）と考え合わせると、「月」の表現は実景云々よりも太宰の創作過程に重きのある表現対象として考えてよいのではないか。

（7）小野正文『太宰治をどう読むか』（弘文堂　昭和三七年二月、引用はサイマル出版会版）は「1章　その死」で、「太宰の場合は、いつも、生の道と、死への道を行きつ戻りつしていたように思われる」と説き、曾根博義「太宰治水底の死と安息」（『自殺者の近代文学』世界思想社　昭和六一年一二月）は「太宰のあこがれていた死は（略）生と死の境にいてふっと死の側に傾くこと」という。

（8）「お伽草紙」の後も「月」の表現は現れるものの、非日常の暗示は減じる傾向をみせる。後期代表作「斜陽」は本文で引用した③の他に、一例「夏の月光」（情景美）があるのみで、「人間失格」には非日常としての「月」の表現は見当たらない。

（9）川崎寿彦『分析批評入門』（至文堂　昭和五二年五月）の「あいまいの美学」（六五ページ）の批評技術を援用した。

（10）原子朗『新宮澤賢治語彙辞典』（東京書籍　平成一一年七月）

第二節　「月のない夜」の二重構造

はじめに

太宰治の小説に「月のない夜」という表現が、バリエーションを含めて五回現れる。作品の発表された順序で、用例箇所を示す。

①「思ひ出」（昭和八年四・六・七月　用例は六月）
秋のはじめの或る月のない夜に、私たちは港の桟橋へ出て、海峡を渡つてくるいい風にはたはたと吹かれながら、赤い糸について話合つた。

②「虚構の春」（昭和一一年七月）
月のない夜、私ひとりだけ逃げた。残された仲間は、すべて、いのちを失つた。

③「狂言の神」（昭和一一年一〇月）
或る月のない夜に、私ひとりが逃げたのである。とり残された五人の仲間は、すべて命を失つた。

④「二十世紀旗手」（昭和一二年一月）
月のない闇黒の一夜、湖心の波、ひたひたと舟の横腹を舐めて、深さ、さあ五百ひろはねえずらよ、とかこの子の無心の答へに打たれ、われと、それから女、凝然の恐怖、地獄の底の細き呼び声さへ、聞こえて来るやう

な心地、死ぬることさへ忘却し果てた、（略）

⑤「懶惰の歌留多」（昭和一四年四月）

月の無い夜、私は自転車に提灯をつけて、狐火を見に出かけた。

「懶惰の歌留多」については注が必要である。用例は「ぬ、沼の狐火」に出てくる。

井伏鱒二は「「懶惰の歌留多」について」（昭和三一年一月）で、次のように回想している（漢字は新字体に改めた）。

太宰君は「ロマネスク」を書いた後に、「倉庫」（書き上げた原稿を収納しておく紙袋――引用注）の中味を庭に持ち出して焼きすてたとする。しかしマッチをする前に、幾らか未練があつて三篇か四篇かの習作を取りあげたのではないだらうか。それを後日、また新しい「倉庫」に入れた小品と共に纏めたものが「懶惰の歌留多」ではないだらうか。太宰君が荻窪の鎌滝といふ下宿屋にゐた当時、最近どんな小説を書いてゐるのかと私が聞くと、いろは歌留多を書いてゐると云つたことがある。それも妙に云ひにくさうに、いろは順に小見出しをつけて小品を書いてゐると云つてゐた。いま「懶惰の歌留多」と「ロマネスク」とを読みくらべてみて、「と《ママ》、とてもこの世は、みな地獄」、「ぬ《ママ》、沼の狐火」などは、古い「倉庫」に入れてゐたものではないかと思ふ。

「ロマネスク」は、昭和九年一二月「青い花」に発表された説話風の物語小説である。脱稿は「昭和九年八月の初めから末まで」の三島滞在の期間[1]（山内祥史）と推定されるので、井伏の推測の「古い「倉庫」」にあったものと同じと仮定すると、用例箇所の執筆は昭和九年九月以前まで遡ることも考えられる。軽々に述べることは控えねばならないとしても、表現内容や文体印象は「思ひ出」と近似値をとってよいように思われる。

一、表現形式「月のない夜」の意外性

「月のない夜」という形式は、誤解を恐れずに言えば、辞書的ではない。手元の『例解新国語辞典』（第五版　三省堂）には〈句例〉の項があるが、「月が出る。月がかくれる。月の光」とあり、『現代新国語辞典』（第三版　学研）のコラム欄〈類語と表現〉にも「（月が）出る」「光る」「冴える」などがあり、『日本国語大辞典』（小学館）にも「月のない（夜）」は用例としては見当たらない。辞書においては基礎的ではない、ということにでもなろうか。因みに、筑摩書房版『現代日本文学全集』によって、太宰治と関連づけられて取りあげられる前代同時代作家について「月のない（夜）」があるか調査してみた。泉鏡花、芥川龍之介、佐藤春夫、志賀直哉、川端康成、井伏鱒二、坂口安吾、石川淳、石坂洋次郎である。少ない作家数でしかも文学全集本一冊という制約ではあるが、何らかの参考にはなる。

結果は、変化形を入れて、次の四例しか見受けられなかった。

○　こゝで御殁《な》くなりになつた妹君の御身の上にも、兎角の噂が立ちまして、中には又月のない夜毎々に、今でも怪しい御袴の緋の色が、地にもつかず御廊下を歩むなどと云ふ取沙汰を致すものもございました。（芥川龍之介「地獄変」十六）

○　丁度その夜はやはり月のない、まつ暗な晩でございましたが、（略）（芥川龍之介「地獄変」十六）

○　それ（煙草の空箱——引用注）を握りつぶして道にすてながら彼は何心なく空を仰いだ。月のない夜で一面の星がきらめいてゐた。（佐藤春夫「更生記」）

○　大納言の首は月のない夜、姫君の首の恋する人の首のふりをして忍んで行つて契《ちぎ》りを結びます。

（坂口安吾「桜の森の満開の下」）

川端康成「雪国」に「月はなかつた」の変化形が一例ある。芥川は周知のように、太宰が文学的にはもちろん人生的にも影響を受けたとされる。太宰の「月のない夜」が芥川の「月のない」の直接の影響下にあるか否かも興味深いことではあるが、今着眼すべきは「月のない夜」が、文学作品に〈頻出する〉〈普通に用いられる〉などという観点からは遠い形式である、ということである。

さらに、太宰治の作家活動を定説に従って三期に分けたとすると、中期は「満願」（昭和一三年九月）から、あるいはその直前の「燈籠」（昭和一二年一〇月）を移行の前段階として始まるとされるから、「月のない夜」はほぼこの作家の前期に限定される表現形式ということになる。仮に「懶惰の歌留多」の用例が前述のように昭和九年九月以前とする可能性を認めると、用例はすべて前期に含まれるのである。「月」という語（表現）そのものは中期以降も出現するので、たとえ太宰治が意図したものではなかったとしても、「月のない夜」は前期に特有の表現形式であり、そこに何らかの表現の特性と効果をみることには相応の意義が存するとおもわれる。

本節では、しばらくこの表現形式にこだわって、太宰文学のキーワードのひとつとされる「故郷喪失」「故郷意識」に関わる点を手がかりに、その象徴的意味を考察してみることとする。

ここで言う「故郷喪失」「故郷意識」は、次のような指摘を大前提とする。

実生活のうえでも昭和五年の上京以来、交友を深くしているのはほとんど故郷を同じくする人であることをみても、太宰治の望郷の念は他の作家と比較しても強い。(2)

（神谷忠孝）

「津軽・家」が占める比重の大きさは太宰文学で計り知れない。自意識、「世間」(『人間失格』)・他者への関係の異和、アイデンティ《ママ》不在の不安等といった重要なキーワードの基底に、この言葉への意識が根強い作用を及ぼしている。[3]

（鶴谷憲三）

太宰の小説作品の「月」については、前節で私見を述べた。情景や美的印象を表現するよりも、自殺を表現対象とした場面や何らかの心理的恐怖・不安をのべる表現状況での用例が多い。[4]「月」はさまざまな場面でさまざまな表れ方をし、「月」そのものに直接故郷意識が象徴されているものもある。しかし「月のない夜」は後述するように限定的な文脈での制約された用法しかない。したがって、本節では「月のない夜」五例を考察の対象としてすめ、「月」という語については触れるにとどめることとする。

二、「月」のイメージ

二—1　「望郷」の「月」から「もの思い」の「月」へ

少し、回り道をしておきたい。

「月」は漢詩においては望郷の念を主題とする一首に用いられる装置とされる。試みに三大詩人の人口に膾炙している詩で確認してみる。

a：　李白「静夜詩」

牀前看月光　疑是地上霜　挙頭望山月　低頭思故郷

b：　杜甫「月夜」

今夜鄜州月　閨中只獨看　遥憐小児女　未解憶長安
香霧雲鬟湿　清輝玉臂寒　何時倚虚幌　雙照涙痕乾

c：同「月夜憶舎弟」
戍鼓断人行　辺秋一雁声　露従今夜白　月是故郷明
有弟皆分散　無家問死生　寄書長不達　況乃未休兵

d：白居易「八月十五日、禁中獨直、対月憶元九」
銀台金闕夕沈沈　獨宿相思在翰林　三五夜中新月色
二千里外故人心　渚宮東面煙波冷　浴殿西頭鐘漏深
猶恐清光不同見　江陵卑湿足秋陰

a「月光を見て、望郷の念や悲愁の感情を抱く表現」は「古来数多く見られ」、b「別離の悲哀を喚起する月からうたい起こして、再会の歓喜を彩る月で結ぶ」、c「古来、月は遠く離れている人をしのぶ素材」であり、d「親友の心」(5)をうたう。「望郷」は「離れている」「悲哀」と表裏密接に結びついている。故郷や異土から、あるいはそこへ、家族、親友あるいは他者への思いを送る。もちろん他者への感情感覚は、自己の境遇心境の確認によって認識されるものであるならば、それは自（己）意識でもある。

さらには、日本古典文学が漢文学（漢詩文）の影響下に醸成・発展したことは自明であろう。たとえば安部仲麿の和歌「天の原ふりさけ見れば春日なる三笠の山に出でし月かも」で知られるように、わが詩歌においても「月」は「望郷の念」を喚起した。鈴木知太郎の解説を引用しておく。

すべてみな異国の風物のなかにあって、いよいよ帰国という時に臨んで、たまたま月によって触発された仲麿の望郷の念と懐古の情とが、高く張った格調のなかに、しみじみと哀れふかく歌われている。(6)

渡辺実の調査によると、「百人一首」では「月」は「知る・見る」に次いで出現頻度が高い語（第五位）で、「月は必ずしも秋に結びついてはいず、どちらかと言えば、もの思いをそそる契機として、四季を超えてながめられている」(7)という。

さて江連隆は、漢詩における「月のイメージ」を調査考察した論考で、次のように言及している。

月を見て何かを思い、何かの感情を引き起こす。当然とも言えることかも知れないが、その当然さが、実は文学表現などによって後天的に付与された感情である、と考えることもできるのではないだろうか。それは、通俗的な意味では、流行歌であってもいいし、映画的表現であってもいい。ともかく感情は〝作者〟によって作り出され〝文学的表現〟を通じて〝学習〟されてゆく面が多分にあるのではないか、という「感情の再学習」仮説である。(8)

長い時間軸の視野に立つならば、作家個々によって差異が認められるにしても、近代文学も日本古典から「感情」を「再学習」したことは類推できよう。すなわち、表現としての「月」は、明るさ美しさの情景的形容にとどまらず、望郷と同時に不遇失意にある悲哀を、他者への意識や時には自意識という形となって投影する。この投影された感情が顕在潜在にかかわらず表現の基底を形成している。

再び川端康成に次のような「月」の表現が見える。

踊子は門口から首を出して、明るい空を眺めた。

「ああ、お月さま――明日は下田、嬉しいな。赤坊の四十九日をして、おつかさんに櫛を買つて貰つて、それからいろんなことがありますのよ。活動へ連れて行つて下さいましね。」

下田の港は、伊豆相模の温泉場なぞを流して歩く旅芸人が、旅の空での故郷として懐しがるやうな空気の漂つた町なのである。

（「伊豆の踊子」）

お瀧は腰を伸したが、やはり小溝に跨つたまま、都会人の「秋」なるものを眺めてゐた。だが――古里の山脈が月に浮んでゐるだけだ。

（「温泉宿」）

漢詩の主人公の「望郷」と同一とは言えまいが、我が近代作家にも通底していることの確認とは言える。太宰治には、たとえば西行を引いたと思われる「月よ。汝、天地の美人よ。月やはものを思はする」（「虚構の春」）のように「もの思い」が顕示された「月」がある。また、対他意識＝自意識を浮き出す「月」がある。(9)

ああ、その大蟹に比較すれば、小さくて小さくて、見るかげもないまづしい蟹が、いま北方の海原から恥を忘れてうかれ出た。月の光にみせられたのです。砂浜へ出てみて、彼もまたおどろいたのでした。この影は、このひらべつたい醜い影は、ほんたうにおれの影であらうか。おれは新しい男である。しかし、おれの影を見給へ。もうはや、おしつぶされかけてゐる。おれの甲羅はこんなに不恰好なのだらうか。こんなに弱弱しかつたのだらうか。小さい小さい蟹は、さう呟きつつよろばひ歩くのでした。

（「陰火」）

次の「満月」には、「望郷」がみられる。

このやうなあさましい姿では所詮、村にも居られませぬ。旅に出ます。さう書き置きをしたためて、その夜、飄然と家を出た。満月が浮んでゐた。満月の輪郭は少しにじんでゐた。空模様のせゐではなかつた。太郎の眼のせゐであつた。

（「ロマネスク」）

思い当たることは、美知子夫人の次の回想である。

太宰は「配所の月」という言葉が好きで、よく配所で月を見る心境に陥る人であった。

（『回想の太宰治』人文書院　昭和五三年五月）

太宰自身、書簡の中で昭和一〇年九月、昭和一一年九月、同年一〇月の三度「配所の月」としたためている。「配所の月」はまさしく「望郷の念」「悲愁の感情」ではないか。

二―2　虚構・虚像効果としての「月」

太宰作品に現れる「月」は実景を描写したのかもしれない。幼少時の実景が鮮烈な記憶にとどまり、醸成されたものかもしれない。ただ、「満月の宵」（「葉」）が実景ではないこと（水谷昭夫）、「女生徒」の「月」の表現が原典「有明淑日記」にはないことの二点から、前節で実景でない可能性を探った。[10]各作品にあるすべての具体的「月」の表現が実景でないとは言えないとしても、太宰の「月」は虚構として創り出されたと考えてよい。言語表現は、分節化によって形象化されるのだから、仮に実景を写生したとしても〈表現〉として分析する作業は何ら無意味ではない。

さて、この作家の「月」が虚構として生まれた表現とするならば、「月のない」はさらに「虚構」化が進んだ形式とみることができる。「月」が「ない」ことを言語による記号化をしているからである。高度な文学的表現とも考えられ、「辞書的ではない」ことも故なしとしない。

太宰の作品には「暗い夜」「闇」「暗闇」「真暗闇」などの語群も現れる（以下これらの語群を暗い夜系列語群と呼ぶ[11]）。「月のない夜」は、月が出ていない「暗い夜」と近似の意味内容ではあったとしても、単にその暗い表現内容のみを有しているわけではない。

たとえば川崎寿彦が島崎藤村詩（「千曲川旅情の歌」[12]）にみたように、そこには二重構造の表現層と効果がある。つまり、「月」はその場面の実体として「ない」にもかかわらず、残像としてイメージを形成して、その表現場・状況（文脈）に作用するということである。言語表現としての暗い夜系列語群は「月」のイメージには関与してこない。これに引きかえ「月のない夜」は「暗い夜」という論理上の意味を示すと同時に、「月」のもつ象徴的意味をも表現の基底として内包しているのである。「否定表現のレトリック」に関する理論[13]を援用しても、「月のない」が「月」が「ない」ことのみを表していると受け取ることは皮相に過ぎる。

三、太宰治の前期

太宰治の前期が破滅との境界域にあったことはいまさら述べるまでもないけれども、用例のある作品と関わる実生活を確認する意味で、主に山内祥史作成の年譜[14]を参照して年譜的事項を拾っていくことにする。

昭和四年一二月、旧制弘前高校三年の太宰は、下宿でカルモチンを嚥下し昏睡に陥る。自殺未遂とも薬の量の誤謬とも、偽装自殺とも言われる。昭和五年四月、弘前高校卒業後東京帝国大学仏文科に入学、上京。一一月、田部あつみ（シメ子）と鎌倉小動崎海岸でカルモチンを服用して心中を図り、あつみのみ絶命する。この事件は、小山初代との結婚を真近に控えていた矢先のことだった。小山初代は、昭和三年秋頃から親しんだ青森の芸妓紅子で、昭和五年九月に出奔上京させて生家を煩わし、結局結婚を認められるが一一月一九日付「分家除籍」の直接の原因となった事件の相手である。一二月、仮祝言。「分家除籍」のもうひとつの大きな要因は、非合法運動（コミュニズム）との関わりであろう。弘前高校時代から新聞雑誌部員として、左翼運動に触れ、上京後資金カンパ、アジト提供などシンパ活動を続ける。昭和七年七月、青森警察署に出頭して、離脱。一二月には青森検事局に出頭。この点については、昭和五年一一月に実質的に離脱したとする説得力に富む説がある[15]（川崎和啓）。また従来左翼思想への本質的な意味での関与については否定的な見解が有力であったが、近来は相対化する検証や考察が次々と現れている[16]。

伝記的事項については、このコミュニズムへの関わりなど、当然ながら未だ詳細が判明せず、諸家によって見解が著しく異なるものも少なくないと言わねばならない。

いずれにしても、昭和七年七月の離脱後の八月、「思ひ出」執筆・翌年発表。昭和一〇年三月、大学卒業は絶望視、都新聞社の入社試験も失敗し、鎌倉山で縊死未遂。四月、急性盲腸炎に腹膜炎を併発、重態。鎮痛剤のパビナールが習慣化。一〇月、芥川賞選考につき、川端康成と応酬。この頃、パビナール中毒。治療のため昭和一一年二月、済生会芝病院に入院。七月、芥川賞（三回）をめぐり、選考委員佐藤春夫と応酬。同月「虚構の春」。一〇月「狂言の神」。一〇月、東京武蔵野病院にパビナール中毒の再治療のため入院。（入院中に、初代過失）。一一月、退院。昭和一二年一月「二十世紀旗手」。三月、初代の過失を知り、谷川温泉の山麓で初代とカルモチン服毒による心中未遂。六月、初代と離別。（いわゆる「前期」の終わり）。昭和一三年九月、石原美知子と見合い。昭和一四年一月、挙式。四月、「懶惰の歌留多」。

太宰はこの時期、故郷も他者（自己）も同時に喪失していったといえようか。故郷意識と対他意識・自意識は深い部分で共通するものがある。前掲鶴谷の言う「基底」を踏まえ、故郷意識は故郷に関わってのみの感情という制約にとらわれず、対他意識・自意識など広い視野に立つこととする。

太宰の作品から故郷喪失に関する言説をいくつか挙げてみる。

しかも彼のその妻といふのは、とにかく育ちのいやしい女で、彼はこの結婚によつて、叔母ひとりを除いたほかのすべての肉親に捨てられたといふ、月並みのロマンスを匂はせて置いてもよい。

（「猿面冠者」昭和九年七月）

男爵といふのは、謂はば綽名《あだな》である。北国の地主のせがれに過ぎない。この男は、その学生時代、二、三の目立つた事業を為した。恋愛と、酒と、それから或る種の政治運動。牢屋にいれられたこともあつた。自殺を三度も企て、さうして三度とも失敗してゐる。

（「花燭」昭和一四年五月）

私は、もう、十年ちかく、故郷を見ない。こつそり見に行きたくても、見ることを許されない。

（「花燭」）

私には、すべての肉親と離れてしまつた事が一ばん、つらかつた。Hとの事で、母にも、兄にも、叔母にも呆れられてしまつたといふ自覚が、私の投身の最も直接な一因であつた。

（「東京八景」昭和一六年一月）

二、三の共に離れがたい親友の他には、誰も私を相手にしなかつた。

（「東京八景」）

小説の言説であるから、そのまま実生活上の事実と認められまい。しかし、故郷喪失、具体的には分家除籍は、この作家にとって人生にとどまらず文学上の一大事であったことは真実であったろう。小野正文は次のように述べている。

彼の大きな不安、それは生れた家の一員としての地位をうばわれるということに他ならず、この後の彼の一生を通じて、家との断絶が、コミュニズムからの脱落以上に、彼の人生の重荷となり、負い目となって、その人生行路に悲劇の影を濃くすることになってゆくのである。

（『太宰治をどう読むか』サイマル出版会　平成二年五月）

四、用例の考察

四―1　「思ひ出」

秋のはじめの或る月のない夜に、私たちは港の桟橋へ出て、海峡を渡つてくるいい風にはたはたと吹かれながら赤い糸について話合つた。それはいつか学校の国語の教師が授業中に生徒へ語つて聞かせたことであつて、私たちの右足の小指に眼に見えぬ赤い糸がむすばれてゐて、それがするすると長く伸びて一方の端がきつと或る女の子のおなじ足指にむすびつけられてゐるのである。（略）さうして私たちはその女の子を嫁にもらふことにきまつてゐるのである。（略）私のを語る番であつたが、私は真暗い海に眼をやつたまま、赤い帯しめての、とだけ言つて口を噤んだ。（略）／これだけは弟にもかくしてゐた。私がそのとしの夏休みに故郷へ帰つたら、浴衣に赤い帯をしめたあたらしい小柄な小間使いが、乱暴な動作で私の洋服を脱がせて呉れたのだ。みよと言つた。

「思ひ出」は昭和七年七月に非合法運動から離脱した後に書かれた。「東京八景」（昭和一六年一月）で太宰は「思ひ出」を「遺書」と回想している。

けれども私は、少しづつ、どうやら阿保から眼ざめてゐた。遺書を綴つた。「思ひ出」百枚である。今では、この「思ひ出」が私の処女作といふ事になつてゐる。自分の幼児からの悪を、飾らずに書いて置きたいと思つたのである。二十四歳の秋の事である。

用例の場面は「虚構の春」「狂言の神」あるいは「二十世紀旗手」のようにドラマティックな表現内容ではない。「私」と「弟」は故郷から離れた「海のある小都会」の「港の桟橋」で「赤い糸」を話題とする。この「赤い糸」は幻想的でロマンティック、メルヘンティックでさえある。弟とは「子どものときから仲がわるくて」故郷から離れてみて「よい気質」がわかってきた。「私」はこの弟だけには「なにもかも許し」「なんでも打ち明けて話した」。

故郷について「私」は「休暇が終りになると私は悲しくなつた。故郷をあとにし」「私はもう少しで泣くところであつた」と吐露する。「赤い糸」は「みよ」の「赤い帯」の先行暗示である。「そのころから私はみよを意識しだした。赤い糸と言へば、みよのすがたが胸に浮んだ」。弟との心を疑ったりして、「私」は錯綜しながらも、「みよはもう私のものにきまつた」と「安心」に行き着く。作者はここまで「故郷」と表記してきたのに、ここ一か所のみは「ふるさとの家」と記し、みよへの心理を強調している。

直後、小説表現はみよが陵辱されるという形で急転降下してしまう。第三章はみよへの「恋の物語」[17]（鳥居邦朗）とは、確かに言えよう。弟には言わなかったほど、「私」はみよを自己の中に存在させようとした。しかし、この顚末にはみよに対する「私」の期待が崩壊したことで、「私」に裏切りの観念の萠芽をみることができる。全編は「豊かな色彩と抒情にあふれた美しい青春文学[18]」（奥野健男）であるものの、「私」の心は痛まし過ぎる。

「薔薇の咲き乱れた花園」を背景に並ぶ「叔母とみよ」の写真。「叔母」は、家族の中で唯一の存在とまでは言えないが、父、母、祖母への対応とは完全に異なっている。「思ひ出」は「私」の血縁的域内にとどまる物語ではある。しかし、叔母以外の多くの家族は他者的であり、叔母こそは家族的である。言い換えるならば、叔母は故郷（生家）の中で故郷的存在と言える。「叔母とみよ」とが、あるいは「私」と「似てゐると思つた」としたら、みよも心理的には「私」と同じ側に属している。また、上京後の作者らしき「私」や人物を主人公とする作品の世間・他者と故郷との関係は、「思ひ出」では叔母以外の家族と叔母との関係と相似という図式も成立する。しかも、叔母もみよも結果的には「私」から離れていったのである。みよは彼女自身も、「私」にとっての関係性も破滅した。「月のない夜」の表す論理的意味である暗さはこのことを予見させてもいる。

後に「津軽」（昭和一九年一一月）で「自分の母だと思つてゐる」、「私の一生は、その人に依つて確定されたといつていいかも知れない」と形象化される「たけ」は、「思ひ出」一編に限れば故郷的存在としての存在感が足りないものの、「叔母とみよ」の側に含めてもいい。たけも離れていった存在だった。叔母もみよもたけも、「私」において故郷（ふるさと）なのであり、作中世界でその暗示たる「赤い糸」が提出される最初は、それが夜というなら表層下で郷愁の虚像イメージを結ぶ「月のない夜」が設定としてふさわしい。また、故郷を離れた「小都会」が「私」の望郷の念を送る場所であり続けていたことは、言うまでもない。

四—2 「虚構の春」「狂言の神」

私は或る期間、穴蔵の中で、陰鬱なる政治運動に加担してゐた。月のない夜、私ひとりだけ逃げた。残された仲間は、すべて、いのちを失つた。私は、大地主の子である。転向者の苦悩？　なにを言ふのだ。あれほどたくみに裏切つて、いまさら、ゆるされると思つてゐるのか。（一行あき。）裏切者なら、裏切者らしく振舞ふがいい。私は唯物史観を信じてゐる。

（「虚構の春」）

ながれ去る山山。街道。木橋。いちいち見おぼえがあつたのだ。それでは七年まへのあのときにも、やはりこの汽車に乗つたのだな、七年まへには、若き兵士であつたさうな。ああ。恥かしくて死にさうだ。或る月のない夜に、私ひとりが逃げたのである。とり残された五人の仲間は、すべて命を失つた。私は大地主の子である。地主に例外は無い。等しく君の仇敵である。裏切者としての厳酷なる刑罰を待つてゐた。撃ちころされる日を待つてゐたのである。けれども私はあわて者。ころされる日を待ち切れず、われからすすんで命を断たうと企てた。衰亡のクラスにふさはしき破廉恥、頽廃の法をえらんだ。ひとりでも多くのものに審判させ嘲笑させ悪罵させたい心からであつた。有夫の婦人と情死を図つたのである。私、二十二歳。女、十九歳。師走、酷寒の夜半、女はコオトを着たまま、私もマントを脱がずに、入水した。女は、死んだ。告白する。私は世の中でこの人間だけを、この小柄の女性だけを尊敬してゐる。私は牢へいれられた。自殺幇助罪といふ不思議の罪名であった。

（「狂言の神」）

発表は「虚構の春」が早く、執筆脱稿は「狂言の神」が昭和一一年五月一〇日、「虚構の春」同年五月末になる。「虚構の春」の用例は、清水忠次から作中作家「太宰治」あて第三六書簡にある。五度の「月のない夜」の中で、「狂言の神」の用例とともに強烈な表現内容であろう。「残された仲間が、すべて、いのちを失つた」事件は、作者の実生活では具体的には確定されておらず、虚構とされる。しかし、非合法運動への関与のなかで起こった何らかの状況によって引き起こされた感情が「裏切者」意識であったことは、少なくとも作中の事実である。太宰治とその文学における非合法運動を重要視しない評家に、相馬正一、饗庭孝男をあげることができる。しかし、相馬、饗庭とも感情そのものまでを否定しているわけではない。

何よりも獄中の工藤の誠実さに報いられなかった不義理と申しわけなさが、「裏切り」の感情となって太宰の内部に一つのしこりを残したのではないかと思う。

（相馬正一「太宰治とコミュニズム」[19] 傍点原著者）

（「虚構の春」の「裏切」りは――引用注）「転向」に際しての太宰の行為をそのままに語っているわけではない。しかし、その心情の本質は、たとえ彼の政治的実践がシンパの域を出なかったとしても真実であったことには変りない。

（饗庭孝男「太宰治論」）

「私」が「裏切者」と自己診断しなければならない何かの状況があった。「穴蔵」がより事実的な表現であっても比喩であっても、表現上は「月のない夜」と補完する関係にある。仮に感情面に限定されることだったとしても、自分が何らかの介在となって、「仲間」は「いのちを失つ」てしまったのである。「仲間」は他者ではあるが、仲間以外の他者と比較すれば他者性を帯びていない、自己に近い存在である。この意味でも「私ひとりだけ」は深い孤絶感をも引き出している。その「裏切」が行われる閉鎖性・秘密性・背信とその罪の意識は、暗い夜こそふさわしい。暗い「穴蔵」は空間が限定化されているので、論理的には閉鎖性・秘密性の表現としてさらに相応と言える。

それでは、なぜその「裏切」は「暗い夜」に行われないのか。ここに虚像イメージとしての「月」が、二重構造として関与する余地がある。つまり、他者への思い・対他意識が残存していることをも予想させる。他者と完全に隔絶する結果が引き起こした絶望と、その隔絶を拒否する悲痛ないし他者に対する希求とでもいう、相反する二つの感情が同居している。

注目しておくべきは、この用例部分の後の次の言説である。

私は、このごろ、肉親との和解を夢にみる。かれこれ八年ちかく、私は故郷へ帰らない。かへることをゆるされないのである。政治行動を行つたからであり、情死を行つたからであり、卑しい女を妻に迎へたからである。けれども、肉親たちは、私を知らない。よそに嫁いで居る姉が、私の一度ならず二度三度の醜態のために、その嫁いで居る家のものたちに顔むけができずに夜々、泣いて私をうらんでゐるといふことや、（略）二十数人の肉親すべて、私があたりまへの男に立ちかへつて呉れるやう神かけて祈つて居るといふふうの噂話を、仄聞することがあるのである。

「政治行動」は故郷に直結している事項である。おそらく「月のない」は故郷喪失をも暗示している。そして反転する感情としての郷愁も、残像イメージとして表現の背後を形成する。故郷はないと同時に心理的基底としての故郷は存在している。

「狂言の神」の用例部分に限っての表現内容は、「虚構の春」の用例部分とほぼ同じとみられる。この物語は主人公の作家「笠井一」が「みやこ新聞社の就職試験に落第したから」という理由で縊死したはずが、筋の進行の途中から「私、太宰治ひとりの身のうへである」と二重写し・掏り替えになる作中の作家「太宰治」が、江の島へ自殺に向かう内容である。この作品の主となった題材は太宰の実生活では、昭和一〇年三月の鎌倉山縊死未遂である。「虚構の春」と違って、この文脈には直接故郷喪失の言説はない。しかし、「みんながみんな遠くへ去つていつて、世界に私ひとりだけゐるやうな気持ち」という対他意識は、郷愁と通底する心理と解してよい。「私」は「世の中でこの人間だけを、この小柄の女性だけを尊敬してゐ」た。この「有夫の婦人」（「女」）は「死んだ」のであるから、「狂言の神」の「私」もまったくの孤絶というしかない。

年譜的事項を表現解析に援用するとしたならば、「虚構の春」とほぼ同じ故郷意識、対他意識、裏切りの観念が象徴的な意味を占めていることになる。

虚像として表現の底に沈潜しているそれらのイメージは、「狂言の神」では「七年まへの師走、月のあかい一夜、女は死に、私は、この病院に収容された」と直接イメージとして明示され、不気味に「私」の行為を照らし、作中の現在時点でも自殺をし損なったあとの「私」を「小さい鳥居が月光を浴びて象牙のやうに白く浮んでゐるだけで、ほかには、小鳥の影ひとつなかつた」と自己存在・自意識を確認しているのである。

前節では「狂言の神」「虚構の春」の両用例について、「月」は「その裏切りを自身の中で照らし暴く観念となって作者自身の深層に沈殿したのではなかろうか[20]」という私見を提起しておいた。

四―３　「二十世紀旗手」

月のない闇黒の一夜、湖心の波、ひたひたと舟の横腹を舐めて、深さ、さあ五百ひろはねえずらよ、とかこの子の無心の答へに打たれ、われと、それから女、凝然の恐怖、地獄の底の細き呼び声さへ、聞えて来るやうな心地、死ぬることさへ忘却し果てた、あの夜の寒い北風が、この一葉のハガキの隅からひようひよう吹きさびて、これだから家へかへりたくないのだ、三界に家なき荒涼の心もてあまして、ふらふら外出、電車の線路ふみ越えて、野原を行き、田圃を行き、やがて、私のまだ見ぬ美しき町へ行きついた。／行くところなき思ひの夜は、三十八度の体温を、アスピリンにて三十七度二、三分までさげて、停車場へ行き、三、四十銭の切符を買ひ、どこか知らぬ町まで、ふらと出かけて、さうして（略）

昭和一一年九月井伏鱒二宛書簡に「「二十世紀旗手」といふかなしきロマンス書き了へ」たとあり、九月二四日付佐藤春夫宛書簡にも同様に「絶筆のつもりにて、脱稿」とある。「思ひ出」といい、第一創作集『晩年』を「唯一の遺著」（「晩年」について）と回想したことといい、いまさらながらこの作家の表現に潜む虚実皮膜の、真偽ではなく、その融合をおもわねばならない。

評家研究家の「二十世紀旗手」論に、用例部分について言及しているものがほとんど見当たらない。

用例は「八唱　憤怒は愛欲の至高の形貌にして、云々」にある。「六唱」「七唱」「八唱」を「作家の文学上の不遇物語」[21]（川崎和啓）と括る見方がある。「八唱」は冒頭に「秘中の秘」という雑誌の編集部からの原稿返却を伝えるハガキが示されてあり、用例はその後の作中作家「太宰治」の行状である。「月のない闇黒の一夜」は、過去の「あの夜」の事件の記憶のなかに存在し作中世界の現在にあるわけではない。「現在」のハガキが「あの夜」を思わせる。「三界に家なき荒涼」「これだから家へかへりたくない」「行くところなき思ひの夜」は、故郷喪失ではなく、自己存在そのものの喪失と言うべきだが、「狂言の神」と等しく郷愁に似た思いといってよい。

もっとも、単に故郷を媒介とした話題というなら、この物語は事欠かない。「萱野さん」との「ふるさとの夏の野道」の思い出（四唱）、「ふるさとの新聞」（五唱）、「いまも、ふと、蚊帳の中の蚊を追ひ、わびしさ、ふるさとの吹雪と同じくらゐに猛烈」（六唱）と続く。

この物語はすでに「荒涼の心象風景」（壱唱）、「肉体滅亡の予告」（壱唱）で始まり、「けふの不幸を予言する不吉のしわ」（四唱）の形成が「十六歳の夏」の「萱野さん」を媒体として暗示されている。「闇黒」が明示されている分、「月のない」の虚像イメージは減殺されていることは認めざるを得ない。だからといって、単に「闇黒の夜」という表現でないことも厳然たる事実である。二重構造が基底から崩壊しているとは言えない。「あの夜の寒い北風が」「ハガキ」から吹くので、「ふらふら外出」した。そこにはなんらかの希求がある。

四―４　「懶惰の歌留多」

北国の夏の夜は、ゆかた一枚では、肌寒い感じである。当時、私は十八歳、高等学校の一年生であつた。暑中休暇に、ふるさとの邑へかへつて、邑のはづれのお稲荷の沼に、毎夜、毎夜、五つ六つの狐火が燃えるといふ噂を聞いた。

月の無い夜、私は自転車に提灯《ちやうちん》をつけて、狐火を見に出かけた。幅《はば》一尺か、五寸くらゐの心細い野道を、夏草の露を避けながら、ゆらゆら自転車に乗つていつた。みちみち、きりぎりすの声うるさく、ほたるも、ばら撒かれたやうにたくさん光つてゐた。

「思ひ出」と似た文体印象を与える牧歌的田園風景・民話的幻想と言うべきか。「思ひ出」のエピソードに組み込まれても違和感がない。

「狐火」は「月の無い夜」の暗さと対比され、イメージとして目立つ小道具となっている。「月の無い」の「無」の表記の差異もある。「月のない」よりも、漢字の表意が打ち消しの意味を強く打ち出し、字面も暗さを濃くしている。小世界「ふるさとの邑」で起こった小事件である。「高等学校の一年生」だった「私」はその小世界の中のさらに「はづれのお稲荷の沼」に、「狐火」の噂の真相を確かめに行く。「狐火」の期待は見事に裏切られ、「私」は「家へかへつた」。「ふるさと」の中でありながら「はづれ」でしかない境界域で見た「狐火」は、五人の老爺の酒盛りの灯籠であった。しかも二人の老爺は「ともにふるさとの、笑ひもの」で、共同体に帰属を認められない者たちである。おまけに「さては、狐火、と魂消《たましいけ》しましたぞ」と反転されるという滑稽譚の始末である。

暗い夜という設定は、いかにも異界的である。しかし、境界域という場所で、「私」は結局幻滅して故郷を目指すのである。「暗い夜」では、極小な効果とはいえ故郷へむかう表現心理が薄れて、一元的表現構造になりかねない。そうなると、怪奇譚的側面が強調されてしまう。

他の四例も個別には象徴的意味の程度の差異、あるいは表現分析に強弱があることは当然である。その意味では、この用例の表現効果の度合いは強烈でないことは認めざるを得まい。それは表現内容が小話であることにも原因が求められていい。しかし、もし井伏鱒二の推測のように、より「思ひ出」と執筆時期が近いとしたら、「月のない夜」という形式の萌芽ないし習作に相当するのであって、そのため表現機能や表現心理などの象徴度が低いことも想定しておかなければならない。

おわりに

「月のない夜」は表現構造上、必然の設定というべきである。表現内容上、論理的意味がほぼ同じでも「暗い夜」系列語群とは異なる独自の表現機能を有している。表現の基層として、明るさ暗さの「光度感覚」が暗いはずであるのに明るい虚像のイメージも重ねられている。最後に郷愁意識、対他意識、時間性の三点から「月のない夜」を再確認してまとめとしたい。

1、郷愁意識（望郷 ↕ 故郷喪失）

「月のない夜」には、表現上に直接出ているか間接的に受け取られるかの相違がみられるが、故郷への、あるいは故郷からの意識感情を見ることができる。「思ひ出」は地理的故郷を喪失してはいない。しかし、故郷的存在の「みよ」を失っている。「私」の心理の推移は郷愁的心理といってよい。「虚構の春」には直接現れている。「狂言の神」は直接見ることはないが、用例に限っては表現内容が「虚構の春」と同一であることを加味すれば、自己存在の喪失感をも故郷喪失の派生と見ることができる。「二十世紀旗手」は「狂言の神」と通底する意識感情をみる。「懶惰の歌留多」は他の四用例のような郷愁的意識があるとは言えないが、故郷との境界で「狐火」に対する期待の喪失を味わい、故郷へ帰還することを郷愁意識の原初的牧歌的形態とみることにしたい。

2、対他意識（他者との隔絶 ↕ 他者への希求）↕ 自意識

いわゆる語りをはじめとして、表現上の他者への心理的距離の妙味は、この作家の真骨頂あるいは機密部分とさ

えいえる。

「月のない夜」が出現する文脈の表現内容は具体的に追ってみると、総じて何らかの破滅的ないし破壊的な心理感覚を既に帯びていたり帯びつつある内容となっている。そうしてそれは他者との関係認識の離反と希求の狭間にある、危うい他者への意識を作り出す。この対他意識が自意識と表裏一体であり、郷愁とも深く関わる心理感覚であることは述べてきたとおりである。

「思ひ出」はみよへの心理過程の移行を再確認すると一目瞭然となろう。「月のない夜」に「赤い糸」を提示し、しかも「口を噤ん」で話題を中止することは、物語の伏線として「赤い糸（帯）」の具体的実体である「みよ」との関係そのものが破滅したことを暗示している。「虚構の春」「狂言の神」は「私」の存在そのものの破滅といってよいが、「仲間」は「いのち（命）を失った」のだから破滅しているし、当然「私」との関係性は崩壊してしまった。また心中相手女性の死（破壊）とそれによる「私」の「自己喪失」も、ほぼ同質の心理である。「二十世紀旗手」も作品全体として、「肉体滅亡の予告」、用例の「六唱」「七唱」「八唱」に限っても編集者・郵便局員からの拒否、疎外が指摘される。そうしてこの作品でも「死」の暗示が記述されている。「懶惰の歌留多」は他者たる「老爺」への失望、決別を充てておく。

3、時間性（過去 ↕ 現在）

「月のない夜」は「超過去」「現在化」とでも呼ぶべき時間表現の性質も帯びている。どの用例も、作中の現在時間からみて過去（以前）の時点における事件を回想する文脈に限定して出現する。「思ひ出」の「秋のはじめの或る月のない夜」は過去の「その夜」。もっとも作者は既にこの過程を思い出として叙述しているのである。「虚構の春」は「かれこれ八年ちかく」前「一年まへの師走」と思われる。「狂言の神」は「七年まへ」の夜。「二十世紀旗手」はいつかは特定できない「あの夜」、過去であることは確か。「懶惰の歌留多」は「私」が「十八歳、高等学校の一年生であった」過去となる。

留意すべきは、回想が客観的な過去としてではなく、現在に同化してあるいは一体となって表われていることである。「思ひ出」は作中では過去でしかない。これは五例中の例外である。「中学三年生」の用例時点は確かに過去である。しかし語りの視点による「時」は、最低、この小説の結末の「中学四年生」の「冬休みの終わる頃」以降ということになる。表現主体である作者の「私」への対象化の「時」は、もう少し後の時点を想定してよいだろう。早くいえば表現過程そのものの時点である。この視点によって現在化がなされている。「狂言の神」の「私」は、「過去」の「私」が入水のために乗った汽車に乗って同じ江ノ島に自殺をしにいっている。しかも「いちいち見覚え」がある。過去は現在を覆って作中で蘇生している。過去の「私」の「若き兵士」と現在時点の実際の「兵士」は全く無関係であるはずだが、表現上は何らかの関連する錯覚を与え、現在化に関与する。「虚構の春」の「裏切り」と「心中」は、この部分の後「サロン」で「問はれるがまま」対談形式で語られるのである。これは現在とは判明していないにしても、「現在」的時点を確保する。「二十世紀旗手」「月のない闇黒の夜」の「死ぬること」（心中未遂か）が「この一葉のハガキ」を媒介として、しかも同一視される感情をともなって現在時点に出現している。「懶惰の歌留多」の「五人のもの、毎夜ここに集ひ、句会をひらいてゐるというのである」などは単なる文末の時制の現在化としても、末尾の「芭蕉も、ひどいことを言つたものだ」は確かに作中の「高等学校の一年」の「私」ではない。

「狂言の神」は主題人物が途中で掏り替わった。他にもこの作者には「道化の華」（昭和一〇年五月）のように、途中で「語り」の視点人称が変化してしまう作品もあり、この項にみられる程度の時間表現はどうということもない表現技法かもしれない。この類の作品が前衛・実験小説と言われるゆえんの大きな要素であろう。いずれにしても、過去は客観的に静止した回想ではなく、現在化されている。

外山滋比古は、文学作品の時間表現について次のように述べている。「月のない夜」の文脈に、「超時間的現在形」をあてはめることには多少問題がみえるが、「タイムレスの世界」とは言えそうである。

遠くの出来事として客観的に書かれている間は過去形でのべられていたものが、熱がこもって来て、話者が話の中に没頭してしまうと、自らは気付かずに、超時間的現在形ともいうべきものになると考えられる。この超時間的現在形は、過去形とか未来形に対比されるべきテンスではなく、むしろ、タイムレスの世界を写すテンスであると考えるべきであろう。(22)

（「時間の意識」）

月が「ない」ことで他者や故郷との隔絶、孤絶感、それにともなう虚無的心理、寂寥を直接表し、さらに虚像効果としての「月」が逆に他者や故郷を強く求める心理を潜行させて二重構造をなし、虚無を増幅させている。「月のない夜」は、実にアンビヴァレンスな表現構造と言えるのではないか。暗い夜系列語群には、この二重構造がないか乃至弱い。中村明は、太宰治の表現の多様な「外見」の文体的側面を取りあげ「薄氷の言語操作(23)」と呼んでいる。「月のない夜」は厳密には「言語操作」と言えるか微妙であるとしても、薄氷の表現心理を見ることはできる。「月のない夜」は、衝撃的な事件に次々と遭遇していた太宰前期の文学を象徴する表現の一つだったと言える。たとえば後期代表作「人間失格」（昭和二三年六～八月）には「狂言の神」「虚構の春」とほぼ同じく、主人公（「大庭葉蔵」）と非合法運動との関係から、裏切り、女性との情死へと事件が展開されていく。

もともと、非合法の興味だけから、そのグルウプの手伝ひをしてゐたのですし、こんなに、それこそ冗談から駒が出たやうに、いやにいそがしくなつて来ると、自分は、ひそかにＰ（非合法の「党」の「隠語」――引用注）のひとたちに、（略）いまいましい感を抱くのを禁ずる事が出来ず、逃げました。逃げて、さすがに、いい気持はせず、死ぬ事にしました。

（「人間失格」）

その夜、自分たちは、鎌倉の海に飛び込みました。（略）一緒に入水しました。女のひとは、死にました。さうして、自分だけ助かりました。

（同）

しかし「虚構の春」「狂言の神」の「裏切」のようには、そして「二十世紀旗手」の「死ぬる」ようにも「月の無い夜」という形式は書きこまれなかったのである。すなわち「人間失格」の末尾で、「故郷の山河が眼前に見えるやうな気」がした「廃人」葉蔵に、他者や故郷を求める心理を書きこむことは死期の近い太宰の深層にはなかったのである。

前期に必然だったこの表現形式が、中期以降に見当たらないことは前に述べた。中期を迎えて消滅したことも、おそらく「必然」だった可能性は高い。実生活上の結婚したことで、石原美知子という故郷的存在である他者を得られたことが大きく作用しているかも知れない。「女性一人称」という語りを発見した文学的手法の件も考えられる。検討の余地は大きい。

【注】

（1）初出版『太宰治全集　第一巻』解題（筑摩書房　平成元年六月）

（2）「別冊國文學№47　太宰治事典」（學燈社　平成六年五月）

（3）「太宰治のキーワード」（「國文學」平成三年四月号）

（4）初出拙稿「太宰治「月」の表現小考―「月のない夜」をめぐって」（「解釈」五五六・五五七集　平成一三年八月）

（5）『研究資料漢文学』（明治書院　全11巻　平成四年一一月〜平成七年五月）言及ａｂｃは第4巻、ｄは第5巻から引用した。なお、漢詩本文の引用も同様である。

（6）鈴木知太郎『小倉百人一首』（桜楓社　昭和五二年一一月）

（7）渡辺実「百人一首・王朝の美とこころ」（「國文學」臨時増刊号　昭和五四年一二月）

（8）江連隆「『月』のイメージの成立」1〜3「弘前大学教育学部紀要」第32Ａ号（昭和四九年一一月）、第33ＡＢ合併号（昭和五〇年三月）、第34号（昭和五〇年九月）。引用文は、1。

（9）近代詩の「月」といえば、萩原朔太郎「月に吠える」をあげねばならない。詩集名に違わず「月」の詩が多数編まれている。その「序」の結びは「陰火」と通底するものを見ることができる。漢字は新字体に改めた。

過去は私にとつて苦しい思ひ出である。過去は焦燥と無為と悩める心肉との不吉な悪夢であつた。／月に吠える犬は、自分の影に怪しみ恐れて吠えるのである。疾患する犬の心に、月は青白い幽霊のやうな不吉の謎である。犬は遠吠えをする。／私は私自身の陰鬱な影を、月夜の地上に釘づけにしてしまひたい。影が、永久に私のあとを追つて来ないやうに。

（『近代文学注釈大系』角川書店　昭和四六年五月）

（10）注（4）と同じ。

（11）暗い夜系列語群といっても、「暗闇」などの用例がある具体的場面の光度感覚が絶無ということではない。中唐の詩人、盧綸「張僕射の塞下の曲に和す」の起句に「月黒」がある。二、三注釈にあたったところ、『漢詩大系　第七巻』（集英社　昭和四〇年六月）には「月のない夜」とある。また、『唐詩鑑賞辞典』（東京堂出版　昭和四五年九月）では「月黒」は「新月」も相当するとある。太宰の「月のない夜」が「新月」だと仮定すると「月」はあることになるが、小説表現上の「新月」と「月のない夜」のニュアンスの差異は小さくないように思われる。

(12)　川崎寿彦『分析批評入門』（至文堂　昭和五二年五月）

(13)　中村明『日本語レトリックの体系』（岩波書店　平成三年三月）、『文章をみがく』（日本放送出版協会　平成三年二月）その他の著作。
　　森田良行『言語活動と文章論』（明治書院　平成五年七月）、『日本語文法の発想』（ひつじ書房　平成一四年一月）その他の著作。

(14)　『太宰治全集　第一三巻』（筑摩書房　平成一一年五月）

(15)　川崎和啓「太宰治におけるコミュニズムと転向」（「兵庫教育大学　近代文学雑志」第一号　平成二年一月）

(16)　最近の論考をあげておく。
　　川崎和啓「太宰治と左翼運動」（『太宰治研究　第二輯』和泉書院　平成八年一月）
　　島田昭男「太宰治と社会主義運動―一九三〇（昭和五）年前半期―」（『太宰治研究　第五輯』和泉書院　平成一〇年六月）
　　島田昭男「太宰治と社会主義運動―一九三〇（昭和五）年後半期―」（『太宰治研究　第七輯』和泉書院　平成一二年二月）

(17)　「『晩年』の構成」（初出昭和五五年、引用は『太宰治論　作品からのアプローチ』雁書房　昭和五七年九月）

(18)　『太宰治』（文藝春秋　昭和四八年三月）から引用。

(19)　この論考は昭和三九年一一月であるが、なお「作品自体の解明」「作品読解」そのものにはならないとする大森郁之助の指摘がなされていたことは注（15）、（16）との関連で特筆される。
　　大森郁之助「『花火』と『哀蚊』の間―太宰治の初期習作群におけるこみゅにずむの位相」（昭和四〇年五月、管見は『演習　太宰　堀　石坂』審美社　昭和四四年七月　傍線は原著者）、同「太宰治におけるコミュニズムの論点」（昭和四〇年一一月、管見は『太宰治への視点』桜楓社　昭和五五年六月）。

(20)　注（4）と同じ。

(21)　川崎和啓「『二十世紀旗手』論」（『太宰治研究　第四輯』和泉書院　平成九年六月）

(22) 外山滋比古『近代読者論』(みすず書房　昭和四四年一月)
(23) 中村明『日本語の文体　文芸作品の表現をめぐって』(岩波セミナーブックス　平成五年九月)

付記　本節は注(4)の「『月』の表現小考」後の考察をまとめたものであるため、論旨が重複していることをおことわりする。

第三章　「死」の表現意識
――直喩の構造を考える

第一節　「狂言の神」の「死人のやうに」にみるアイデンティティー

大久保忠利に「太宰は、その比喩のつかいかたにより、多くの特異性を生んでいる[1]」との指摘があったが、残念なことに比喩の用例が示されただけで、分析説明の紙幅がなかった。本節では主として、太宰治の文学活動の前期に書かれた「狂言の神」（昭和一一年一〇月）に現れる直喩「死人のやうに」を取りあげて、「死」と表現に関する特異性について私見を述べてみたい。

「死人のやうに」の喩詞（喩辞）は「死人」である。中村明編『比喩表現事典[2]』に喩詞「死人」「死骸」「死」「死ぬ」の用例が、合わせて三四例抽出されている。その中に人物が「死人」に極限的に近い様態を喩えたと確認できる用例は見当たらない。三四例は「ある表現対象を他のイメージを導入して間接的に伝える技法[3]」（中村明）で、これらを比喩の認識においての一般的あるいは普通の認識ととらえることにする。

太宰の用例での普通の比喩認識を確認しておく。「死人のやうに」は全小説作品から一例しか抽出することが出来なかったので、ほぼ同じ意味内容を示す「死んだやうに」を取りあげる。「人魚の海」（『新釈諸国噺』昭和一九年一〇月）の冒頭近くで、便船が急の嵐に巻き込まれ、「船頭がまづ船底にたふれ伏し、おゆるしなされ、と呻いて死んだやうにぐたりとなれば、船中の客、総泣きに泣き伏して、いづれも正体を失」う中、人魚が波間に現れる。この用例の船頭がいかに疲弊絶望していようとも、語り手の視野に船頭の死の想定はないものと解される。「死んだやうに」はあくまでも間接表現である。

さて「狂言の神」は、主人公笠井一が新聞社の就職試験に落ちたために自殺したという顚末を記すはずが、途中から「今は亡き、畏友、笠井一もへつたくれもなし。ことごとく、私、太宰治ひとりの身のうへである」と虚構を暴露するかのやうに思い込ませ、作中人物太宰治が江の島へ自殺に赴くメタフィクション構造の小説である。虚構の暴露そのものが虚構なのである。

作中の太宰治は、江の島では自殺が失敗すると思い場所を変更し、鎌倉山中で縊死をはかる。自殺を決行しているまさにその途中、「顔一めんが暗紫色、口の両すみから真白い泡を吹いてゐる」自分の醜い顔が瞼に浮んで中止する。

ひどくわが身に侮辱を覚え、怒りにわななき、やめ！　私は腕をのばして遮二無二枝につかまつた。（略）縄を取去り、その場にうち伏したまま、左様、一時間くらゐ死人のやうにぐつたりしてゐた。蟻の動くほどにも動けなかつた。

この自殺の場面に他の登場人物はいないので、語り手が自身を「死人のやうに」と形容していることは間違いない。まだ「死人」ではなく、生きている自身の「ぐつたりして」動くことの出来ない様態を喩えているのだから、確かに比喩として成立していることにはなる。しかし、未遂後とは言え死と肉薄している自分の様態である表現対象に、「他のイメージ」というには近接して微妙な「死人」を導入する語り手の比喩認識・言語感覚の間接的度合いは、前にみた普通の認識から懸隔があると言える。

中止蘇生した時点で、語り手の深層から死の意識が払拭されたとも考えられるが、語りは回想の文脈ではなく進行している現在時間軸上にある。語り手の表現をとり巻く状況は、単に自殺未遂とするにはあまりに生々しい臨場感に裏打ちされる死人への臨界的過程である。死にぞこないという半死人を「死人」に喩える、きわどい構造の比喩といわねばならない。喩詞と被喩詞のカテゴリーがきわめて近似している、と言い換えてもよい。読み手側の受容の過程に自殺の決行が組み込まれ、この直喩は間接的ではなく、より直接的な表現として錯覚を受けてしまう。その錯覚は「死人のやうに」を作品や主人公を貫いて作者の人間像に迫る文学的表現に思い込ませ、「狂言の神」が太宰治の実人生における昭和一〇年三月の鎌倉縊死未遂を小説化したと読まれることと相乗化する。

「狂言の神」の用例ほど死への臨界性は高くないにしても、似た表現状況にある直喩に触れて補足とする。「人間失格」（昭和二三年六～八月）の語り手は、「致死量以上」つまり死を確実視して催眠剤の服用自殺を図り失敗に終わる。その状況の自身を「三昼夜、自分は死んだやうになつてゐたさうです」とする回想は、他人からの伝聞である可能性も否定できないが、言語化されていない表現対象のイメージと言語形式「死んだやうに」の関係を近接させて、比喩成立の基盤を薄いものにしている。中期の佳作「駈込み訴へ」（昭和一五年二月）の語り手ユダは、既に祭司長と長老たちの「あの人を殺す」決議を知っていて、訴えたからには「死ぬ」可能性が高いことを予測できるはずである。そのユダが、数時間前のイエスの動作を「あの人は死ぬるひとのやうに幽かに首を振り」と形容する。語り手は当然比喩表現として用いているが、喩詞と被喩詞「あの人」へのユダの認識が接近し、比喩として危うい印象さえ感じさせる。

死に関する表現とりわけ自殺や心中の場面描写は、作者自身の実生活上の体験の虚実を超えて、太宰文学の有力な文学的形象、アイデンティティーを構築している。このアイデンティティーの形成に、ここで取りあげた一直喩も重要な意味を担っている。

【注】

（１）「太宰治への文体論的接近その１」（「太宰治研究」第２号　審美社　昭和三七年一二月）

（２）角川書店　昭和五二年一二月

（３）「修辞体系と比喩」（『現代日本語講座　第２巻』明治書院　平成一三年一二月）

第二節　危うい比喩「死んだやうに」

太宰治の表現から、「死んだやうに」「死人のやうに」など〈死〉に関するカテゴリーが喩詞（喩辞）の直喩を二、三分析の対象に取りあげる。これらの直喩のシステムが太宰の文学表現の特性のひとつに数えられると仮説するからである。また芥川龍之介にも似たシステムの「死んだやうに」が見受けられるのであわせて考察してみたい。

太宰治は生と死の境界が曖昧な人間像、作家像を結ばれている。たとえば曾根博義は「太宰のあこがれていた死は、周到に計画され、意志的に昂《ママ》められた栄光の死ではない。生と死の境にいてふっと死の側に傾くこと」（「水底の死と安息」『自殺者の近代文学』世界思想社　昭和六一年一二月）であったと述べ、吉本隆明も「生と死の境界が超え易い人」（『吉本隆明　太宰治を語る』大和書房　昭和六三年一〇月）という。また、作者自身の小説から「僕たちは、死と紙一枚の隣合せに住んでゐるので、もはや死に就いておどろかなくなつてゐる」（「パンドラの匣」昭和二〇年一〇月～二一年一月）のような表現を捜し出すことは難しいことではない。

「死」「自殺」「心中」はこの作家自身の実人生において重要な事柄であることは当然として、太宰文学の主要な表現内容かつ大きな文学的主題であることは膨大な先行研究が示すところである。作品での具体的な心中自殺の場面描写のほかに、「自殺。けさは落ちついて、自殺を思つた。ほんものの幻滅は、人間を全く呆《ぼ》けさせるか、それとも自殺させるか、おそろしい魔物である」（「正義と微笑」昭和十七年六月の「五月十日」）「いやだ、いやだ。何度、自殺を考へたか分らぬ」（同「八月二十四日」）のような言説や「死ぬほど」「死ぬばかり」などのいわゆる死んだ比喩乃至慣用表現の多さは(1)、群を抜いている印象を与える。しかし、本節の問題の所在は、表現内容の解明そのものではなく太宰文学を形成する文学的形象として、「死」や「自殺」の表現がどのような構造や意義を担っているのか、という側面にある。このこと自体、遠望せざるを得ないテーマなので、今は直喩の一形式に限定した分析を進めていくことにする。

かつて大久保忠利が「文法・語イ《ママ》ともちろん重なり合ってだが、旧修辞学でも重視されていた手法に「比喩」がある。そして、太宰は、その比喩のつかいかたにより、多くの特異性を生んでいる」(「太宰治研究」第2号　審美社　昭和三七年一二月)と指摘したことがある。このあと「教練や体操はいつも見学といふ白痴に似た生徒でした」「また、或る秋の夜、自分が寝ながら本を読んでゐると、アネサが鳥のやうに素早く部屋へはひっ《ママ》て来て、いきなり自分の掛蒲団の上に倒れて泣き、」(以上、傍点大久保)などの用例が合計六例挙げられている。紙幅の都合からか分析説明がないので、大久保のいう「特異性」とは具体的にどのようなことを指すのかわからないのが残念である。参考までに、佐藤信夫は「メリイクリスマス」の一節「若い女の人が、鳥の飛び立つ一瞬前のやうな感じで立つて私を見てゐた」を取りあげて「卓抜な直喩」と絶賛している(『レトリック感覚』講談社　昭和五三年九月)。また、安本美典が行なった一作家一作品抽出による百作品の調査では、「人間失格」の直喩の出現率はほぼ中間に位置し、低率から数えて同率44位(48作品以内)に当たる(『文章心理学入門』誠信書房　昭和四〇年五月)。一作品に関する限りという前提ながら、数量的には特性に当たらないことが予測される。

比喩の基本的認識は中村明(2)「ある表現対象を他のイメージを導入して間接的に伝える技法」(「修辞体系と比喩」『現代日本語講座　第2巻』明治書院　平成一三年一二月)、利沢行夫「日常言語の字義的な使用によっては対象を十全にとらえ切れない、あるいは自己を表現しえないと考える作家の戦略」(『戦略としての隠喩』中教出版　昭和六〇年一一月）になるであろう。その中で直喩と隠喩は類似関係に基づいて比喩性が成立するといわれる表現である。利沢によれば「直喩は小説家の使いなれた表現技法」であり、それは小説家によって類似関係が説明されるからであるという。その意味では直喩は隠喩のように受容主体（読み手）が比喩性の解読に参加できない面はあるが、表現主体（語り手、発話者、作者など）の比喩性の認識思考がより言語形式に直接表れることになる。さらに利沢の発言を借りれば、「直喩は、作家の思想や世界観をさぐるための鍵」でその「比較体」（一般的な用語「喩詞」「喩辞」を指していると判断される）は「作家が現実認識のなかで、現象を知覚したり判断したりする上での基礎、あるいは原型となっているものが多い」ことになる。太宰はどのような様態を「死んだ」「死人」と比喩するのか、それはどのような表現システムと考えられるのか、直喩の分析によって太宰の認識思考の一端について理解を試みる。もちろん形式が同じでも「丁度相手の女学生が、頸の創から血を出して萎びて死んだやうに絶食して、次第に体を萎びさせて死んだのである」（「女の決闘」昭和一五年一〜六月　傍線相馬　以下同じ）などは比喩でないので、分析の対象から除外する。

「走れメロス」（昭和一五年五月）の一場面。メロスが妹を急いで結婚させた後、宴席を引き上げてからの語りである。

花婿は揉み手して、てれてゐた。メロスは笑つて村人たちにも会釈して、宴席から立ち去り、羊小屋にもぐり込んで、死んだやうに深く眠つた。

この物語は友情と信頼の勝利の物語と引き継がれているが、(3) 同時に一度死が確実視されたメロスの〈蘇生〉の物語でもある。この物語の語り手は、作品内の事象のみならず登場人物の心中をも見通す神の視点に立つ存在で、「私は、今宵、殺される。殺される為に走るのだ」とメロスの覚悟を語る。すなわち、語り手は我が身への死の切迫を確実視しているメロス自身の心中を知り得る立場にいることになる。その語り手が、必ずや処刑される運命にあるメロスの一時的な眠りの行為を「死んだやうに」と形容する。現在メロスは死んでいるわけではないから、比喩は当然成立していることにはなる。日常言語文学言語にかかわらず比喩表現において、「眠り」と「死」の互換性はかなり高い印象を持つが、用例のメロスの状況に「死んだ」という類似性を導入する語り手の認識と表現は冷徹と言わねばならない。直喩の構造から換言すれば、喩詞「死んだ」と被喩詞（死をめざして走る途中で一時的に眠るメロス）のカテゴリーの関係は非常に近似で近接していると言える。

「犯人」（昭和二三年一月）の主人公鶴こと鶴田慶助も「死んだやうに深く眠る」と語られる。鶴は恋人の小森ひでと結婚したいため、嫁している姉に援助を請うが、鶴自身の容貌の醜さを理由に一蹴される。憎悪に逆上した鶴は「いきなり」姉を肉切り包丁で刺してしまう。鶴は殺したと思い込み、逃避行へ向かった。「金のある限りは逃げて、さうして最後は自殺だ」が、その前に「自分の巣で一晩ぐつすり眠りたかつた」鶴であった。

黙つて蒲団をひいて、電燈を消して、寝た、が、すぐまた起きて、電燈をつけて、寝て、片手で顔を覆ひ、小声で、あああ、と言つて、やがて、死んだやうに深く眠る。

この「五日ほど経つた」後、泥酔した鶴が京都大津駅前の秋月旅館に宿泊し、プロバリン百錠を服用して自殺、死骸となる。「犯人」の語り手は、神の視点に立つ何者かと鶴自身との混合であり、用例部分は前者である。鶴の最期を知る語り手が、生前の鶴とはいえ死の事前の覚悟ともいうべき眠りを「死んだやうに」とする表現は、鶴に対する同情が読み取られるとしても、かなり冷厳であり「走れメロス」の語り手とほぼ同一の表現姿勢が分析されてくる。因みに用例は読点（「、」）が極端に多く、切れ切れとも言える文で、鶴の落ち着かない心理状態がよく表出されている。

「竹青」（昭和二〇年四月）の魚容は神烏に変身していた時、人間の「ひとりのいたづらつ児の兵士」の矢で胸をつら抜かれ「瀕死」となる。烏の魚容は「傷の苦しさに、もはや息も絶える思ひ」で竹青の名を呼んだ刹那、人間の姿になって目覚める。倒れていた魚容を心配して見守っていた農夫が彼に語る。

「わしはこの辺の百姓だが、きのふの夕方ここを通つたら、お前さんが死んだやうに深く眠つてゐて、眠りながら時々微笑んだりして、わしは、ずゐぶん大声を挙げてお前さんを呼んでも一向に眼を醒まさない。（略）。」

この農夫は「どこか病気か」と心配しているので死の予感が絶無とは考えられないものの、烏であった魚容を認知しているわけではない。したがって、発話を分析の閉じられた対象とすれば「死んだやうに」と直喩しても特異性を見出すことはできない。しかし、農夫の発話を作品世界の外に報告するこの語り手は、烏に変身していた魚容の死への接近を知っている。その状況下にある魚容の眠りを「死んだやうに」という喩詞で語ることは、直接話法である分が緩和されるといっても、とても間接的表現とは言い難い冷然さであり、農夫の〈純朴〉な語りの機能と等価値ではない。安易に作品世界を離れることは厳に慎むべきであるが、この用例の場合は語り手に作者の表現心理を洞察してよいのではないか。

「ダス・ゲマイネ」（昭和一〇年一〇月）は四段構成になっている。一章から三章まではそれぞれ小題とエピグラフが備わっていて語り手は佐野次郎《さのじろ》と呼ばれる一人称の「私」であるのに、四章には小題もエピグラフも無く、登場人物の佐竹と馬場の会話文のみの部分で語り手は何者か判別しがたい。少なくとも「私」ではありえない。用例は三章に出てくる。

> 雨は晩になつてもやまなかつた。私は馬場とふたり、本郷の薄暗いおでんやで酒を呑んだ。はじめは、ふたりながら死んだやうに黙つて呑んでゐたのであるが、二時間くらゐたつてから、馬場はそろそろしやべりはじめた。

「私」は以前恋人の女性に逃げられ、噂に上って「死なうと思つていた」経験をもつ。三章は用例のあと、「私」がおでんやを出て、走りながら何ごとかを呟いている自分に気づき、「ライト。爆音。星。葉。信号。風。あっ！」と事故か何かを予感させて終わっている。そして四章の一行目、「私」の関知しない死後に語られる馬場の「佐竹。ゆうべ佐野次郎が電車にはね飛ばされて死んだのを知つてゐるか」という会話によって読み手に知らされる。事故死は計画的な予測の行為ではあるまいが、「私」の「荒涼たる疑念」「私はいつたい誰だらう」という自己喪失によることに、過去の経緯も考え合わせると全く偶然に遭った死とも言い切れない。その「私」自らが「死んだやうに」と比喩する。かなり冷静な、あるいは予知的自意識の表現といえる。「自殺」（『太宰治大事典』勉誠出版平成一七年一月）だとすれば、なおさらこの分析は的を射たものになるであろう。

「駈込み訴へ」（昭和一五年二月）は、物語自体が死の確実視されるイエスを訴えた時点でのユダの回想である。語り手ユダはこの時点の数時間前のイエスを「死ぬる人のやうに」と直喩して、やはり喩詞「死ぬる人」と被喩詞であるイエスを取り巻く状況とのカテゴリー的関係は近い。

（略）ふつと、「おまへたちのうちの、一人が、私を売る。」と顔を伏せ、呻くやうな、歔欷なさるやうな苦しげの声で言ひ出したので、弟子たちすべて、のけぞらんばかりに驚き、一斉に席を蹴つて立ち、あの人のまはりに集つておのおの、主よ、私のことですか、主よ、それは私のことですかと、罵り騒ぎ、あの人は死ぬる人のやうに幽かに首を振り、「私がいま、その人に一つまみのパンを与へます。その人は、ずゐぶん不仕合せな男なのです。ほんたうに、その人は、生れて来なかつたはうが、よかつた。」

イエスの磔刑による死は歴史上の事実であるとしても、「駈込み訴へ」という作品世界では域外のことになる。ここでは、用例部分からさらに遡って回想される「祭司長や民の長老たちが、大祭司カヤパの中庭にこつそり集つて、あの人を殺すことを決議したとか、私はそれを、きのふ町の物売りから聞きました。（略）もはや猶予の時ではない。あの人は、どうせ死ぬのだ。ほかの人の手で、下役《したやく》たちに引き渡すよりは、私が、それを為さう」という語りに注目して置かねばならない。ユダは、自分の行為がイエスに必ず死をもたらすことを、すなわち「死ぬる人」であることを知っているのである。そのユダが「死ぬる人のやうに」と言う時、単にイエスの様態の形容とかイエスへの憎悪のなせる技巧《わざ》という理解ではとらえきれない。「あなたが此の世にゐなくなつたら、私もすぐに死にます。生きてゐることが出来ません」とも吐露したユダを振り返った時、まもなく訪れるイエスの死の現実とこの直喩表現は一体となってユダに迫ったに相違なく、深い悲哀が読み取られるのである。この「訴へ」は、形を変えた心中行といって過言ではない。

代表作「人間失格」（昭和二三年六月〜）には、本節の着眼の説明に好例と思われる用例がみられる。

Ａ　もう一葉の写真は、最も奇怪なものである。まるでもう、としの頃がわからない。（略）どんな表情も無い。

謂はば、坐つて火鉢に両手をかざしながら、自然に死んでゐるやうな、まことにいまはしい、不吉なにほひのする写真であつた。

（「はしがき」）

B　自分は、音を立てないやうにそつとコップに水を満たし、それから、ゆつくり箱の封を切つて、全部、一気に口の中にはふり、コップの水を落ちついて飲みほし、電燈を消してそのまま寝ました。／三昼夜、自分は死んだやうになつてゐたさうです。

（「第三の手記」）

「人間失格」は「手記」を説明する語り手と、「手記」の主人公でもある語り手「自分」との二層で成立している。用例Aは前者、用例Bは後者による語りである。

用例Aの語り手は、話題としている写真の人物を直接には知らない。まして「このひとは、まだ生きてゐるのですか？」（「あとがき」）という質問からは、生死については熟知していないと一応考えられる。Aの「死んでゐる」という喩詞は、特に被喩詞である写真の人物と密着した表現ではない。話が前後してしまうが、カテゴリーの関係がBほど近接してはいないのである。それではBの「死んだやうに」は、どのように分析できるのか。

語り手「自分」はある「年の暮」、ジアール（DIAL）をみつけて嚥下する。用例「死んだやうに」は事後ということになる。「自分」の行為は「ジアールのこの箱一つは、たしかに致死量以上の筈でした」と、死を絶対視したものであった。この自分自身の状況を形容するのに、「死んだ」という喩詞を導入してくる認識は、いかに死んではいない現実とはいえ、近接し過ぎた感のカテゴリー同士である。比喩の成立基盤が無化するかのようである。

考察の着眼に最も適う用例は「狂言の神」（昭和一一年一〇月）に出現する「死人のやうに」である。これについては前節に取りあげて分析を述べた（初出は「太宰文学「狂言の神」の「死人のやうに」にみるアイデンティティ「解釈」六〇八・六〇九集　平成一七年一二月）。重複するが骨子のみ掲げることにする。

語り手でもある作中人物「太宰治」は、江の島へ自殺に向かう途中、死に場所を鎌倉山中に変更し縊死を図る。縊死が進行している最中、自分の死んで行く醜い表情が目に浮んで中止する。

ひどくわが身に侮辱を覚え、怒りにわななき、やめ！　私は腕をのばして遮二無二枝につかまつた。（略）縄を取り去り、その場にうち伏したまま、左様、一時間くらゐ死人のやうにぐつたりしていた。

語り手「私」は「死人」ではない。生きている自身の様態を喩えているのだから比喩である。しかし、未遂とはいえ、「私」は死と肉薄しているのではないか。中止した時点で死の意識から解放されたとも推測できるが、生々しい臨場感しかも死への臨界的過程の表現状況といえる。半死人を「死人」に喩えるきわどい構造の比喩であることは確かである。喩詞と被喩詞のカテゴリーが近接する「他のイメージ」の導入である。

これまで取りあげてきた用例も、喩詞と被喩詞の間のカテゴリー関係の近接の度合いについては、個々の用例ごとに強弱が見受けられた。他にも現実の死には触れないが、被喩詞を取り巻く状況が死の想念や志向に接触している用例をいくつか抽出できる。「花燭」（昭和一四年五月）「葉桜と魔笛」（昭和一四年六月）「正義と微笑」（昭和一七年六月）「トカトントン」（昭和二二年一月）などに現れている。（「花燭」では「さちよは、わが身がこのまま火葬されてゐるやうな思ひであつた。」）しかし、これまでの用例を見たことで、喩詞と被喩詞間のカテゴリー関係が近接した他のイメージを導入している、間接的度合いの弱い比喩になっている、という着眼の論旨を述べることを果たし終えたとおもわれるので、四作品の用例についての詳細な分析考察は省くことにする。また比喩「死んだやうに」はさらに散見抽出できるが、ここでの着眼の枠外の例、すなわち全くの間接的表現であるものは考察の対象とはしていない。

さて、見てきたような、作品内の現実で作中人物が「死」と密着した状況にある表現対象を「死んだやうに」の類の直喩を用いる表現システムは、太宰という作家の表現特性に数えてよいのではないか。たとえば、『比喩表現事典』（中村明編　角川書店　昭和五二年一二月）では、「死」に関する喩詞の用例が三四例挙げられているが、着眼に合致する用例は見当たらない。被喩詞が異なるというだけで、「狭い小屋の空気は黒く悄然として死んだようである」（長塚節「土」）など建物や風景のある様態を「死んだやうに」と喩える表現と人物（擬人法を含む）を喩える表現との間接の度合いに決定的な相違があるとはいえない。しかし、両表現の表現主体の心理には大きな懸隔があると言ってよい。

太宰治には、死んではいないが、自殺未遂などの直接の体験を持つ人物とその状況あるいは直接の体験はなくとも死の想念や志向を有する人物とその状況の様態を形容する時、「死んだやうな」「死人のやうな」など「死」に関連するカテゴリーを喩詞とする直喩表現が多い。喩詞と被喩詞の間接の度合いが弱いイメージの導入とも言い得ることは、繰り返し述べてきた。太宰が生と死のボーダーが曖昧である作家、といわれる思考や認識による表現をしていることは、一形式の直喩の分析から充分認められるのである。

太宰が文学的影響を受けた芥川龍之介の直喩に、太宰と同様の表現状況が見受けられる用例があることを付言しておきたい。代表作「羅生門」（大正四年一一月）の結末部分、老婆の話を聞き終えた下人は、老婆の着物を剝ぎ取って外へ逃亡した。

暫、死んだやうに倒れてゐた老婆が、屍骸の中から、その裸の体を起したのは、それから間もなくの事である。

語り手は、「屍骸」の中にいる「死んだやう」な人間を語る。しかもこの老婆は「骨と皮ばかりの腕」であり、死骸から髪を抜かねば「餓死」をする境遇に置かれている。「死んだやうに」は、現実の死が逼迫している被喩詞「老婆」の表現状況と等質な印象を与える。

「庭」（大正一一年六月）は、ある宿場の本陣筋にあたる旧家、中村家を舞台とする掌編である。家督を継いだ長男が死んだため、五六里離れた町に居た三男が帰り家を守ってほぼ一年、一〇年前養家先から駆け落ちをして出奔した次男が中村家へ戻ってきた。ある時次男は、荒廃した庭を復するために鍬を取って動き始める。

　次男は毎日鍬を持つては、熱心にせんげを造り続けた。が、病に弱つた彼には、それだけでも容易な仕事ではなかつた。彼は第一に疲れ易かつた。その上慣れない仕事だけに、豆を拵へたり、生爪を剥いだり、何かと不自由も起り勝ちだつた。彼は時時鍬を捨てると、死んだやうに其処へ横になつた。
（傍点原著者）

語り手は次男を「廃人」と呼び、「内面の障害」による「頭の」「混乱」を語る。次男は翌年の秋頃、旧に復したには遠いながらようやく庭らしいものを造った、と同時に病床に就く。次男は「幸福」だった。秋の末、彼は家の者が気づかないうちに息を引き取った。語り手は必ずしも用例部分で次男の死を予測させてはいない。しかし、庭の復原に生命を賭したともいうべき次男の、その作業中を「死んだやうに」では、やはり他のイメージと言うに遠い表現と言える。

数例を根拠にして二人の作家の影響関係を説くことは、いま早急に課せられているわけではない。しかし、太宰の芥川受容を考えるうえで興味深いものが感得されてならない。

【注】

（1）松本和也に「断崖の錯覚」（昭和九年四月）の考察で「死んでも」「死ぬるとも」に着目し、「死をも賭されて騙られた名前」「「私」の心境が単なる比喩ではなく、騙った名前を嘘だと暴く可能性をもつ雪は、死を賭して排除する必要があった」という言及がみられる。第三章での着眼とは異なるが、慣用に読まれがちな「死」関連の表現・語句が、この作家では単なる出現の数値を超えて作品内人物に現実的実質を担保している表現となっている例があることの証左になろう（「騙られる名前／〈作家〉の誕生」「解釈と鑑賞」平成一六年九月）。

（2）中村には大著『比喩表現の理論と分類』秀英出版　昭和五二年二月）があり、比喩の慎重な定義がされている。『比喩表現事典』は、これを基本に編まれたもの。

（3）もちろんこのような総括を相対化する試み・発言は多数あげられてよい。田中実は「お話《プロット》を支える力」（『小説の力——新しい作品論のために』所収　大修館書店　平成一一年二月　初出は平成五年）で、「走れメロス」は「叙述そのものに疑問点がある」とし、語り手が作品末でメロスの宴会での思いや隣村にいく時の逡巡をこそ語るべきだったのに祝福で包んだ点で「構造上、同情の余地なき失敗作」と断じた。この論文は「走れメロス」が「友情と信実の勝利」に収斂されていく研究史を展望しており、さらに詳細な注が備わっていて有益である。相馬の最近の管見にも、前島美雪　井上明芳共同研究「太宰治「走れメロス」論——見覚えのない物語」（「解釈」六一〇・六一一集　平成一八年二月）があり、「〈走るメロス〉という勇者物語を裂開する〈走らされるメロス〉という犠牲物語」が存在する、という読みを提示している。

第四章　「夕闇」にゆらめく自意識

はじめに

芥川文学研究者の平岡敏夫によると、芥川龍之介の小説は「夕暮れ」「日暮れ」による時間設定の作品が多く、その時間が主題や物語内容を展開していくうえで作品を統一する表現効果となっているという。しかも、このことは作品世界を超えて芥川という作家の創作意識・表現方法に、深い意味を持つことになる。

芥川龍之介の歴史小説、その王朝物の代表作『羅生門』（大4・11）は、「或日の暮方の事である。」の一行ではじまっている。他の作家と比べて芥川作品は日暮れ、夕暮れからはじまる作品が目立つので、私はそれらを「日暮れからはじまる物語」と呼んできた。〈日暮れ〉ないし〈夕暮れ〉は昼と夜の境界で、短い時間であるが、不安と期待が入りまじり、明から暗へ向かう独特の魅力と美しさを持ち、日本文学の伝統の中に生きつづけている。

（「王朝の〈夕暮れ〉――芥川龍之介『羅生門』を視点として[1]」）

平岡が諸論考で直接用例を取りあげている作品は、「羅生門」から「或阿呆の一生」まで一四作品にのぼる。[2]平岡は述べる。

芥川は〈夕暮れ〉と〈夕暮れ〉における〈奇遇〉だけは手放すことはなかった。むしろ〈夕暮れ〉を積極的に人と人とが出会い、夜に向けて事件を形成して行く方法として、装置として用いたのである。

（前掲「王朝の〈夕暮れ〉」）

〈夕暮れ〉は〈昼〉と〈夜〉のあわい、〈夜〉の世界へと向かう不安と期待の魅惑的な時間であったわけだが、（略）／この（「或阿呆の一生」の――引用注）〈日の暮〉はもはや〈昼〉と〈夜〉のあわいではなく、〈生〉と〈死〉のあわいである。

（同）

引用が長くなったが、平岡の言うこの「装置」は芥川文学とその作者にとって、必要不可欠の文学的虚構の原風景だったのである。

一、太宰文学の〈夕暮れ〉

太宰治の小説作品にも「夕暮れ」「日暮れ」あるいは同一の時間帯を意味する語句や表現がみられる。しかし、芥川の「羅生門」その他のように、個の作品を包み込む有効性を見い出すものは少ない。この相違を分析するには、両作家の創作意識と文学的虚構の総体を深く視野に入れなければならないだろうが、いま短兵急にいうとすれば芥川が短編を領としたのに比し、太宰はより中長編も産物とした作品構造の違いが挙げられてよい。「裸川」（昭和一九年一月『新釈諸国噺』昭和二〇年一月所収）は、次のように始まる。

鎌倉山の秋の夕ぐれをいそぎ、青砥左衛門尉藤綱、駒をあゆませて滑川《なめりがは》を渡り、川の真中に於いて、いささか用の事ありて腰の火打袋を取出し、袋の口をあけた途端に袋の中の銭十文ばかり、ちやぼりと川浪にこぼれ落ちた。

これは西鶴の原典（『武家義理物語』巻一の一「我が物ゆゑに裸川」）をほぼそのまま引き写したといってよい部分であるから、「秋の夕ぐれ」は必ずしも太宰の独創とは言えない。しかし、夕暮れどきのはっきりしない頃合いに小銭を落としたことが、青砥の持ち金の不分明さと人足浅田の悪知恵が前半では露顕しないことの効果を高めている。この効果は「夕暮れちかく」鮭川から乗った便船が嵐に遭ったとき、人魚が現れる「人魚の海」（昭和一九年一〇月『新釈諸国噺』）にもあてはまる。証拠がないため世間に信じてもらえない武士を襲った、その曖昧模糊とした悲劇性が夕暮れどきを発端とする。

自伝的作品「思ひ出」（昭和八年四、六、七月）は、「黄昏のころ私は叔母と並んで門口に立つてゐた」と夕暮れどきからはじまっている。最終場面は「私」が弟と蔵で、叔母とみよと「私」の三人が写っている写真を見る場面である。この蔵での時間は記述がないけれども、叔母を媒介として「黄昏」を引きずっている錯覚を与える。「思ひ出」一編から原初的印象を読み取るのは難しいことではない。その起因を、幼少年期の回想という物語内容ばかりには求められない。後期の「家庭の幸福」（昭和二三年八月）では、ほぼはじまりの場面で「夕方、家は無事かと胸がドキドキして歩けないくらゐの不安と恐怖」を持つ主人公が描かれる。この夕暮れは、次の挿話の「幻想」の女が「夜半に玉川上水」に飛び込む悲劇と連接するだろう。それは「家庭の幸福」を覆うトーンともなっている。

「燈籠」（昭和一二年一〇月）は「黒い海水着」を万引きして捕まった若い女性が語り手の物語である。およそ冒頭部分で「もう、どこへも行きたくなくなりました。すぐちかくのお湯屋へ行くのにも、きつと日暮をえらんでまゐります。誰にも顔を見られたくないのです。ま夏のじぶんには、それでも、夕闇の中に私のゆかたが白く浮んで、おそろしく目立つやうな気がして、死ぬるほど当惑いたしました[3]」と「日暮」を選ぶのは、当然世間から身を隠すためには違いない。具体的に「夕闇」が包み込むのは、「死ぬるほど当惑」している心理的動揺・逡巡であろう。しかし、隠そうとすればするほど自意識が強く浮かび上がる構図である。

語りは時間をさかのぼる。娘は水野に恋をした。「水野さんは、日が暮れると、私を迎へに来て呉れて、私は日の暮れぬさきから、もう、ちゃんと着物を着かへて」は、「日が暮れる」ことがこの娘を変身させる暗示のようにも読み取ることができ、結果論ではあるが、盗みが水野との関わりで起こることを〝予感〟させる。

「夕暮れ」「夕闇」が語り手の罪意識と世間の認定との境界域であるのに、最終場面で「今夜」「あかるい電燈と取りかへ」られることは、即日ではないとしても、語り手本人の贖罪の心理も充分に効果的に表出されている。この意味で「燈籠」は芥川の「〈日暮れ〉からはじまる物語」に近い表現構造と言える。「猿ケ島」（昭和一〇年九月）は直接「夕暮れ」ではないが「はるばると海を越えて、この島に着いたときの私の憂愁を思ひ給へ。夜なのか昼なのか、島は深い霧に包まれて眠つてゐた」とはじまっている。実は夕暮れどきではなく「朝日」の前の薄明と後でわかるのだが、最後直前まで語り手「私」が猿であることを明かさないこの物語の展開上に「夕暮れ」的効果が認められる。因みに、「夕日はかくして次第に西山に沈んで行く……。／太閤はかくしてあの世に沈んで行つたのである」と終わる「最後の太閤」（大正一四年三月）のように「〈日暮れ〉で閉じられる物語」（平岡）の様相を呈するものもある。

しかしながら大局としては、太宰の小説にも「夕暮れ」は少なからず見られるものの芥川ほどの表現特性とは断言できない、という結論を受容しておかねばならない。

二、太宰文学の「夕闇」

さて、芥川の「夕暮れ」に比肩する太宰の表現特性は、「夕闇」ではないかと仮説する。本章の考察はこの仮説を検証することにある。

「夕闇」を、はっきりと時間（時刻）的区切りで説明することは難しいのだが、「夕方の暗さ。日が落ちて月が登るまでの暗さ」（『広辞苑』第五版）などから、「夕暮れ」「日暮れ」より少し後の時間域を指すと解してよいのではないか。物理的自然条件はいざ知らず、言語表現としての「夕暮れ」「日暮れ」に必ずしも「闇」の暗さは必要条件とはならないと思われるのに比し、「夕闇」は暗さの感覚に覆われている。

太宰小説にあらわれる「夕闇」をいくつか挙げてみる。

(1)　昼の間こそ、彼女（おさだ――引用注）は世間並の家持ちの主婦と殆ど同じやうな色々な仕事で急《ママ》しかつたが、日も暮れて彼女が自身で拵へた粗末極まる夕食の膳に、程良く疲れた彼女の細いからだを向けてしよんぼり坐つた時は、堪らない淋しさを覚えるのであつた。夕食もそこそこに終へて夕闇のせまつた、ひつそりして居る彼女の部屋で緩やかに湯気の立ち昇つて居る一杯の番茶を、弱い溜息を漏しながら静かに啜つて居る時には、彼女は時分の目頭《めがしら》に冷い涙が何時の間にかにじみ出て居るのにふと気が付き狼狽へて涙を押し拭つたものであつた。

（「無間奈落」昭和三年五〜六月　傍点原著者）

(2)　女はけれども、よほど遠くをすたすた歩いてゐたのである。白い水玉をちらした仕立ておろしの黄いろいドレスが、夕闇を透して男の眼にしみた。このままうちへ帰るつもりかしら。いつそ、けつこんしようか。いや、ほんたうはけつこんしないのだが、あとしまつのためにそんな相談をしかけてみるのだ。

（「陰火」昭和一一年四月）

(3)「いつ来たの？」妹は、無心のやうでございます。私は、気を取り直して、／「ついさつき。（略）あたし、こつそりあなたの枕もとに置いといたの。知らなかつたでせう？」／「ああ、知らなかつた。」妹は、夕闇の迫つた薄暗い部屋の中で、白く美しく笑つて、「ねえさん、あたし、この手紙読んだの。をかしいわ。あたしの知らないひとなのよ。」

（「葉桜と魔笛」昭和一四年六月）

(4)おのれの行く末を思ひ、ぞつとして、ゐても立つても居られぬ思ひの宵は、その本郷のアパアトから、ステツキずるずるひきずりながら上野公園まで歩いてみる。九月もなかば過ぎた頃のことである。私の白地の浴衣も、すでに季節はづれの感があつて、夕闇の中にわれながら恐しく白く目立つやうな気がして、いよいよ悲しく、生きてゐるのがいやになる。（略）池の蓮も、伸び切つたままで腐り、むざんの醜骸をとどめ、ぞろぞろ通る夕涼みの人も間抜け顔して、疲労困憊の色が深くて、世界の終はりを思はせた。

（「座興に非ず」昭和一四年九月）

(5)（姉は――引用注）少しも早くと妹の油断を見すまし、刀の柄に手を掛けた、途端に、／「姉さん！　こはい！」と妹は姉にしがみつき、／「な、なに？」とうろたへて妹に問へば妹は夕闇の谷底を指差し、見れば谷底は里人の墓地、いましも里の仏を火葬のさいちゆう、人焼く煙は異様に黒く、耳をすませば、ぱちぱちはぜる気味悪い音も聞えて、一陣の風はただならぬ匂ひを吹き送り、さすがの女賊たちも全身鳥肌立つて、固く抱き合ひ、（略）

（「女賊」昭和一九年一一月）

用例(1)は、主人公木村乾治の父、周太郎の「愛妾《おもいもの》」おさだが「此頃頓に孤独の淋しさの募つて来た心」を語り手がおさだへの同情と憐憫をこめて語る場面である。語り手は用例部分の前で「独りぼっち」、後で「孤独の寂寥さ」を言い、「人々よ、これはどうした事だ」とおさだへの同情を隠さない。「人々よ」は作中の人々を指しているだろう。ここは「読者よ」の意がこめられ、この作家特有の「隠された二人称」（奥野健男）の文体となっている。

おさだが木村家に奉公に来た時から、乾治は「好みの女の型《タイプ》」に近いとみて好意を寄せている。乾治は「何時も」「おさだの傍に坐つては、何やかやと要らない世話を」（傍点太宰）焼いているほどだったのである。語り手の視点は乾治のおさだへの視点と同一化するかのようである。夕暮れから「夕闇」を背景として、「日陰者」おさだの心理的悲哀が象徴的に描写される。「ふと」自分の涙に気づく自意識。おさだ自身は、「お妾」という立場については、「身に余る光栄」であり、「自分のこの境遇を幸福なものだと信じて」いた。もちろん、これは必ずしもおさだが客観的な意味で幸福であったなどということを意味しない。語り手のいうよう、むしろ彼女の無知蒙昧を発端とする「あらゆる不幸の恐ろしき出発点」であって、後の「発狂」する境遇こそが暗示されているのである。もしこの作品が言われるように津島家の地主階級としての糾弾告発を企図する作品（4）とすれば、おさだは最大のキーパーソンのはずである。おさだの心が「夕闇」に漂う意味は重い。

また、「（序編終り）」の場面が「日の暮れ初めた頃」「闇の次第に迫り出した野道」「薄闇」という夕暮れの時間帯あるいはその進行時に「事」が起こっていることも、「夕闇」と関連させて読み解くことは必然であろう。

用例(2)は「陰火」の三番目の挿話「水車」の一節。四掌編全体で独立した一個の小説であるが、「水車」に限定すれば七行目の「初夏の夕暮のことである」から「〈日暮れ〉から始まる物語」といえる。

二人の男女は互いに憎悪を抱いて、しかも妥協を許さない。男は「薄闇のなかで」水面をみつめ、引きかえそうかなどと考える。語り手は女の心理を直接述べることを抑制しながら、ひきかえ表層で男の心中の移ろい、男の女に対する心理のゆれを語っていく。この掌編は男の物語というべきである。「白い」水玉模様の黄色いドレスがみえるのは、単に男の物理的現象ではない。「水車」の結末部は「闇」の中で回る水車で終わる。時間の推移が統一されて表現効果を形作っている。

因みに、男女はほこべの花が両側にてんてんと「白く」咲いている細い道を歩いてくる。用例の前にある「白々しい心地」は色彩語とはいえないが、「白い」水玉と共通した何らかの表現意図を担っているようである。

用例(3)、老婦人による三五年前の回想の形式をとる、いわゆるこの作家特有の女性一人称語りである。当時のこの女性は、母を亡くして父と妹との三人暮らし。一八歳の妹は腎臓結核に冒され、気の付いたときには医師に百日以内のいのちと宣告を受ける。百日近く経った五月のある日、「おどろおどろした音」が「幽かに」地鳴りのように響いてきて、語り手は妹のことが心配で泣き腫らす。「日が暮れかけて来たころ」「死んだやうに」帰ると、妹から、ある妹宛ての手紙のことを問われる。実は「私」は以前MTという異性から差し出されたらしい妹宛の手紙の束を発見していた。その束の手紙は妹が憐れになるような内容だったので、問われた手紙は「私」が偽って妹に宛てて書いたものだった。

この事件は「夕闇の迫つた薄暗い部屋」で起きる。互いを思いやって朧化をにじませる姉妹の会話、直接には語り手である姉の動揺、罪悪感に似た逡巡、そしてそれらの心理を「何くはぬ顔」で隠そうとするメタ心理的な心の作用。妹が「読んでごらんなさい」と促した時の指先は、「当惑するほど震へ」ていた。妹はその「夕闇」の中で「白く美しく笑つて」いる。姉の発見した手紙の束が、妹の言うとおりの妹が自身に宛てて書いたものとすれば、ここには妹の姉に対する逡巡に似た心情もこめられている二重の構造と読み取ることもおかしくはない。単に姉妹愛ということではなく、姉がMTからの手紙を盗み読みした時、「なほのこと妹が可哀さうで」「私自身、胸がうづくやうな」苦しみを味わっていると吐露しているからである。三五年の歳月があるといっても、妹との共鳴は褪せたものではない。

用例(4)、表現のみに限定すれば「燈籠」とほぼ相似の表現構造である。人生、自己という存在に対する逡巡といってよい。「白地」がいっそう「白く」浮かび上がる自身がみえている。神経が過敏というか、病的な自意識さえ想像させる。「ゐても立つても居られぬ思ひの宵」の部分で既に自己喪失、自己存在の希薄さが表現される。「浴衣」が季節はずれであれば、「おのれ」は人間はずれとでもいうのか、「夕闇」の中でそういう自己を隠すことができない。「世界の終り」とは自己の終わりと等価であろう。故にこの自己は、他者を見て「間抜け顔」「疲労困憊」「廃残の身の上」と評し、外景を「むざんの醜骸」と酷評する。これはすべて「おのれ」の実体に他ならない。「主人公の絶望感」に「自己の文学及び生き方に対する懐疑や批判が潜んでいる」(5)（槍田良枝）作家の像をみることは正しい。

用例(5)は、『新釈諸国噺』の一話。姉妹は、女盗賊である。姉妹の母親はもともと京の落ちぶれ貴族の娘であった。仙台から上った盗賊の首領に見初められ、財宝欲しさの父の威しそのままの意向もあって、貴族を装った一行にだまされて陸奥に嫁したのである。はじめ正体を知って悲嘆にくれた娘も、日を経て盗賊の妻となり、遂に自らも悪事に手を染める。生まれたのが二人の女の子である。父の死後、家来たちに背かれ、姉妹は母と「生きるため」盗賊をしていく。あるとき獲物の絹二反の反物を一反ずつ分け合ったところ、姉も妹もそれぞれ一反では用をなさないため、互いに殺してでも相手の一反を奪おうとしている矢先の場面である。

二人のどちらが先に改悛しその度合いはどちらが強いか、などの詮索を急ぐ必要はない。ここでより重要なことは、二人の逡巡が「夕闇の」谷底を背景としてなされることである。直接の動機は谷底に見える「火葬」のさまざまな様子に「わが心の恐しさに今更ながら身震ひ」したためである。道徳的倫理的な理性に立った反省改悛ではなく、突然の恐怖による感覚的逡巡あるいは悲哀といった方がふさわしい。「黒く」の視覚の後、「音」「匂ひ」の聴覚嗅覚も動員しての表現効果は「夕闇」でこそである。因みに「鳥肌立つ」で触覚も加わる。作者が最後に「父子二代の積悪ははたして如来の許し給ふや否や」と締めくくるのは、このような感覚的な後悔に対する感想ともいえる。絹の反物は「白」であることを付け加えておく。

(1)から(5)以外の用例についてもみておきたい。

「葉」（昭和九年四月）の第六断章には「さうして龍の小さな肩を扇子でポンと叩いた。夕闇のなかでその扇子が恐ろしいほど白つぽかつた」と出てくる。この部分は初期作品「彼等と其のいとしき母」（昭和三年九月）の一部分を若干改変したものであり、作家の創作姿勢・表現構造の二方向から重要な部分と解される。「夕闇」はその際は「夕暗」となっていた。因みに初期作品で「気味の悪い星」が「暗の中に消えてしまつた」（「地図」）の例もある。「彼等と其のいとしき母」は兄弟と母の物語で、「夕暗」の中の主人公（こちらは「龍二」となっていた）の逡巡は、兄に対する「肉体的の負け目」「おせつかいな遠慮」（傍点太宰）が原因となる「憂鬱」（と其の兄から励まされた対比的心情）である。「葉」ではもっと壮大で全人生にわたる憂鬱に読み手が受けとるようになっていて、この部分のみであれば、文学的表現としての価値ははるかに高い。二作品とも「夕闇（暗）」の中でこそ「狼狽へ」は効果的である。

「女生徒」（昭和一四年四月）の少女は、「ことにも憂うつ」にさせる客人の今井田夫妻が帰る時、見送りをして「ひとりぼんやり夕闇の路を眺めてゐたら、泣いてみたくなつてしまふ」。その直接の原因としては、夫妻が帰りに母親を連れて行く「あつかましさが、厭で厭で、ぶんなぐりたい気持」という腹立たしさがあげられる。しかし、主人公は今井田夫妻の夕食作りの時点で「なんだかひどい虚無」に浸潤され、「死にさうに疲れて、陰鬱」で「飽和状態」であると告白している。これは単に夕食作りのみでの心理ではなく、少女の人生あるいは自己の境遇から起こる漠とした全編から読取られる迷いと不安の感覚に通底する。

「おさん」（昭和二二年一〇月）には、前出「燈籠」「座興に非ず」と相似の用例がこれも冒頭を占めている。「たましひの、抜けたひとのやうに、足音も無く玄関から出て行きます。（略）夫が、洗ひざらしの白浴衣に細い兵古帯をぐるぐる巻きにして、夏の夕闇に浮いてふはふは、ほとんど幽霊のやうな、とてもこの世に生きてゐるものではないやうな、情無い悲しいうしろ姿を見せて歩いて行きます」。「座興に非ず」では語り手が自身について語る分、自意識の度合いが高い表現となっていることは確かである。「おさん」は妻の視点から夫を語る、女性一人称語りになっている。どちらの語りの形式の真実性が高いのか短絡的比較は無用ながら、妻の語りは一見悠然とした表層の口吻とは異なってかなり悲哀を漂わせている。これは「座興に非ず」が未来志向的であるのに、「おさん」の夫の結末は心中という思い込みが関与していることは否定できない。妻によれば、夫は妻たちが疎開先の青森からもどってきた時から「夫の笑顔がどこやら卑屈で」「私の視線を避けるやうな、おどおどしたお態度」になる。疎開の間に「夫が以前の勤め先」の女記者と関係を結んだことが原因である。そうして夫はこの女性と諏訪湖で心中を遂げる。「夕闇」に浮ぶ夫の「白浴衣」は表現上「幽霊のような」と牽引しあう。その白浴衣に中途半端な苦しさと自己存在の虚無が見え隠れする。それをみて感じている妻の「地獄の思ひ」「胸のしこり」も象徴していよう。

「遊興戒」（『新釈諸国噺』）の三粋人は、昔の遊び仲間である月夜の利左を見つけ再会する。賤しい身なりのぼうふら売りが今の利左であった。利左の家を訪問した三人は、あまりの身の代わり様、窮乏に、帰り際玄関に金子をそうっと置いてくる。利左がそれをみつけ、「「馬鹿にするな！」と件の小皿を地べたにたたきつけて、ふっと露地の夕闇に姿を消した」。前田秀美は夕闇に身を隠す利左には少しの後悔もなしとみて、「利左は、自己の〈粋人〉ぶり（現実的な人間ぶり――前田注）を全く理解していない三粋人に対して腹を立てているだけなのである」[6]と述べる。大筋で賛意を示すものの、「だけ」には若干留保しておきたい。語り手は、子どもの泣き声、内儀の「泣き伏」した様をみる「七輪の煙にむせんだ振りをして眼をこする」利左を語る。この利左に、「息子に着せる着物が一枚しかないことを嘆く愛情を持った父親としての側面[7]（前田）を見る以上に、この境遇そして経緯を「嘆く」逡巡すなわち「後悔」を読み取ってよいのではないか。ゆえに嘆きが反転して「馬鹿にするな」と憤って新たな決意をすることになる。

「夕闇」という装置には、結果的に決意がなされるとしても、主人公なり語り手なりの何らかの逡巡、揺れる自意識が見え隠れする。[8]

三、「駈込み訴へ」の「夕闇」と「走れメロス」の「夕陽」

「駈込み訴へ」（昭和一五年二月）は「走れメロス」（昭和一五年五月）と表裏の関係にある一対となる作品と括られる見方もあった。この項では二つの作品の表現の簡単な比較を通して、さらに「夕闇」に迫ってみたい。「走れメロス」が三人称視点で進行していくのに対し、「駈込み訴へ」はユダが語り手の一人称視点である。語りの最終局面をあげる。

「駈込み訴へ」の現在時間は「今夜」で、語り手はイエスたちが既に夕食を終えて「天へ祈りを捧げている」頃と推測している。この小説は、今夜のユダの回想である。

火と水と。永遠に解け合ふ事の無い宿命が、私とあいつとの間に在るのだ。犬か猫に与へるやうに、一つまみのパン屑を私の口に押し入れて、それがあいつのせめてもの腹いせだつたのか。ははん。ばかな奴だ。旦那さま、あいつは私に、おまへの為すことを速かに為せと言ひました。私はすぐに料亭から走り出て、夕闇の道をひた走りに走り、ただいまここに参りました。さうして急ぎ、このとほり訴へ申し上げました。さあ、あの人を罰して下さい。どうとも勝手に、罰して下さい。捕へて、棒で殴つて素裸にして殺すがよい。

この部分については、既に三谷憲正に次の指摘がある。

ここは、引用末尾（「聖書知識」昭和八年一月号――引用注）の「真暗な夜」の改変と相俟って注意すべき箇所であると思われる。売らざるを得ないほど追いつめられつつも、昼でも夜でもない、その中間の〝かはたれ時〟にある「夕闇の道」を走る太宰のユダ像はあまりに痛々しい。

（「「駈込み訴へ」試論――「ヨハネ伝」との比較を通して(9)」）

「走れメロス」には「夕闇」は出現しない。ただし、時間あるいは時間帯の推移を示す表現は頻出する。二、三拾ってみる。

○　もう既に日も落ちて、まちの暗いのは当たりまへだが、けれども、なんだか、夜のせゐばかりでは無く、市全体が、やけに寂しい。

○　肉体の疲労恢復と共に、わづかながら希望が生れた。義務遂行の希望である。わが身を殺して、名誉を守る希望である。斜陽は赤い光を、樹々の葉に投じ、葉も枝も燃えるばかりに輝いてゐる。日没までには、まだ間がある。

○　ああ、陽が沈む。ずんずん沈む。

○　塔楼は夕陽を受けてきらきら光つてゐる。

○「いや、まだ陽は沈まぬ。」メロスは胸の張り裂ける思ひで、赤く大きい夕陽ばかりを見つめてゐた。

○陽は、ゆらゆら地平線に没し、まさに最後の一片の残光も、消えようとした時、メロスは疾風の如く刑場に突入した。

こうしてみると、「走れメロス」の時間的設定は「夕陽」とそれに準じた表現であると思われる。夕陽から夕闇の訪れまでの時間上の推移は、さほど長い流れではない。なぜ、メロスは「夕闇」に走らないのだろうか。メロスは「日没」まで帰ってくる約束があったから、などの作品内部に蓋然性を求めることはこの場合あたらない。おそらく「走れメロス」には主題設定上、「夕闇」による必然性が存在しなかったからである。前述の三谷の言及にもどって、「駈込み訴へ」が「ヨハネ伝」を典拠とし、「真暗な夜」を太宰が「夕闇」に改変した(10)と説いておられることからすれば、メロスも「夕闇」に走る可能性が絶無だったとは言えない。

ユダのイエスに対する愛憎その他の複雑に屈折する心理は、実は自己自身の関わりを語ることにおいて強く打ち出されている(11)。太宰治の作品は「自意識」の文学と説かれる。服部康喜が看破しているとおり、「駈込み訴へ」もユダの自意識の物語である(12)。ユダ自身が「夕闇をひた走りに走り」という時、その語りは数時間前の自分の行動を振りかえっているというよりは、自身の後姿をみているようであり、自意識が強く表れて凄絶感すら漂っている。「ひた走」るユダは確かに「いまは完全に、復讐の鬼」となったと告白しているが、これが決然たる意志といえないことは、「小鳥のさえずり」を諸家が解釈していることからも充分にいえる(13)。このさえずりもユダの自意識の変奏の形象である。

「駈込み訴へ」は自意識の物語であることにより、一人称視点の語りを採っている。ユダは訴えの行動をとりはした。しかし其の自らの行為そのものに対して自虐的な逡巡を払拭することができていない(14)。ここにこの作者の一貫して追及した文学的主題「裏切り」の問題がある。単にイエスを裏切ったというのではなく、自身を裏切っていることにもなり、悲嘆は深い[15]。

読み手の側の一般的な倫理意識を基準とすれば、イエスを売ったユダの罪は容認の方向を向くものではない。一方、邪悪無法の雰囲気を秘める王を糾弾し、更生しようとするメロスの行為は、巨悪の断罪のようである。メロス自身も「正義の士」を任じている。太宰自身の表現で換言するならば、ユダは「反立法」に相当し、メロスは「立法」である。「走れメロス」の語りが一人称ではなく、神の視点に近いことはこのような主題、物語内容の相違に基づいている。特に、刑場に近づいた時のメロスは揺るぎない決意にまもられ、語り手は少しも逡巡を語らせない。メロスが「夕闇」になる前に走り終える必然である。「走れメロス」の「夕陽」「斜陽」は引用部分からもわかるとおり、「希望」を表している。このことは、両作品の間に発表された「善蔵を思ふ」（昭和一五年四月）の一節「暁雲は、あれは夕焼から生れた子だと。夕陽なくして暁雲は生れない[16]」を合わせて考えると、「夕陽」は「暁雲」の象徴的意味合いを生む希望、期待である。「斜陽」（昭和二二年七〜一〇月）は同名の代表作の内容のために、沈み込む心理を表すかのように思いこませる。しかし、その「斜陽」の物語さえ、かず子の「恋と革命」の「戦闘開始」という決意も象徴していたのである。

四、「夕闇」の周辺

前項（二）で「無間奈落」の最終場面や「水車」「燈籠」に、「夕暮れ」「闇」「薄闇」が現れることを示した。「夕闇」以外で近似の時間帯を表す太宰の表現に触れておきたい。

「八十八夜」（昭和一四年八月）は、「一寸さきは闇」「無際限の暗黒一色の風景」などが前半で比喩的観念的に用いられ、その「闇」から主人公の作家が脱出する小説である。主人公は脱出を試みるために旅を選ぶ。

列車が上諏訪に近づいたころには、すつかり暗くなつてゐて、やがて南側に、湖が、――むかしの鏡のやうに白々と冷くひろがり、たつたいま結氷から解けたみたいで、鈍く光つて肌寒く、岸のすすきの叢も枯れたままに黒く立つて動かず、荒涼悲惨の風景であつた。

「闇の中」の諏訪湖である。湖水そのものに「荒涼悲惨」を感じていることもありうるが、「暗」い闇であることが大きく関与している。他の作品に出てくる用例もみる。

○そのうちに日も暮れて、部屋が真暗に成つた。（略）黄昏の空で案外頼りなげに（花火が――引用注）鳴つてゐた。暗闇中でねたまゝ、黙つてそれを聞いてゐたら、突然何とも言はれぬ物凄い鬼気を感じたのだ。

（「地主一代」昭和五年一～五月）

○わかい時分には、誰しもいちどはこんな夕を経験するものである。彼はその日のくれがた、街にさまよひ出て、突然おどろくべき現実を見た。彼は、街を通るひとびとがことごとく彼の知り合ひだつたことに気づいた。

（「猿面冠者」昭和九年七月）

○スズメが部屋から出て行つたとたんに、停電。まつくら闇の中で、鶴は、にはかにおそろしくなつた。ひそひそ何か話声が聞える。しかし、それは空耳だつた。（略）／ひたひたと眼に見えぬ洪水が闇の底を這つて押し寄せて来てゐるような不安。

（「犯人」昭和二二年一月）

「闇」及び準じた表現は、どちらかといえば異界的で自閉的な情景や心理を形容するようである。「猿面冠者」「犯人」の用例は、自意識が作り出した状況に解される。因みに太宰の「夕闇」「暗闇」「薄闇」「闇」は、挙げてきた用例からわかるように、「白」の色彩あるいは色彩を直接表さなくても字面としての「白」とともに描写される場面が頻出することを付加しておく。(17)

芥川の「夕闇」にもひとこと触れてみる。平岡が「夕暮れ」「日暮れ」の表現効果の用例を挙げた一四作品に限って抽出してみたところ、「夕闇」がみられるのは四作にしか過ぎない。「羅生門」「トロッコ」「山鴫」「神々の微笑」である。「神々の微笑」には三例、「山鴫」では「夕暗み」。すなわち、「夕暮れ」と「夕闇」は必ずしも連動する装置ではない。太宰が「夕暮れ」ではなく「夕闇」の作家であっても不思議はない。

おわりに

太宰について、夫人石原美知子に次の回想があって興味深い。

死の前年秋の某誌に載ったインタヴューでは、夜中はだれかがうしろにいてみつめているようでこわいから仕事しないと答えている。

（「三鷹」『増補改訂版　回想の太宰治』人文書院　昭和五三年五月所収）

太宰自身にも、随想「悶々日記」（昭和一一年六月）の中に同様の告白がある。

夜、ひとりで便所に行けない、うしろに、あたまの小さい、白ゆかたを着た細長い十五六の男の児が立つてゐる。

また小説「朝」（昭和二二年七月）の中でも、作中人物に「いや、貴族は暗黒をいとふものだ、元来が臆病なんだからね。暗いと、こはくて駄目なんだ」と語らせていて、本音が出ていると思われる。おそらく「夕闇」その他の本章が取りあげてきた時間から作家のそのような表現心理を読み取ってよい。

山内祥史は太宰作品「雌に就いて」の言葉を引きながら、太宰文学を次のように述べている。

「老い疲れたる」世界、「老人」の世界、「希望を失つた」世界、それが太宰治の世界である、といってよかろう。かれは、何故に「老い疲れ」「老人」となり「希望を失つ」ていたのか。太宰治にとって、その世界は、宿命としての存在の「苦悩」であったと、思われる。（中略）「苦悩」を経験し、「老い疲れ」「老人」となり「希望を失つ」て、人間ははじめて真の生命を得る、そう太宰治は考えていたようだ。彼の作品世界は、その考えの現成であったように思われる。（「太宰治――その作品の文学史的意義についての覚書」[18]）

太宰文学が「希望を失った」文学世界とすれば、「夕闇」で浮かびあがる自意識は、まさしく苦悩や絶望など、ある時には生死をかけた心理的揺れ、と言える。山内の論考はこの後、「晩年」その他からの考察による「死」の問題へと移っていく。このような太宰文学における「老」「死」の形象化の一端を、「夕闇」による表現状況が担っているのである。さらにそれは「生」と「死」の狭間を往還したこの作家と文学に似つかわしい表現技法にもなっている。

【注】

（1）『〈夕暮れ〉の日本文学史』（おうふう　平成一六年一〇月）所収。

（2）注（1）に、芥川文学関連の論文が他に二編、「〈日暮れ〉からはじまる物語―芥川龍之介『蜜柑』・『杜子春』を中心に―」「〈日暮れ〉で閉じられる物語―『藪の中』より―」が所収されている。合わせたこれら三編に「夕暮れ」「日暮れ」の用例が挙げられている作品が一四作品ということで、以下にすべてあげておく。「羅生門」（大正四年一一月）、「手巾」（大正五年一一月）、「蜜柑」（大正八年四月）、「山鴫」（大正九年一二月）、「六の宮の姫君」（大正一一年八月）、「鼠小僧次郎吉」（大正九年一月）、「杜子春」（大正九年七月）、「神神の微笑」（大正一一年一月）、「或阿呆の一生」（昭和二年一〇月）、「尾生の信」（大正九年一月）、「保吉の手帳から」（大正一二年五月）、「トロッコ」（大正一一年三月）、「庭」（大正一一年七月）、「藪の中」（大正一一年一月）

（3）この部分については木村一信に次の言及がある。

彼女の感受性や自意識は、「外界」の明暗に関わって高まるのであろうし、特に「夕暮」や「夕闇」に強く反応する。（「「燈籠」論――〈明るさ〉への助走」『太宰治研究　第二輯』和泉書院　平成八年一月）

（4）『太宰治全作品研究事典』（勉誠社　平成七年一一月）では「習作の代表作として重視されてきた」「要因」のひとつに、「生家の階級悪の暴露を意図していること」（安藤宏）を挙げている。

（5）檜田良枝「「座興に非ず」論」（『太宰治研究　第四輯』和泉書院　平成九年七月）

（6）前田秀美「「遊興戒」「猿塚」論」（『太宰治研究　第一一輯』和泉書院　平成一五年六月）

（7）注（6）と同じ。

（8）本文で取りあげた以外に、「彼は昔の彼ならず」（昭和九年一〇月）から二例、「春の枯葉」（昭和二一年九月）から一例抽出した。この三例は自意識・逡巡の度合いが比較的微細と判断されるので、本文で考察を加えなかった。

（9）三谷憲正『太宰文学の研究』（東京堂出版　平成一〇年五月）所収論文に拠った。

（10）注（9）と同じ。三谷の論の主眼はもちろん「ヨハネ伝」との比較の考察にあって、「夕闇」の表現論的分析ではない。

（11）森厚子は「駈込み訴へ」では『語り手自身に、語るということでその個性を表現していくべき機能が担わされているのである。訴える仕方そのものが作品の一つのテーマを作っていくことになるという姿勢を、冒頭からこの語り手は採らされている』と述べている（「太宰治『駈込み訴へ』について―語りの構造に関する試論―」「解釈」二八七集昭和五四年二月号）。

（12）「〈終わり〉への存在――太宰文学におけるイエス像」（『終末への序章―太宰治論―』日本図書センター　平成一三年三月）

（13）この「小鳥のさえずり」については、次のような言及がある。

この小鳥の声には、ユダ自身の気づいていない内心の嘆きがあるのではないか。ユダの心のどこかで、キリストを売ることは自分にとってかけがえのないものを失うことになるのだぞという、ユダを引きとめる声がしているのではないか。　（鳥居邦朗『太宰治論　作品からのアプローチ』雁書館　昭和五七年九月）

現実の生活の上で、生活者の道を歩み始めた太宰が選べるそれが唯一の道だったのである。太宰は、おのれの中のキリストに別れを告げた。ユダがキリストを愛しつつ彼を敵に売ったように。ユダが訴へ《ママ》に走る夜道で、鳴きさわぐ小鳥の声は、そうしたユダの胸内の良心のさえずりだったのであろう。

（渡部芳紀『作品論　太宰治』双文社出版　昭和四九年六月）

（14）森厚子は注（11）の論考で、次のようにも言及している。

何故「口惜しい」か、ユダは「なんのわけだか、わからない」し、「永遠に解け合ふことの無い」断絶が何故あるか、しかもその互いに〃わかる〃ことのないあの人を何故愛し憎むか、何故殺し自分も死なナくてはならないかは、回想を語り了えようとする時点でも解決してはいないのである。

(15)　次のようにとらえる研究者の作家像は、ユダの「裏切り」の分析としても有効にみえる。

コミュニズムが、この感受性鋭い、津軽屈指の大地主の息子にぬきさしならぬ自己否定を強いるものであったことはいうまでもないが、その理念としての正しさはなお完全には否定できぬまま、おのれの弱さゆえにそれから転向・離脱することは、いわば二重の自己否定をともなったはずで、それはほとんど人格の崩壊を意味したであろう（それをしも、すでに自己劇化、あるいは自己の物語化とみることも、もちろん可能である）。

（東郷克美「逆行と変身」『太宰治という物語』筑摩書房　平成一三年三月、昭和四八年一月初出）

(16)　小野正文は、「善蔵を思ふ」をａｂｃの段階に分け、ａを「ある会合に招待されてからの、十日間ほどの故郷に対する複雑な感情の起伏と去来を述べた部分」として、次の発言をする。

ａにおける「太宰の中の津軽」は、心象の中で燻りつつ、赤く燃え、そしてやがて、ポトリと落ちる線香花火の火の玉に似ている。似ているといえば、これを巨大にしたのが「起」（本文での引用を含む部分――引用注）における夕陽であり、夕焼であって、太宰はことさらに故郷思慕をかきたて、素朴というよりも、むしろ卑俗的で、自ら斥けつづけたダス・ゲマイネの世界への妥協に終始している。

（「太宰治の中の津軽」『太宰治　その風土』洋々社　昭和六一年一一月）

(17)　色彩語以前の、つまり色としての「白」を「人間の誕生と死に関わるのであって、白が人生のぬきさしならぬ根源的な要素を象徴している」（岩井寛『色と形の深層心理』ＮＨＫブックス　昭和六一年一月）を太宰にも参照し得る一般的な考え方としてあげておきたい。ただ、作家とその文学における色彩表現としては、大熊利夫の研究（『色彩文学論』五月書房　平成七年一一月）などにあるように、同じ色彩語の表現であっても、個々の作品しかも用いられている部分によって、具体的な効果が考察されねばならないことは言うまでもない。因みに上村和美は芥川文学の色彩語の精緻な調査分析を公表している。一部のみ取りあげるのは気が引けるが、芥川の白は「厳粛さを表す」と集約している（『文学作品にみる色彩表現分析』双文社出版　平成一一年六月）。太宰文学の色彩についてのまとまった発言は、管見の限りでは多くないと思われる。斎藤かほるに『斜陽』の調査があり、色彩語四二例のうち「白」と「赤」が多くそれぞれ一二例ずつ見出されるという（「太宰治の文体」『太宰治の研究』新生社　昭和四三年一一月）

（18）　山内祥史「芸術至上主義文芸」第三〇号（平成一六年一一月）

第五章　初期から前期の表現

第一節　「無間奈落」と「地主一代」

既に金木第一尋常小学校時代から優秀さを洞察されていた太宰治——津島修治は、小学生時代ほどではなかったろうが、青森中学校を四年修了での高校合格という秀才ぶりを発揮して、昭和二（一九二七）年四月、官立弘前高等学校文科甲類に入学した。そして昭和五年三月の卒業を迎えるまでの三年間を過ごすことになる。太宰の伝記研究において画期的業績を挙げた相馬正一は『評伝太宰治　第一部』（筑摩書房　昭和五七年五月）の中で、高校の三年間を次のように集約している。

高校在学三年間を通じて、太宰は何を見、何を考え、どんな行動をしてきたかということになれば、それに対する答えは必ずしも単純ではない。大地主の子として生れた太宰が、幸か不幸か、弘前高校の歴史の中でも思想的に最も尖鋭化していた時期に在学したということ、文学上のライバルとして接近した男が実は校内細胞のリーダーであったということ、時代思潮の影響もあって太宰の書く作品はかなり尖鋭的傾向的ではあったが、彼の思想の原点はマルキシズムからは程遠いものであったこと、文学修業の一環として義太夫通いや芸者遊びに想像以上の執心を示したこと等々。これらのことを考えあわせると、高校の三年間、太宰はまことにバラエティに富んだプログラムを自作自演したということになる。

高校入学までの文学的活動では、大正一四年一一月、青森中学三年の秋に仲間と創刊し、一二号まで続いた同人誌「蜃気楼」の編集発行があげられるが、高校受験の準備のため休刊、廃刊となった。

初期作品群中、高校時代の太宰の作品は「無間奈落」（昭和三年五～六月）から卒業後にかけて発表された「地主一代」（昭和五年一～五月）までである。この間の作品は、中学時代までの作品と比べ格段の進展がみられる。本節では後の太宰治という作家の小説表現にとって、弘前高等学校での三年間がどのような表現上の意味をもつのか、二つの長編「無間奈落」「地主一代」の表現を中心に考察していきたい。また、東京帝国大学入学後に発表された「学生群」（昭和五年七～一一月）は、初期作品の最後の作品である。これは弘前高校時代の鈴木校長の公金無断費消事件が題材であるので一部触れることになる。

太宰治の文学表現の魅力は、二項対立や否定的言辞の駆使その他の表現によって生じる反語的・逆説的表現効果である。(1) 作者の真に表そうとするあるいは伝達しようとする言説がそのまま表層に現れず、屈折した表現構造となるので、〈仮装〉乃至〈擬装〉の表現と呼んでおく。

たとえば代表作「人間失格」（昭和二三年六～八月）は、主人公が「失格」している物語ではなく、失格しているか否かを読者や神的存在に問うている物語である。作者の態度は一般的世間的意味での「失格」に疑義を呈し、主人公を救おうとする位置に近いものと言える。「斜陽」（昭和二二年七～一〇月）にしても、単に没落していく階層を描いた作品とは言い難い。戦後の混乱頽廃した世相を背景とすることが錯覚を生むが、〈斜陽〉は女主人公の

「恋と革命」の「太陽のやうに生きる」「戦闘開始」の決意と表裏一体となる象徴である。この類いの裁断的な用例は数限りないほどに抽出可能であろう。

太宰治に出現する〈仮装〉による表現上の効果は、「太宰治」以前の津島修治が、さまざまな筆名で発表した弘前高等学校時代の初期作品に既に形象されている。このことを、太宰文学の全貌にわたって書き続けられる文学的主題であると同時に、しかも弘前高等学校時代の作品の表現に見え隠れする三項目で確認していく。

一　生家（津島家）との関わり

二　自殺未遂、死

三　非合法（左翼）思想・行動

この三点は、独立して考察されるべき事項でありながら、互いにあるいは総合的に影響を及ぼし合っている側面も大きい。簡単に作家論的見地から大枠を確認しておいても、これらの事項が作家太宰治の成立に逆説的作用をもたらしたと言えるのである。

殊更に階級的な面での齟齬を持ち出すまでもなく、生家はマイナス的に取り沙汰される内幕を太宰が表出することに障害を与え、後に分家除籍（義絶）という太宰には衝撃的な事態で報復した。しかし、当時の世間的通念からみてはるかに多額の生活費を与え、太宰が作家として自立するまでを経済的に支えるという、皮肉な状況を作った。

自殺は、山崎富栄との入水心中まで実に五度も試みられる。生に謝罪するかのようである。自殺（死）は、生を無化するはずの行為なのに、太宰にあっては結果的に次の〈生〉への出発となっていると言って過言ではない。昭和五年一一月二八日夜半、鎌倉腰越小動崎海岸での田部あつみ（シメ子）とのカルモチン服用心中が、「道化の華」（昭和一〇年五月）「人間失格」などで〈入水〉心中として表現されたことも太宰的レトリックと考えられるが、解読は後日を俟ちたい。因みに戦後、時代の寵児の感があった太宰は、富栄との最期が社会世相的に名を広めた反面、作品を読まないのに太宰を忌避する〈架空〉の読者を作るという二面性を引き起こした。

太宰自身の非合法思想への傾斜については、冒頭で引用した相馬正一をはじめとして重要視しない見方もある。[2] 弘前高等学校在学時には自主的積極的に関わらなかったため、放校処分を免れている。東京帝国大学進学後は単なる支援以上の実体的活動の時期があるとの調査報告が、陸続と提出されていることも事実である。[3] 昭和七年、離脱をする（昭和五年説もあり）。生家とその出自の自己を否定することが思想に傾斜をさせた。さらに傾斜する自己を再否定したことが表現を方向づけた。ここでは、太宰の実生活における活動の実体や真偽よりも、太宰の小説表現に〈裏切り〉の観念として仮構されたこと、重要な文学的主題のひとつを形象化していることを直視しておきたい。表現は動かすことのできない事実なのである。

一、生家との関わり

「無間奈落」は死んだ父源右衛門をモデルとした暴露小説である。「或る意外な障礙」があったため中断せざるを得なかった作品である。これは生家からの圧力と言われている。しかし二年後、今度は〈兄〉を登場人物兼語り手にして「地主一代」が描かれた。生家を題材にする小説は「人間失格」まで次々と発表され、太宰の文学表現のキーワードのひとつとなったのである。太宰の死までの作家活動と作品を展望した時、初の長編が「無間奈落」という題名であることは実に象徴的である。〈無間奈落〉は仏教思想で「いつまでも苦しみが続く地獄」の意。五十嵐誠毅の言及にあるように、[4] 作品も父の血縁に起因する苦しみが、語り手乾治に続く因縁が描かれたと予想されるからである。引きかえ「地主一代」は、〈兄〉一代で終結するという寓意がこめられたと思われる。戦後の改革によって津島家の没落は現実になったが、作品発表の時点では虚構に過ぎない。

「無間奈落」の大村周太郎は放蕩淫性を強調される。しかし、語り手は「おさだ」が周太郎に恋心あるいは敬愛の気持ちを持っていて、「幸福」であると読者に告げている。妾宅も明るく爽快に表現される。それが「孤独」「寂しさ」を転機におさだの不幸が強調され「狂ふ」へと駆け下る。このくい違いはおさだが周太郎を慕っていた分、逆に境遇の悲哀を浮かび上がらせ周太郎の放蕩の悪性を露わにする。周太郎のおさだへの別れの手紙も一見慈愛を感じさせるが、二人の二項対立的図式による周太郎糾弾の装置となっている。

「地主一代」まで、〈兄と弟〉の関わりがさまざまな文学上の設定をともなって表現される。「彼等と其のいとしき母」（昭和三年九月）「此の夫婦」（昭和三年一二月）「花火」（昭和四年九月）「地主一代」である。大正一二年三月、源右衛門が死去し、長兄文治が家督を受けて戸主となっている。

「地主一代」の最後の場面「（二章終り）」に注目しておく。地主側の権益を死守しようとする兄と、小作人側を支援する弟との総力戦が予想される争いで、兄ははじめて「肉親の愛」を感じたと語る。(5) 以前「七つ裂八つ裂、生きながらの八大地獄」を誓った兄だったはずである。弟との闘いは「愛」があるため、激しくなればなるほど複雑に屈折した展開となることを暗示する、という意味で逆説性をみてよい表現と考える。

二、自殺と死

高校時代、自殺や死の場面が直接表現されている作品は少ない。「地主一代」に語り手〈兄〉の看護婦である瀬川の死が描かれるくらいである。瀬川の死の要因を回避しようとする語り手の言説は、むしろ語り手自身の非を読者に知らしめる効果が漂う。「無間奈落」に父源右衛門の死や葬祭の様子が描かれる他には、死の観念想念の形で「彼等と其のいとしき母」「此の夫婦」に表現されている。

年譜によれば昭和二年七月二四日未明の芥川龍之介の自殺に衝撃を受け、それまでの学業に専念した規則正しい生活が一変したという。昭和四年一一月頃、町の娘とカルモチンによる心中未遂があったらしいが、現在まで未確認。確認されている最初の自殺未遂は、一二月一〇日深夜のカルモチン服用自殺である。期末考査前夜のことだったので偽装自殺とも言われる。

この未遂は、「学生群」の登場人物である青井のエピソードとして表現される。青井の自殺自体は、「学生群」の主題では傍流に属し、このエピソードは、死ぬほどの覚悟があるなら「プロレタリアートへの貢献」「寄附」をしろという友人小早川の青井に向けた檄の小道具とも言える。しかし、自殺の体験を小説表現にしたこと、しかも青井に「敗残者」と認識させての自殺未遂という設定は、太宰文学においてはかなり重要な意味を持つ。

三、非合法（左翼）思想・行動

昭和三年五月創刊の「細胞文藝」の誌名は、左翼的命名とも単に生物学的な趣向によるとも言われる。しかし、結果としてプロレタリア傾向がにじみ出ることは否定できない。一二月、太宰は弘前高等学校新聞雑誌部委員となる。昭和四年二月、弘前高等学校校長鈴木信太郎の公金無断費消の事件では、新聞雑誌部が追及の先鋒となったから、太宰も全くの傍観者として看過はできず、消極的ではあれ何らかの行動に参加したと推定される。

左傾的な表現は、「虎徹宵話（改竄）」（昭和四年一二月）「花火」「地主一代」と「学生群」に見える。「学生群」は、公金費消事件を題材としており、実体験に基づくことと東京帝国大学進学後の思想の学習の二点が、左傾的文芸としての質を高めた。「無間奈落」も地主の生態を暴く表現内容を階級悪の露呈と読み取れば左傾的小説であるが、あくまで文学的主題であって前掲作品群のような直接に左傾と即断すべき表現ではない。

「花火」は「地主一代」の「序章　花火供養」の原作の感がある短編である。「地主一代」が地主である〈兄〉を語り手としているのに対し、「花火」は小作人側の〈弟〉の視点で語られていて合わせ鏡のようになっている。成立順序が逆であるが、「花火」は「地主一代」の反転の作品、批判の書としても読むことができる。「花火」では結末に労働階級への讃が暗示されているだけで、小作人側の勝利などを期待する表現を見ることはできない。「地主一代」では小作人側への敵愾心、憎悪の表現に満ちている。また、「地主一代」の〈兄〉の「私はこんな男なのだ」「私は悪くない」などの言説は、かえって〈兄〉の弱気乃至倫理感の吐露と読解される。「地主一代」も否定による反語に曝されている。

以上、〈仮装〉の表現――二項対立・否定・反語・逆説による表現効果という観点から、高校時代の「無間奈落」「地主一代」と太宰文学の全貌との接点を考察した。作家太宰治の表現技法は、弘前高等学校時代にほぼ確立をみたのである。

[注]

（1）五十嵐誠毅に「太宰の特色は、その喩法の運用が逆説性・反語性に支えられている」ことという指摘がある（『太宰治〈習作〉論』翰林書房　平成七年三月）。本節の考察にあたって五十嵐の前掲書から多くの示唆を得た。因みに、弘前高校・東京帝大時代の友人の大高勝次郎は「津島はまた物事を裏返しにしたり、人の心の矛盾や裏面を意地悪く突いて見たり、反語《アイロニー》や皮肉を弄したりする癖があった」（『太宰治の思い出』たいまつ社　昭和五七年三月）と回想している。

（2）相馬正一の他に法橋和彦など。

（3）島田昭男「太宰治と社会主義運動―一九三〇（昭和五）年前半期―」（『太宰治研究　第五輯』和泉書院　平成一〇

年六月）、同「太宰治と社会主義運動―一九三〇（昭和五）年後半期―」（『太宰治研究　第七輯』和泉書院　平成一二年二月）、三谷憲正「太宰治と社会主義運動」（『太宰治研究　第一四輯』和泉書院　平成一八年六月）

（4）注（1）と同じ。

（5）最後の場面を「脈絡のない結末」「破綻」（『太宰治大事典』「地主一代」の項　勉誠出版　平成一七年一月）とする評言があるが、筋構成のみからの見方で同意は留保しておきたい。安藤宏は「地主一代」「哀蚊」などの分析から、太宰治では「マルキシズムにおける階級的相克意識」と「血縁共同体への回帰（肉親の愛――引用注）の希求」は二律背反ではない、と言及している（「「哀蚊」の系譜」「太宰治」第4号　昭和六三年七月）。

付記　本稿は、平成一八年度　弘前大学21世紀教育科目「津軽学」の中の講義「旧制弘前高等学校の太宰治」（一コマ）の骨子を文章に改めたものである。また、講義内容が『歴史と文化　津軽学』（土持ゲーリー法一編者　東信堂　平成二一年五月）に収録されている。

第二節　小説表現「太宰治」について

はじめに

「富嶽百景」（昭和一四年二〜三月）に、作中人物「井伏氏」が放屁する場面がある。昭和一三年初秋、語り手「私」は井伏氏の仕事先のある御坂峠を訪れる。ある日、二人は三ツ峠に登った。

とかくして頂上についたのであるが、急に濃い霧が吹き流れて来て、頂上のパノラマ台といふ、断崖の縁《へり》に立つてみても、いつかうに眺望がきかない。何も見えない。井伏氏は、濃い霧の底、岩に腰をおろし、ゆつくり煙草を吸ひながら、放屁なされた。いかにも、つまらなさうであつた。（傍線相馬、以下同じ）

「井伏氏」は作家の井伏鱒二がモデルである。井伏鱒二は、放屁していないという抗議を、少なくとも二つの文章に取りあげている。その一つ「御坂峠にゐた頃のこと」(1)には、「可成り在りのままに書いてある作品だが、「富嶽百景」については一箇所だけ私の訂正を求めたい描写がある。それは私が三ツ峠の頂上の霧のなかで、浮かぬ顔をして放屁したといふ描写である。私は太宰君と一緒に三ツ峠に登つたが放屁した覚えはない」と書いている。

実在の作家井伏鱒二が、少なくともこの場面の「井伏氏」を現実の自分自身の描写と受け取っていることが窺われる。また、井伏のもうひとつの文章「亡友」[2]からは竹下という読者が、やはり「井伏氏」を井伏鱒二と同じ人物として読んでいることがわかる。一方、抗議に「太宰は腹を抱へる恰好で大笑ひ」をして本気で受け答えしていない様子が窺える。当の書き手である太宰治が現実の井伏を描写したかどうかについては疑問も残りそうである。「津軽」の感動の場面である「たけ」との再会も、実際は小説とは異なるものであった例[3]も考え合わせると、現実の人物と同じ記号（名前）の人物が作中に描かれたとしても、同一人物の表現として受容することには問題があると言えるだろう。

一、津島修治の小説表現「津島修治」

周知のことであるが、太宰治の前期後半の小説表現に「太宰治」（作中人物、作中人物的作家）が集中して現れる[4]。「ダス・ゲマイネ」（昭和一〇年一〇月）「虚構の春」（昭和一一年七月）「狂言の神」（昭和一一年一〇月）「創生記」（昭和一一年一〇月）「二十世紀旗手」（昭和一二年一月）である。いわゆる実験小説の後半に位置する作品群と言い換えることもできる。これはこの時期の太宰の表現あるいは文学手法の上での戦略だと考えられる。その辺りを愚考してみたい。

前期に先行する初期作品に、この類の文学表現は一作にあるのみである。それは、津島修治の署名で発表された「怪談」（大正一五年一二月）の「一夜のうちに老いぼれてしまつたマントの話」にある。一読、小説の体をなしていないとでもいうべき習作である。もっとも、もう一つの「魔の池」も似たような印象である。

「私」のマントがなくなって捜してみると、どうしたことか「私」のマント掛けにあった。そのマントは「ボロボロ」になって「私のとはちがつて居る」と思ったが、「私」は「一夜のうちに老いぼれてしまつた」のだと思い直して「ゾッと」するのである。「津島修治」が現れる箇所は、「私」が「体操の先生」にマントの紛失を届けた際に、先生に「君は何と言ふんだい」と聞かれたので「津島」と答え、先生が「ア、津島……修治か……そうだネ――」と確認する場面である。一作のこの一箇所きりである。

二、実在作家名の多用

初期作品は、それほど複雑でもない表現構造であるのに、前期になると「作中人物的作家」が登場し、「潜在二人称」が顕在化し、メタフィクション構造が頻出し、複雑な表現の層を形成してくるという大きな差異が見られる。たとえば初期ではメタフィクションは「私のシゴト」（大正一五年二月）「股をくぐる」（昭和三年七月）「地主一代」（昭和五年一、三、五月）の三作のみである。しかも「股をくぐる」は結末少し前で作者がカッコの中で出現し、「地主一代」は語り手「兄」の書いた小説という設定で「哀蚊」が挿入されて言説が述べられるという、きわめて簡単な構造である。しかし前期では、「猿面冠者」（昭和九年七月）「道化の華」（昭和一〇年五月）「狂言の神」のような典型的なメタフィクション構造となって、読み手側は幻惑されてしまうことになる。

そのような中、実在の作家名が表現に多用される小説が現れる。実在の作家群とは、たとえば「猿面冠者」の「彼のふるさとの先輩葛西善蔵の暗示的な述懐をはじめに書き、それを敷衍しつつ筆をすすめた。彼は葛西善蔵といちども逢つたことがなかつたし、また葛西善蔵がそのやうな述懐をもらしてゐることも知らなかつたのであるが、（略）」などであり、「創生記」では「佐藤春夫」が登場し、後にいう芥川賞事件の発端となる。因みに「喝采」（昭和一一年一〇月）も「井伏鱒二」「中村地平」が出てきて、実名小説の様相を呈する内容である。太宰治の小説にあつては、「太宰治」はその究極的ともいえる表現なのである。

三、「太宰治」の意図

「太宰治」が出現する五つの小説のうち、「虚構の春」では「太宰治」宛の手紙の集積という仮構をとるので、「愚弟太宰治様」と宛名として出てくるのは当然のことではある。手紙の中で「兄上」の優秀さを取りあげて、「愚弟太宰治氏、なかなか、つらかろと御推察申しあげます」とあるのも、「太宰治」へ書いているのだから、不思議なことではない。また「二十世紀旗手」でも「秘中の秘」という雑誌の編集部と作中作家「太宰治」との連絡の遣り取りに用いられている、という設定にでてくる場合は、これも作中から考えれば普通のことには違いない。

しかし、「たかだか短篇二つや三つの注文で、もう、天下の太宰治ぢやあちよいと心細いね」「僕は太宰治に、ヴアイオリンのようなせつなさを感ずるのは、そのリリシズムに於てであつた。太宰治の本質はそこにあるのだと、僕は思つている」（「虚構の春」）「太宰の能力、それも十分の一くらい、やつと、さぐり当てることができるのぢやないか」（「二十世紀旗手」）などは、読み手には宛名や呼びかけの部分とは異なるインパクトを与えるはずである。「ダス・ゲマイネ」の「太宰治」は、構造的には単なる登場人物のひとりの作家に過ぎない。しかし、「君、太宰つてのは、おそろしくいやな奴だぞ。さうだ。まさしく、いや、な奴だ。嫌悪の情だ」と表現されると「単なる」作中人物を超えている表現効果をもたらすことになる。

「狂言の神」は、最初「笠井一」が主人公の物語であったはずが、途中で突然語り手「太宰治」が正体を曝して、作中に登場する。

今は亡き、畏友、笠井一もへつたくれもなし。ことごとく、私、太宰治ひとりの身のうへである。いまにいたつて、よけいの道具だてはせぬことだ。私は、あした死ぬるのである。はじめに意図して置いたところだけは、それでも、言つて知らせてあげよう。私は、日本の或る老大家の文体をそつくりそのまま借りて来て、私、太宰治を語らせてやらうと企てた。

この部分の「太宰治」は作者その人のように錯覚されるが、作者太宰治でないことは言うまでもない。しかし、この後の小説内容は、作者である太宰治の実生活の記録であるかのように読まれてしまう。「狂言の神」と同じく鎌倉山縊死事件を題材とした、中村地平の小説「失踪」(5)（昭和一〇年九月）の発表などもそのように読まれる状況に深く関与した、といえる。

「創生記」は、「太宰イツマデモ病人ノ感覚ダケニ興ジテ、高邁ノ精神ワスレテハヰナイカ、」と漢字カタカナ交じりの表記で始まる。この一節が中断して、「もういい。太宰、いい加減にしたら、どうか。」とひらかな交じり表記が三行続いて、またカタカナ交じり表記の一節が少し続く。中ほどに「太宰ならばこの辺で、襟搔きなほして両眼とぢ、おもむろに津軽なまり発したいところさ、など無礼の雑言」とあり、そうして作中作ともいうべき「山上通信」の「太宰治」の署名が出てくる。「太宰と言へば、必ず、芥川賞を思ひ浮べる様子にて、悲惨のこと、再三ならずございました」という「佐藤先生」を登場させての芥川賞異聞となる。最後の一節も「太宰のその一文にて、もしや、佐藤先生お困りのことあるまいかと、みなみな打ち寄りて相談、とにかく太宰を呼べ、と話まとまつて散会、（略）」となって、ほぼ全編に「太宰（治）」が出てくる。

四、「太宰治」の戦略

太宰と自意識・対他意識が密接な関係にあることは周知のことである。この作家の場合、〈自意識〉を持ち出せば、たいていのことはそれなりの説明が付くので、この自己名を作中に露わにする意味も、もちろん自意識過剰、自己顕示欲との関わりで作家の側から説明できるだろう。しかし、作品の表現構造の観点からすると、単に自意識の発露で事足れり、とするわけにはいかない。

太宰治の小説の〈語り〉は第一人称形式といえる。独白体である。告白体といっても、ほぼ同義である。冒頭に挙げた五作は、「虚構の春」について多様な分析も出てこようが、すべて一人称の語りといってよい。「道化の華」に「僕」が出てきて、自作の小説をいちいち解説していくことになる。「僕」では虚構のリアリティは作者と同一視（正確には、同一の錯視といった方がよい）するには、読者にはまだ余裕があるというべきか。これが「太宰治」なら、作者自身の現実を小説という形で書いている、という作者と同じ記号であるゆえのリアリティが高められて読者に受容される蓋然性が出てくる。一人称形式による語りであるからこその効果が発現されている。出現回数が多いわけではないが、数値以上の意味のある技法といえる。

太宰の小説は、既に同時代自らの実生活が作品と混同・二重化されて読まれている。(6) それには自殺未遂や心中未遂など、一般的には通常と考えられないであろう事件を起こし、しかもその経緯を小説の題材にした、というインパクトは確かに小さくないはずである。しかし、そのこと以上に、ここまで述べてきた実在の作家名や「太宰治」を組み入れた意味と効果は大きい。この蓋然性を側面から援護しているのが、「創生記」「喝采」などでみた実在の作者名の織り込み、ということになる。(7)

集約して言えば、太宰治はメタフィクション的構造という複雑な表現層を作り、実在の作家名、殊に「太宰治」を組み入れて虚実の混沌を意図し、実在の作家らしき作中作家が特定不特定の「君」「あなた」——読者に語りかける、という表現構造を創り上げたのである。「怪談」の「マント」の話に立ち返ってみると、「津島修治」には虚構のリアリティをほとんど見出せない。それは小説そのものの稚拙さに因ることは明白であるが、複雑な表現層の加護がないためでもある。

この戦略は、「創生記」「二十世紀旗手」などパビナール中毒による不安定な精神状態といわれる中で生まれた作品群でこそ、太宰治に好都合な状況を提供し有効性を発揮した。

おわりに

太宰治がさらに一歩進んで、女性による一人称の語り（女性独白体）[8]を切り拓くのは、もうすぐのことになる。因みに、これほどドラマティックに「太宰治」が現れることは、中期以降少なくなる。これは、たとえば芥川賞事件で示されたような、太宰の戦略以上あるいはその通りの実効ができたことで、表現上のシステムから放たれたのではないか、と思量するのである。

［注］

（1）「御坂峠にゐた頃のこと」初出は昭和三〇年一二月（引用は、井伏鱒二『太宰治』筑摩書房　平成元年一一月）

（2）「亡友—鎌滝の頃—」初出は昭和二三年一〇月（引用は、注（1）と同じ）

（3）相馬正一「インタヴュウ　越野タケ氏に聞く」（『國文學』昭和四九年二月）、『評伝太宰治　第三部』（筑摩書房　昭和六〇年九月）など。

（4）「虚構の彷徨」の同時代評「太宰治氏「虚構の彷徨」」には「彼の作品のほとんど全部に太宰治といふ、作者自身が登場する」とある（豊田三郎「日本読書新聞」昭和一二年七月二一日）。（傍線すべて相馬（注6）も同じ）

（5）「失踪」（「行動」昭和一〇年九月）は、「僕」が「三島修二」と同人雑誌のことで口論した二箇月後、三島が失踪し、山の中で縊死しようとして果たせず帰ってきた、という梗概の小説である。「三島」は太宰、「伊吹省三」が井伏鱒二と目されている。

（6）たとえば「虚構の春」の同時代評「七人の小説家」には「この奇怪な虚構の春は、作者の作為の有無にかかわらず、現実そのもので、その急所ではなくなつてゐる」（中島健蔵「自由」の「文芸時評」昭和一一年七月）、また「読んでみるとこれが全部佐藤春夫、井伏鱒二その他有名無名の実在人から太宰宛に寄越した、本当の手紙から出来上がつている」（「国民新聞」昭和一一年六月一九日）も管見される。注（4）にも「僕は目に触れた二三の作品からも世間に伝へられてゐる言行からも同君を少なからず嫌味におもつた」とある。

（7）実在の人名が描出されなくとも、「彼はそのころ、北方の或る城下まちの高等学校で英語と独逸語とを勉強してゐた」（「猿面冠者」）のように、太宰の実人生と思い込ませる表現もある。

（8）近来、女性独白体の研究の進展には目を見張るものがあり、文献も多数に上る。ここではその嚆矢である東郷克美「太宰治の話法」（『日本文学講座　第6巻』大修館書店　昭和六三年六月）と、櫻田俊子「太宰治『燈籠』論―女性独白体の成立」（「法政大学　大学院紀要」第61号　平成二〇年一〇月）を挙げるに止める。櫻田は、「猿面冠者」の女性による語りの部分が、女性独白体を成立させたという見解を示している。

第三節　「再生」する「学生群」

――随想「校長三代」の表現

一、「校長三代」の背景

「校長三代」は、昭和一三（一九三八）年一〇月三一日発行の「帝國大學新聞」の「高校今昔の横顔16」に発表された。山内祥史は、一〇月下旬の執筆と推定している[1]。

昭和一三年、特に後半は太宰治にとってエポック・メーキングな年であった。年譜を追ってみる[2]。

前年の昭和一二年六月上旬から中旬頃にかけて、太宰は最初の妻である小山初代と離別した。因みに入籍はしていなかった。その後約一年余、荒んだ生活を送ることになる。文学上も生産の少ない期間であった。

昭和一三年七月上旬、甲府市の斎藤文二郎夫人の紹介で、井伏鱒二から結婚話があった。九月一八日、斎藤夫人の案内で甲府市水門町の石原家宅に赴き、井伏付添いのうえ、石原美知子と見合いをした。一一月六日、午後四時頃から、同じく石原家で斎藤夫妻、井伏の立ち合いで、婚約披露宴が行われた。この席には、美知子の叔母二人も招かれ同席した。この結婚には太宰の生家から援助が見込めないこと、酒入れの一件により井伏鱒二宛の「誓約書」を記したこと等の思わしくない事も起こったが、全体的にみれば太宰は美知子との結婚を望み、順調な結果を得た一連の流れだったといえる。翌昭和一四年一月八日、太宰は井伏宅で美知子との結婚式を行った。

ただし、一〇月三〇日には、太宰の叔母キヱの孫で「私になついてゐた」（「秋風記」昭和一四年五月）津島甫が自殺をし、翌三一日に逝去という出来事があり、大きな痛手を受けている。

作品史的にも、既に前年の昭和一二年一〇月「燈籠」から、それまでの前期とは異なる題材と方法を持つ中期作品群が書かれていくことになる。いわゆる女性独白体の嚆矢の作品でもある。

昭和一三年七月に発表された随想「答案次第」には、太宰自身の言葉で転換が語られている。

変れば変るものである。五十米レエスならば、まづ今世紀、かれの記録を破るものはあるまい、とフアン囁き、選手自身もひそかにそれを許してゐた、かの俊敏はやぶさの如き太宰治とやらいふ若い作家の、これが再生の姿であらうか。頭はわるし、文章は下手、学問は無し、すべてに無器用、熊の手さながら、おまけに醜貌、たつた一つの取り柄は、からだの丈夫なところだけであつた。

「校長三代」は、このような時期に書かれた随想であり、旧制（官立）弘前高等学校の校長についての人物評的な回想を述べたものである。

太宰が旧制弘前高校に入学したのは昭和二（一九二七）年四月、卒業が昭和五年三月である。太宰の在学中、校長は文字どおり「三代」に及んだ。順に第三代黒金泰信、第四代鈴木信太郎、第五代戸沢正保の三人である。そのうち一年八ヶ月ほどが鈴木であった。「校長三代」の紙幅のほとんどは、この鈴木校長の記述で占められている。

二、「校長三代」と「学生群」——表現の比較

鈴木校長と言えば、校友会費費消事件が真っ先に挙げられる。概要のみ示してみる。

昭和四年二月頃、鈴木校長が公金約一万五千円を無断で費消していたことが発覚し、地元の新聞に一斉に報道された。弘前高校では臨時生徒大会、同盟休校へと発展し、校長の謝罪と引責辞任で一応の落着となった。その追及の急先鋒となったのが、上田重彦の率いる新聞雑誌部であり、太宰も所属して活動をしていた。
太宰は謝罪の場面を次のように記している。

校長には、息子があつた。（略）この人は、その、校長追放の騒ぎの中で、気の毒であつた。／校長は、全校の生徒を講堂に集めて、おわびをした。このたびは、まことにすまない、ゆるしてもらひたい、と堂々の演説口調で言つたので、生徒は、みんな笑つた。どろぼう！　と叫んだ熱血児もあつた。校長は、しばらく演壇で立往生した。私のちかくに、校長の息子がゐた。うつむいて、自分の靴の先のあたりを、じつと見つめてゐた。よく、できるひとで、クラスのトップだつたらしいが、いまは、どうしてゐるだらう。（「校長三代」）

この費消事件は、初期小説「学生群」（『座標』昭和五年七〜九、一一月）の題材になった有名な事件である(3)、といった方がよいだろうか。「学生群」では「久保木校長」である。いま「学生群」について考察する余裕はないが、小説表現でどのように描かれているのかという点は、「校長三代」を読むうえでの手がかりとなる。関心の中心は、「校長三代」と「学生群」の同じ題材からの表現の比較にある。
ここでは、校長の謝罪の場面、校長の息子の描写を中心に取りあげてみていきたい。

今や大講堂は深山の如く静かである。水をうつたやうにしいんとして居た。――ギギ、、と正面の細長い開戸が鈍い音を立ててゆるやかに開いた。／意外！　あの校長が立つて居るのだ。／『どろぼう！』／たまつた

ものでは無い。血の出るやうな悲痛な第一声。（「一、偸盗」傍点原著者）

吉野は併し、全然ちがつたことを考へて居た。彼は、今朝講堂に於て父の惨めな謝罪の言葉を、一生徒として静かに聞いて居た校長の息子、久保木の生きて居る人とも思はれぬ蒼い顔を……。（「二、若き兵士」）

客観視点による久保木校長の人物設定は、悪性が誇張されて描かれる。「臆せず」「小憎らしい迄に洒唖洒唖」と口を切る、校長の「謝罪」の態度に「皆ドツと笑ひ出」すのである。怒りを通り越して、の意であることは言うまでもない。登場人物の一人に「大泥棒」とも言わせている。そしてその悪漢校長を、生徒が真相究明のため同盟休校で追い詰めていく過程が、学校側の切り崩し等と相まって〈物語〉として描かれていく。

息子の「蒼い顔」には極限状況的心理が読み取れるが、息子に対する語り手の心情が直接打ち出されてはいない。「学生群」の最後は、息子の裏切りを知る久保木校長の絶句の様子が描かれる。「学生群」自体が中断未完の作品であるが、この展開に作者の態度の表明をみることもできよう。

大高勝次郎は、太宰の同盟休校に対する姿勢は「甚だ消極的」で「こそこそとついて来ただけ」と述べ、「芸妓買いに耽っている彼としては、むしろ校長に同情していたようであった」[4]と発言しているが、「学生群」を読む限りは、必ずしも同情は重要な表現となっていない。確かに「久保木校長はなんと朗らかな男でないか。元来が政治畑のものであつたのを、こんな窮屈な教育界などといふ知らぬ在所へ連れ込まれたのだから、気の毒である」というような表現はある。しかし、この直後「P高の生徒こそいい災難」とあり、「気の毒」なのは生徒であることを言うための皮肉であって、アイロニー表現と解すべきである。

一方、「校長三代」でもほぼ同一の内容の表現があるが「学生群」と同様に読み解かれるわけではない。随想という形式が関わってか、その筆致には、鈴木校長に同情している印象が色濃く出ている。引用した部分の直前で「不幸な人」と評している。「全然無学の人の感じ」の言もあり、これは、京都帝国大学書記官から弘前高校校長となった鈴木が「政治家肌のひと」で、教育界では「無学」で結果として「不幸」な結末となった、の意であろう。「息子」に対しては、直接「気の毒」という言葉で表現している。

太宰の作品を小説と随想に区別することは難しいことである[5]。しかし、「学生群」と「校長三代」に限っては、文体上表現上の差違がかなり把握できる。昭和一三年のいわゆる中期への転機になった太宰の実生活上の健全への志向が、鈴木校長に対する形となって太宰の筆致に作用しているように思われる。約九年前の「学生群」にみられた左翼思想的言辞を含めた校長の描写や表現と「校長三代」のそれとの相違が、太宰のいう「再生」の担保となっている。

「校長三代」では、校友会費費消について太宰は「何に使つたかは、軽々に、私たち、今は言へない。校長自身が、知つてゐる」と記すに過ぎない。第六回卒業平岡敏男も「私どもにはその真相は知らされていない[6]」と述べ、当時の鈴木校長側と名須川教頭との間の何らかの確執が関わって起きたらしいことが回想されている。第九回卒業の宮川勝馬も「当時、この事件は学校首脳部間の軋轢によるなど噂されて居た[7]」と述べている。要するに真相は判明しなかったようである。

三、記憶と記録

さて、旧制弘前高等学校同窓会では、回想記等が編まれている[8]。校長は、直接授業を担当しないので、他の教官たちのように身近に生徒と接する機会が多くないためであろうか、教官等に比べ回想記が少ないようである[9]。

第七回卒業の工藤勇助という人物は、鈴木校長は「別に性格が謹厳で、秋霜烈日といった型の人ではない。否反対に性格的には豪放な、むしろ野放図といってよい程しまりのない野人肌で、酒も遊びも好き、人一倍贅沢で派手好みな、いってみれば全く愉快な憎めない人である」[10]と人物評を記している。

前述の大高は「のっぺりした風貌の威張りくさった一見教育者らしくない人であった」[11]と述べており、工藤の印象と対極的である。それぞれの立ち位置で、対人の印象が異なることの一例として挙げておく。

太宰が、鈴木校長を姓名ともに記憶しているのに、黒金校長、戸沢校長は姓のみで名前が書かれていない。戸沢校長の部分にあるよう「ひとの名前を忘れ易」い性質のしたことであっても、レトリックとは言わないまでも、鈴木校長の印象が強いことを示す結果になっている。

最後に戸沢校長に対する太宰の「この校長のお名前も、はつきり憶えてゐない」という記述について一言書き添えて置く。

鈴木校長の引責辞任以降、時代の趨勢そのものが右傾化し、左翼運動に対する抑圧がより苛烈になっていく。弘前高校においても昭和五年一月一六日新聞雑誌部メンバーを含む生徒九名が検挙され後日三名の放校処分、年末演劇研究会が左翼グループであるとして解散命令、昭和六年二月九日無産新聞の配布等に関わったとして生徒三名引致一〇数名検挙のちに放校三名、昭和七年六月、いわゆる「赤い太鼓」事件[12]と続き、生徒の左翼思想行動に酷薄な強い弾圧が加えられていった。戸沢校長は、この「赤い太鼓」事件によって引責辞任ということになる。一連の弾圧の多くは太宰卒業後の出来事でもあり、確かに太宰自身は、昭和七年七月に左翼思想と決別した（決別を五年のこととする見解もある[13]）。しかし、新聞雑誌部をはじめ、左翼思想を蹂躙した校長の姓もうろ覚えだ、という言を全面的に納得することには抵抗もある[14]。

【注】

(1) 初出版『太宰治全集　第一一巻』解題（平成三年五月）

(2) 山内祥史作成の年譜を主な文献として、相馬正一『評伝太宰治　第二部』（筑摩書房　昭和五八年七月）などを参照した。

(3) 相馬正一は「『学生群』の中のストライキに関する部分は、当時の新聞記事（「弘高新聞」も含む）その他と照合してみると大体事実に近く、その限りでは小説と呼ぶよりも一種のルポルタージュとでも名づけたいような作品である」（『若き日の太宰治』筑摩書房　昭和四三年三月）と述べている。

(4) 大高勝次郎「太宰治の思い出」（たいまつ社　昭和五七年三月）。ただし、太宰自身新聞雑誌部員として何らかの活動をしていたことから考えると、簡単に同意できない感がある。

(5)『太宰治大事典』（勉誠出版　平成一七年一月）「随筆」の項。

(6)「弘高時代のこと」（『旧制弘前高等学校史』弘前大学出版会　平成一七年五月　初出昭和三五年）

(7)「思い出すままに」（『虚空に羽ばたき』弘前高等学校同窓会　昭和四五年一〇月）

(8) 注（6）、（7）で挙げたような記念周年の刊行物の他に、「旧制弘前高等学校同窓会会報」が昭和五六年復刊（第一号）され、平成一七年三五号最終号まで発行されている。

(9) 注（6）の平岡の回想文に、黒金校長に健康を気遣う言葉を掛けられたエピソードがあるほかに、回想記類に黒金校長に関する二、三の回想や印象がみえる。戸沢校長については、出来事的な記述は別として人柄の一端を述べた回想は捜し出せなかった。

(10)「昭和四年のストライキを中心として」注（7）所収。同文で工藤は、太宰治と大高勝次郎の書いたもの（太宰についてては「学生群」のことか——引用注）は、「何か通り一ぺんのものといった感じ」という印象も述べている。

(11) 注（4）と同じ。

(12) 昭和七年六月二九日、ガリ版刷り新聞「赤い太鼓」を発行していた社会科学研究グループが、共産青年同盟と連絡を取り、不穏なビラを貼ったという理由で、七月にかけて約四〇名引致され、後日、諭旨退学六名など大量の処分者がでた。

(13) 川崎和啓「太宰治におけるコミュニズムと転向」(「兵庫教育大学　近代文学雑志」第一号　平成二年一月)

(14) 山口浩之は、昭和一一年から一三年にかけて執筆された「狂言の神」「虚構の春」「姥捨」「花燭」に描かれた「共産主義体験」は、太宰が「再生」を演出するために「最大限に」「便宜的に利用」した、という論旨を展開した(「太宰治・昭和十三年の前後の〈転向〉」「稿本近代文学」第一八集　平成五年一一月)。仮に太宰に意図があって戸沢校長の記憶に触れないのだとすれば、随想であっても広い意味では山口の考察に堪え得る。

第六章　饒舌の表現作用

——僕はもう何も言ふまい。言へば言ふほど、僕はなんにも言つてゐない。（「道化の華」）

はじめに

太宰治の文体的特徴、表現特性の一つに、饒舌体（饒舌文体）があげられる。
渡部芳紀は「二十世紀旗手」（昭和一二年一月）の一節（「行くところなき思ひの夜は」から「活動写真館へはひる」まで）を取りあげて、次のように述べている。

この文章は意識して、饒舌体をとっているため、句点はきわめて少なく、読点で次々と文章を中止させて次へ続けていき、長文となっているのである。ちなみに言えば、「二十世紀旗手」は、全体的に、このような饒舌体によって、長文で作品が構成されているのである。
（「太宰治の文体」[1]　傍線相馬、以下同じ）

佐藤隆之も「太宰の文体というと、饒舌体とよく称される。畳みかけるようで、一文一文はあまり長くないものも含まれるが、全体として息もつかせない形で続いていくようなもの」（「太宰治と今官一と石上玄一郎」[2]）と説明した後、その例として後掲する「駈込み訴へ」（昭和一五年二月）の冒頭部分を引いている。

試みに『太宰治大事典』（勉誠出版　平成一七年一月）をひも解いてみると、「饒舌体」の項が設けられているが、「太宰治の文体の形式の一つ」とあり、項目の紙幅は「道化の華」「猿面冠者」「玩具」「めくら草紙」の作品解説がそのほとんどを占めて特に定義のような説明はない。項目の執筆者は、いわゆる高見順に顕著にみられた「饒舌体（饒舌文体）」とほぼ同じ意味内容として解説していると理解される。

太宰治と高見順に関して、文学史において次のような記述がみられる。

だが昭和十年当時における、世相の不安と混乱の意識そのものは、表現者の裡での自らの表現技法そのものへの異和感として、たとえば高見順や太宰治の饒舌体の小説の登場や、特に翌年の「描写のうしろに寝てゐられない」（「新潮」昭11・5）にも反映する、いわば同時代の実作者達の一部に共通する生きた感覚であったことは確かだろう。

（根岸泰子「二つの〈私〉論」[3]）

このことは、太宰の小説の構造に重要な作用をしていることであり、「小説の小説」「小説家小説」の考察に深く関連していることでもある。高見順の文体も興味深いところであるが、本章は太宰治の文体の一端を探ることが目的であるので、ここでは本多秋五の言及をあげるに止めておくことにする。

饒舌体は、複数の人物と時間に対する、円転自在な視点の転換もさることながら、まず何よりも作中人物の内部にくぐり入って、深くかくされた心のヒダヒダを探り、タテからヨコから委曲をつくして主体の真実を、——かつて信奉した世界観崩壊の危機にさらされた知識人の主体の、その余儀ない真実を刻み上げる、高見順にとってもっとも力の発揮できる方法であった。

（『高見順全集　第一巻』解説[4]）

さて、本章の冒頭であげた渡部、佐藤のいう饒舌体は、必ずしもこの高身順の饒舌体と一致した用語としてではなく、もう少し一般的な意味合い、広義の視点から用いられているようにも受け取られる。

しゃべるように書く文体をいい、志賀直哉風の省略を重ね、抑制のきいた文体の正反対のものをいう。（略）高身《ママ》順によって定着したものであるが、すでに大正時代、宇野浩二によって「苦の世界」などで試みられているのであった。戦前には、ほかに太宰治がおもな書き手であった。

（『文芸用語の基礎知識』[5]）

本章では「饒舌体」を、主に太宰文学の前期にみられる高見順と比肩される饒舌体を指すと制限することなく、一般的あるいは広義に「しゃべるように書く文体」として用い、主に中期以降の作品にみられる饒舌性の一端をみていきたい。渡部も取りあげた「二十世紀旗手」もさることながら、もうひとつ前期の最後の小説「HUMAN LOST」（昭和一二年四月）をみて置きたい。

求めよ、求めよ、切に求めよ、口に叫んで、求めよ。沈黙は金といふ言葉あり、桃李言はざれども、の言葉もあつた。けれども、これらはわれらの時代を一層、貧困に落した。（As you see.）告げざれば、うれひ、全く無きに似たり、とか、きみ、こぶしを血にして、たたけ、五百度たたきて門の内こたへなければ、千度たたかむ、千度たたきて門、ひらかざれば、すなはち、門をよぢのぼらむ、足すべらせて落ちて、死なば、われら、きみの名を千人の者に、まことの不変の敬愛もちて千語づつ語らむ。きみの花顔、世界の巷ちまた、露路の奥々、あつき涙とともに、撒き散らさむ。

（「二十六日」の最終の断章）

この断章は九文である。もっと続いているが引用はここまでにしておく。六つの文のうち、長文は第五文の一五〇字程度のみ。第一文の「求めよ」の四度のくり返しによって、早口のリズムが生まれている。第二文「沈黙は金」、第三文「桃李言はざれども」で、第一文「口に叫んで」を否定するが、第四文「けれども」で再否定する。第五文は「五百度」「千度」「千人」「千語」と数詞を畳み掛けると同時に、「たたく」「応答なし」「門をよぢのぼる「落ちて死」死後の名声と、縁語のように関連する語で次々と話題を変化して連続させていく。引用文の後で「子々孫々」が名声を「語りつがせむ」の約束ということになる。長文とは言えないが、饒舌性をもつ一形式と考えられる。

「道化の華」（昭和一〇年五月）は、太宰が「「僕」といふ男の顔を作中の随所に出没させ、日本にまだない小説」（「川端康成へ」平成一〇年一〇月）と自注したことが知られている。冒頭部分を見てみる。

「ここを過ぎて悲しみの市《まち》。」

友はみな、僕からはなれ、かなしき眼もて僕を眺める。友よ、僕と語れ、僕を笑へ。ああ、友はむなしく顔をそむける。友よ、僕に問へ。僕はなんでも知らせよう。僕はこの手もて、園を水にしづめた。僕は悪魔の傲慢さもて、われよみがへるとも園は死ね、と願つたのだ。もつと言はうか。ああ、けれども友は、ただかなしき眼もて僕を眺める。

大庭葉蔵はベツドのうへに坐つて、沖を見てゐた。沖は雨でけむつてゐた。

夢より醒め、僕はこの数行を読みかへし、その醜さといやらしさに、消えもいりたい思ひをする。やれやれ、大仰きはまつたり。だいいち、大庭葉蔵とはなにごとであらう。酒でない、ほかのもつと強烈なものに酔ひしれつつ、僕はこの大庭葉蔵に手を拍つた。この姓名は、僕の主人公にぴつたり合つた。大庭は、主人公のただならぬ気魄を象徴してあますところがない。

引用の五行目までの「僕」は大庭葉蔵の自称であり、「夢より醒め」た「僕」の書いた小説の中の語句になる。大庭葉蔵が主人公の小説を注釈するという形で、作者「僕」（作者太宰治ではない）が「描写のうしろ」から飛び出してきたのである。作者太宰からすれば、作品構造を創り上げるための表現上の操作ということになる。葉蔵の自称「僕」と作中作家「僕」の読み手側の混同は、おそらく作者太宰の予想下にあり、飛び出した第二の「僕」と作者太宰の混同が二重に意図された操作となる。この引例のみで、第二の「僕」の言説が饒舌といえるのかどうか微妙であるが、作者らしい語り手が作品の表舞台に直接出てきて言上げをする点では、確かにこのこと自体「饒舌」というべきである。〈小説の小説〉として躍如たる部分といえる。しかし、「HUMAN LOST」の引用部分は、語り手自身の一人のみの構造となって、「道化の華」とは表現の層に相違がみられる。この二つに限定して言えば、「道化の華」の第二の「僕」が、「HUMAN LOST」の語り手として自立した印象を受け取ることは大筋で正しい。もちろん〈小説の小説〉に属する作品であっても同じ表現の層ではないのだが、太宰の一人称語りは、短絡を恐れなければ、このような大きな流れにあると言ってよい。つまり、中期以降の饒舌は前期にみられたものの変形あるいは整理進展した文体と考えられる。逆の見方をすれば、前期の高見順的饒舌体は太宰文学全容の饒舌体の一時期の特殊な文体とすることも可能である。このような意味合いでも、「饒舌体」を特に限定することなく進めていく。

ここで、語学的文体論の碩学が太宰の表現に言及したものを参考にしておきたい。

ひとつの事がらをひとつの表現で一回きっぱりと言ってのけることのできない誠実ないらだちと不安、それがあの表現の過剰をもたらし、渦巻くことばの洪水をひきおこすのだろうか。

（中村明「太宰治の表現」[6]）

一文当たりの句数が多く、一句当たりの字数が少ない。このことは、短い語句が、多数の読点によって、いくつも畳みかけるように連なって、一つの文を構成するという、太宰の文章表現の特性なのである。

（橘豊「太宰治の文章表現」[7]）

橘のいう「太宰の文章表現の特性」には、次に示すような部分が対応すると考えられる。

弟の直治に、それとなくそのひとの御様子を聞いても、そのひとは何の変るところもなく、毎晩お酒を飲み歩き、いよいよ不道徳の作品ばかり書いて、世間のおとなたちに、ひんしゆくせられ、憎まれてゐるらしく、直治に出版業をはじめよ、などとすすめて、直治は大乗気で、あのひとの他にも二、三、小説家のかたに顧問になつてもらひ、資本を出してくれるひともあるとかどうとか、直治の話を聞いてゐると、私の恋してゐるひとの身のまはりの雰囲気に、私の匂ひがみぢんも滲み込んでゐないらしく、私は恥づかしいといふ思ひよりも、この世の中といふものが、私の考へてゐる世の中とは、まるでちがつた別な奇妙な生き物みたいな気がして来て、自分ひとりだけ置き去りにされ、呼んでも叫んでも、何の手応への無いたそがれの秋の曠野に立たされてゐるやうな、これまで味はつた事のない悽愴の思ひに襲はれた。

（「斜陽」五）

他にも挙げるべき部分はたくさん見つかるだろう。「おさん」（昭和二二年一〇月）の語り手（妻）と子どもたちが青森市へ疎開する件《くだり》には三一五字（句読点を含む、以下同じ）の文がある。「人間失格」（昭和二三年六～八月）では四五五字、「鉄面皮」（昭和一八年四月）ではなんと一〇二〇字の文がある。「右大臣実朝」（平成一八年九月）では第一五段の第一一文が九五〇字超の長文で、その前後第一〇文は六四字、第一二文が七六字の対照的部分がある。(8)

ただし、本章は形式面を重視して、語学的なあるいは文法的な側面から文体・表現の考察を試みるものではない。饒舌とみられる部分をいくつか取りあげて、どのような性質を持つのか、どのように表現効果が発揮されているのか、考えていくことにする。

一、他者への非難　攻撃

佐藤も挙げた「駈込み訴へ」について、磯貝英夫の言及がある。

> この作品は、独白的告白という表現手段をえらぶことによって、おしゃべり芸という作者の得意芸を十分に発揮するとともに、刻々にゆれ動き、また、うち重なる矛盾的な心理のすべてに、論理性や客観性などについてのわずらいは最小限にして、ことばをあたえることに、成功したのである。
> （「饒舌—両極思考—「駈込み訴へ」を視座として」）(9)

「おしゃべり芸」とは、饒舌性とほぼ同じ意味合いと受け取ってよい。「駈込み訴へ」の表現については、既にいくつかの先行論文がみられる。(10) 太宰治の饒舌性のひとつは、ユダにみられる他者への非難・攻撃の言説に現れる、と考えられる。冒頭を掲げる。

申し上げます。申し上げます。旦那さま。あの人は、酷い。酷い。はい。厭な奴です。悪い人です。ああ、我慢ならない。生かして置けねえ。

はい、はい。落ちついて申し上げます。あの人を、生かして置いてはなりません。世の中の仇です。はい、何もかも、すつかり、全部、申し上げます。私は、あの人の居所を知つてゐます。すぐに御案内申します。ずたずたに切りさいなんで、殺して下さい。あの人は、私の師です。主です。けれども私と同じ年です。三十四であります。私は、あの人よりたつた二月おそく生れただけなのです。たいした違ひが無い筈だ。人と人との間に、そんなにひどい差別は無い筈だ。それなのに私はけふ迄あの人に、どれほど意地悪くこき使はれて来たことか。どんなに嘲笑されて来たことか。

（「駈込み訴へ」）

短文をベースにして、同語のくり返し、ほぼ同意の言い換え、体言止め等が用いられている。同語反復、同義反復は、この部分に限っても何度も出てくることがわかる。よく言われるように、かなりテンポが速く感じられる文体で、ユダの「駈込み」直後という内容が、効果的に表現されている。緩急の違いはあるものの、物語全編の筋には、この冒頭の文体的特徴が一貫してみられるといえる。「ユダの饒舌」[11]（野松循子）の言い方が既にあるとおり、全編ユダが役人に一気にイエスを訴える饒舌である。この独白形式の訴えは言うまでもなく、イエスという「他者」に対する複雑に屈折する意識心理のなせるわざである。ひと言でいえば愛憎のアンビヴァレンスと言い得るが、愛情あるゆえにその分憎悪が増している。憎悪ゆえ愛情が深いことが読み手に察せられる。結末部で「銀三十で、あいつは売られる。私は、ちつとも泣いてやしない」と吐露するユダの心理は、訴えざるを得ない気持ちと訴えたことに対する悔恨罪悪感が最後まで入り組んでいると言える。そしてイエスを攻撃することが自身を擁護する皮膜となりながら、同時にその皮膜に護られる自身を辱める刃ともなっている。ユダの饒舌は、このような心理を適確に表現する装置となっている。何よりも「ああ、もう、わからなくなりました。私は何を言ってゐるのだ。さうだ、私は口惜《くや》しいのです。なんのわけだか、わからない」と披瀝しているとおり、ユダは、言えば言うほどわからなくなる混乱に陥っている。

全集で冒頭から約二ページ余、「私はあの人を、美しい人だと思つてゐる」部分に至るまで、「私」ユダは「あの人」イエスに対しての罵詈雑言、ペテロ等弟子たちへの攻撃を言葉を変えながら執拗に訴える。それは単なる攻撃や愚痴の言い放しというのではなく、「どれほど意地悪くこき使はれて来たことか。どんなに嘲笑されて来たことか」、引用文の後「私がもし居らなかつたらあの人は」「どこかの野原でのたれ死《じに》してゐたに違ひない」と自己擁護と表裏一体といえる他者攻撃を織り込んでいく。

他者への攻撃と自己の擁護が一体化している部分を、「燈籠」（昭和一二年一〇月）からもう一例挙げる。語り手自身が後日「まるで狐につかれたやうにとめどなく、おしやべりがはじまつ」たと、認める抗弁の一節である。

——私を牢へいれては、いけません。私は悪くないのです。私は二十四になります。二十四年間、私は親孝行いたしました。父と母に、大事に大事に仕へて来ました。私は、何が悪いのです。私は、ひとさまから、うしろ指ひとつさされたことがございません。水野さんは、立派なかたです。いまに、きつと、お偉くなるおかたなのです。それは、私に、わかつて居ります。私は、あのおかたに恥をかかせたくなかつたのです。

（「燈籠」）

「燈籠」は「駈込み訴へ」の二年半前の小説作品になるが、文体面では「駈込み訴へ」の前景というべき饒舌性が析出できる。ただし、二つの作品の発話の対象は前者が「おまはりさん」、後者が役人であるが、ユダが話題の中心であるイエスに攻撃の鉾先を向けるのに対し、「燈籠」の「私」は水野さん等話題の人物ではなく「おまわりさん」とその背後の世間であり、この抗議は全集で二四行続いている。その区切りの最後は「ははは、をかしい、をかしい、なんてこつた、ああ、ばかばかしいのねえ」となっていて、「私の名は、商人ユダ。へつへ、イスカリオテのユダ」という「駈込み訴へ」の最後に類似している。「私」は水野さんという学生のために、店から海水着を盗んでしまう。「おまはりさん」への弁解抗議は、引用部分の冒頭「私を牢へいれては、いけません」が三度繰り返される。また、「私は」を連発し、切羽詰った緊迫感が打ち出される。「二十四」が二度、「二十四年間」を三度用いて、真面目に生きてきたことを強調しても、「たつたいちど」の犯罪の客観的な代価には全くならない。水野さんをおもいやる利他的側面、また「お金のない人」に対する他者の擁護も見られるが、それよりは水野に「人並の仕度」をしてやるのが「なぜ悪いこと」かという自己正当化にもならない開き直り、「人をだまして千円二千円しぼりとつても」「みんなにほめられてゐる人さへある」という世間への攻撃を読み取る。しかし、「言へば言ふほど、人は私を信じて」くれないのである。

『お伽草紙』（昭和二〇年一〇月）「舌切雀」の「お爺さん」は、語り手によれば「日本で一ばん駄目な男」で「世捨人」のような生活を送っている。四〇歳前なのに、家族に「お爺さん」と呼ばせている。この「お爺さん」は、確かにほとんど家族と会話を交わしていない。ただ、妻に「優しい言葉の一つも掛け」てほしいと糾弾された時のみ、「お爺さん」にしてはかなり饒舌な反撃をみせている。

「つまらない事を言ふ。そらぞらしい。もういい加減あきらめてゐるかと思つたら、まだ、そんなきまりきつた泣き言を並べて、局面転換を計らうとしてゐる。だめですよ。お前の言ふ事なんざ、みんなごまかしだ。その時々の安易な気分本位だ。おれをこんな無口な男にさせたのは、お前です。夕食の時の世間話なんて、たいていは近所の人の品評ぢやないか。悪口ぢやないか。それも、れいの安易な気分本位で、やたらと人の陰口をきく。おれはいままで、お前が人をほめたのを聞いた事がない。おれだつて、弱い心を持つてゐる。お前にまきこまれて、つい人の品評をしたくなる。おれには、それがこはいのだ。だから、もう誰とも口をきくまいと思つた。お前たちには、ひとの悪いところばかり眼について、自分自身のおそろしさにまるで気がついてゐないのだからな。おれは、ひとがこはい。」

（「舌切雀」）

短文と比較的長文が入り混じっている。「お前」「おれ」をくり返して、彼我の懸隔をはっきりさせようとしている。「お前たち」は家族を指すのか、世間まで含めているのか微妙だが、最後の「ひとがこはい」の「ひと」は家族に限定してとらえない方が、「お爺さん」に哲学思想をみることができる。この反論は妻への非難から始まって、おそらく人間一般の「おそろしさ」まで及んでいるととらえるが、結局は自己弁護ということになるのかも知れない。

二、自己弁護　弁解

次に、より他者への非難・攻撃の要素が薄れ、自己弁護あるいは弁解が強くなる饒舌をみることにする。「姥捨」（昭和一三年一〇月）に語り手が「能弁」と説明している登場人物の発話がある。「能弁」はあくまで作中での言説に過ぎないものの、「饒舌」と近似の状況を予測させる。

嘉七とかず枝夫婦は事情あって心中を決め、水上温泉へ向かう列車の中である。

汽車は赤羽をすぎ、大宮をすぎ、暗闇の中をどんどん走つてゐた。ウヰスキイの酔もあり、また、汽車の速度にうながされて、嘉七は能弁になつてゐた。（「姥捨」）

この後、嘉七は全集本で約一四行一気に語る。その後、かず枝が人に聴こえるからもういいと口を挿むが、嘉七は止めないので、その後かず枝は嘉七の話を聞いていない。しかし、嘉七はまだ「語りつづけ」るのである。

「冗談ぢやないよ。なんで私がいい子なものか。人は、私を、なんと言つてゐるか、嘘つきの、なまけものの、自惚れやの、ぜいたくやの、女たらしの、そのほか、まだまだ、おそろしくたくさんの悪い名前をもらつてゐる。けれども、私は、だまつてゐた。一ことの弁解もしなかつた。私には、私としての信念があつたのだ。けれども、それは、口に出して言つちやいけないことだ。それでは、なんにもならなくなるのだ。私は、やつぱり歴史的使命といふことを考へる。自分ひとりの幸福だけでは、生きて行けない。私は、歴史的に、悪役を買はうと思つた。ユダの悪が強ければ強いほど、キリストのやさしさの光が増す。私は自身を滅亡する人種だと思つてゐた。私の世界観がさう教へたのだ。

この「訥弁の饒舌体」[12]（野口武彦　傍点野口）は全部言い終わるまで、全集で一七行続くのだが、はじめの六行分のみ引用した。続く部分も含め、ここも必ずしも長文ではない。眼につくのは、一四行に「けれども」が二度、引用を含む一七行にも二度あり、前言部を打ち消して饒舌が続くことである。一四行部分に比べ一七行部分では「歴史的使命」「ユダ」「キリスト」「世界観」などの思想的語彙が目立つ。引用部分の後にも「アンチテエゼ」「エムフアサイズ」「反立法」などが出てくる。一七行部分のときには、かず枝は嘉七の話を聞いていないで嘉七の「独りごとのやうに」なっているからであろうか。ここには、他者への非難などはあまり受け取ることができない。

三、自己卑下　卑小化　卑屈

自己弁護や弁解がより進んで、他者に対して能動的な意識がほとんどなくなると、饒舌の内容は自己弁護や弁解というよりも、自己を卑下したり卑小化したりあるいは卑屈というべき、一方的な愚痴の様相を呈してくる。

祖国を愛する情熱、それを持つてゐない人があらうか。けれども、私には言へないのだ。それを、大きい声で、おくめんも無く語るといふ業が、できぬのだ。出征の兵隊さんを、人ごみの陰から、こつそり覗いて、ただ、めそめそ泣いてゐたこともある。私は丙種である。劣等の体格を持つて生れた。鉄棒にぶらさがつても、そのまま、ただぶらんとさがつてゐるだけで、なんの曲芸も動作もできない。ラヂオ体操でさへ、私には満足にできないのである。劣等なのは、体格だけでは無い。精神が薄弱である。だめなのである。私には、人を指導する力が無い。誰にも負けぬくらいに祖国を、こつそり愛してゐるらしいのだが、私には何も言へない。

（「鷗」）

戦時下、国民が誰しも何かの形で国のために尽くしているのに、小説家である語り手は、芸術家としてのよい言葉が出ない。そしてこの語り手は、「私は醜態の男である。なんの指針をも持つてゐない様子である」と、取り柄ひとつないものとして「無い」「無い」尽くしの自身を吐露する。「鷗」（昭和一五年一月）は語り手が、「矮小無力の市民」として欠点ばかりを暴露する中、ささやかな自負が引用文の冒頭「祖国を愛する情熱」、引用部分直後の

「ほんたうの愛」があるらしいことで、しかしこれさえ婉曲に言うのみなのである。「私には言へない」が引用部分で二回、直後に一回、あわせて三回繰り返される。前述したよう否定が多用されていて、愚痴の効果をいっそう高めている。文末が「〜である」文では自身の消極的面が表出され、引用部分に限定すれば全編自己に対する卑下である。語り手の「（何も）言へない」というくり返しは、逆説としてかえって饒舌性を読み手に訴えている。しかし、戯画的ではあっても、自虐とか自己喪失というほどでもない。

　女は、やつぱり、駄目なものなのね。女のうちでも、私といふ女ひとりが、だめなのかも知れませんけれども、つくづく私は、自分を駄目だと思ひます。さう言ひながらも、また、心の隅で、それでもどこか一ついいところがあるのだと、自分をたのみにしてゐる頑固なものが、根づよく黒く、わだかまつて居るやうな気がして、いよいよ自分が、わからなくなります。私は、いま、自分の頭に錆びた鍋でも被つてゐるやうな、とつても重くるしい、やり切れないものを感じて居ります。私は、きつと、頭が悪いのです。

（「千代女」）

「千代女」（昭和一六年六月）の冒頭部分を挙げた。一九歳前の語り手は、一二歳の時、叔父の勧めで投書した綴方が当選して掲載されてから自分が駄目になったと嘆く。恥かしい思いをしたり女学校の友達と疎遠になったり、また家庭でもイザコザが起こるようになった。女学校卒業後、小説を書くようになったが、語り手は加賀の千代女のように才能がないと、嘆き放しである。ただ、結末部が「きのふ私は、岩見先生に、こつそり手紙を出しました。七年前の天才少女をお見捨てなく、と書きました」とあり、これを不可解とする見解もある。[13]

　女性独白体である。「駈込み訴へ」のみではなく、独白体と饒舌性との関連が深いらしいことは磯貝の言及にも示唆される。[14]「駄目」が四度くり返されている。これも長文とは言えず、短文との入り混じりである。自己の作文能力のなさ、欠如、自分の文章の賞賛に対する疑問が全編にわたって書き記されていく。「鷗」も含め、これでは自己に対する攻撃とさえ言えるのではないか。

もう一例、挙げてみる。ただし、「鷗」「千代女」のように、自己卑下とか卑小化とかを見るべきかどうか断定が難しい。

けれども、蚤か、しらみ、或いは疥癬の虫など、竹筒に一ぱい持つて来て、さあこれを、おまへの背中にぶち撒けてやるぞ、と言はれたら、私は身の毛もよだつ思ひで、わなわなふるへ、申し上げます、お助け下さい、と烈女も台無し、両手合せて哀願するつもりでございます。考へるさへ、飛び上るほど、いやなことです。私が、その休憩時間、お友達にさう言つてやりましたら、お友達も、みんな素直に共鳴して下さいました。

（「皮膚と心」）

「皮膚と心」（昭和一四年一一月）も女性独白体である。引用した部分は、表層としては疥癬の罹患による自身の身体的状況に対する嫌悪感であり、人格や文章力の違いはあれ、「鷗」や「千代女」のように直接才能の劣等感による自身の卑下とはいえない。しかし、この語り手は結婚に関したことで「結婚、といふ言葉さへ、私には、ずゐぶんキザで、浮はついて、とても平気で口に言ひ出し兼ねるほど、私どもの場合は、弱く貧しく、てれくさいものでございました」と思っていて、この思いは夫の「おどおどしてゐる様子」で「自信のない卑下して」いる様子とも連動している。疥癬にかかったこと自体は、結婚そのものと関連はないことに間違いないが、心理的には全く無関係といえるか微妙な表現である。

私は、菊の花さへきらひなのです。小さい花弁がうじやうじやして、まるで何かみたい。樹木の幹の、でこぼこしてゐるのを見ても、ぞつとして全身むず痒くなります。筋子なぞを、平気でたべる人の気が知れない。牡蠣の貝殻。かぼちやの皮。砂利道。虫食つた葉。とさか。胡麻。絞り染。蛸の脚。茶殻。蝦。蜂の巣。苺。蟻。蓮の実。蠅。うろこ。みんな、きらひ。ふり仮名も、きらひ。小さい仮名は、虱みたい。グミの実、桑の実。どつちもきらひ。お月さまの拡大写真を見て、吐きさうになつたことがあります。刺繡でも、図柄に依つては、とても我慢できなくなるものがあります。そんなに皮膚のやまひを嫌つてゐるので、自然と用心深く、いままで、ほとんど吹出物の経験なぞ無かつたのです。（「皮膚と心」）

これは、同じ「皮膚と心」の前掲の引用部分直後である。ここには列挙法または列語法がある。先に示した「鷗」にもあり、太宰にはよくみられるレトリックといえるだろう。次々と語を挙げていくことで饒舌性の要素のひとつとなっている。他の小説作品からの例も引いておく。読点でも句点でも、饒舌性が低まるわけではない。

葉蔵は長い睫を伏せた。虚傲。懶惰。阿諛。狡猾。悪徳の巣。疲労。忿怒。殺意。我利我利。脆弱。欺瞞。病毒。ごたごたと彼の胸をゆすぶつた。（「道化の華」）

ごつとん、ごつとん、のろすぎる電車にゆられながら、暗鬱でもない、荒涼でもない、孤独の極でもない、智慧の果でもない、狂乱でもない、阿呆感でもない、号泣でもない、悶悶でもない、厳粛でもない、恐怖でもない、刑罰でもない、憤怒でもない、諦観でもない、秋涼でもない、平和でもない、後悔でもない、沈思でもない、打算でもない、愛でもない、救ひでもない、言葉でもつてそんなに派手に誇示できる感情の看板は、ひとつも持ち合せてゐなかつた。（「狂言の神」）

四、他者擁護

これまで他者への攻撃と自己の擁護という形を考察の観点にして、太宰の表現のもつ饒舌性の用例を取りあげてきた。

他者を擁護する口吻も饒舌となるものがみられる。他者に対して強い意識を抱いている点は共通であるので、一応項目として立てておく。次に挙げる用例は「花燭」（昭和一四年五月）で、男爵こと坂井新介は、それまでの半生から自分を「滅亡の民」と思っている。新介はあるとき撮影所で、かつて生家の女中で今は女優になっている「とみ」に再会する。次は、その再会の夜、とみが新介に発する言葉である。

「あたし、なんでも知つててよ。新やんのこと、あたし、残らず聞いて知つてゐます。新やん、あなたはちつとも悪いことしなかつたのよ。立派なものよ。あたし、昔から信じてゐたわ。新やんは、いいひとよ。ずゐぶんお苦しみなさいましたのね。あたしあちこちの人から聞いて、みんな知つてゐるわ。でも、新やん、勇気を出して、ね。あなたは、負けたのぢやないわ。負けたとしたら、それは、神さまに負けたのよ。だつて、新やんは、神さまにならうとしたんだ。いけないわ。あたしだつて、苦労したわよ。新やんの気持ちも、よくわかるわ。新やんは、或る瞬間、人間としての一ばん高い苦しみをしたのよ。うんと誇つていいわ。あたし、信じてる。人間だもの、誰だつて欠点あるわ。新やん、ずゐぶんいいことなさいました。てれちやだめよ。自信もつて、当然のお礼を要求していいのよ。新やん、どうして、立派なものよ。あたし、汚い世界にゐるから、そのこと、よくわかるの。」

（「花燭」）

男爵は嬉しいような打ち消したいような複雑な心境になり、遂にはとみに腹を立てて捨て台詞を吐いて帰るのである。そのうしろ姿をとみは「母のような微笑」でみつめている。実は、とみは男爵を再起させる計画のもとに動いていたことが後でわかる。ここも、「駈込み訴へ」の冒頭に近いテンポの小気味よさを醸し出している。「あたし」「新やん」の連発である。これは「舌切り雀」のように彼我の違いを強調しているわけではない。むしろ、その反対の気持ちを表出する効果が打ち出ている。

五、故郷意識

この作家は故郷喪失と望郷が、その文学形成に大きな位置を占めると言われる。

私は兄から、あの事件に就いてまだ許されてゐるとは思はない。一生、だめかも知れない。ひびのはひつた茶碗は、どう仕様も無い。どうしたつて、もとのとほりにはならない。津軽人は特に、心のひびを忘れない種族である。

（「津軽」）

研究者にも、「実生活のうえでも昭和五年の上京以来、交友を深くしているのはほとんど故郷を同じくする人たちであることをみても、太宰治の望郷の念は他の作家と比較しても強い」(15)（神谷忠孝）のような言及を見ることができる。太宰は故郷意識が形象化されるとき、饒舌性が発揮されることが多い。いわゆる自伝系列の小説では、故郷意識の表出はよく見られ、次の「善蔵を思ふ」（昭和一五年四月）も含まれる。

私は、よくよく、駄目な男だ。少しも立派で無いのである。私は故郷に甘えてゐる。故郷の雰囲気に触れると、まるで身体が、だるくなり、我儘が出てしまつて、殆ど自制を失ふのである。自分でも、おやおやと思ふほど駄目になつて、意志のブレーキが溶けて消えてしまふのである。ただ胸が不快にごとごと鳴つて、全身のネヂが弛み、どうしても気取ることが出来ないのである。次々と、山海の珍味が出て来るのであるが、私は胸が一ぱいで、食べることができない。何も食べずに、酒ばかり呑んだ。がぶ、がぶ呑んだのである。

（「善蔵を思ふ」）

前項で挙げた「花燭」の男爵は、とみの言葉の後、帰宅して床の中で、故郷へ帰っていくことを長い間夢想する。その夢想をはじめて間もない部分である。男爵は「北国の地主のせがれ」で、自殺に三度失敗したという。このことから、太宰を模した人物設定とは言えるが、「花燭」は自伝系列の作品には含まれない。

けれども、それは、三年、いやいや、五年十年あとのことになるかも知れない。私は田舎では、相当に評判がわるい男にちがひないのだから、家ではみんな許したくても、なかなかさうはいかない場合もあらう。とつぜん私が、そのわるい評判を背負つたままで、帰郷しなければならぬことが起つたら、どうしよう。私はともかく、それよりも、家の人たちは、どんなにつらい思ひであらう。去年の秋、私の姉が死んだけれど、家からはなんの知らせもなかつた。むりもないことと思ひ、私はちつとも、うらまなかつた。けれども、もし、これは、めつさうもない、不謹慎きはまる、もし、ではあるが、もし、母がさうなつたら、どうしよう。ひよつとしたら、私は、知らせてもらへるかも知れない。知らせてもらへなくても、私は、我慢しなければいけない。それは、覚悟してゐる。恨みには思はない。けれども、――やはり私にも虫のよいところがあつて、あるひは、知らせてもらへるのではないかしら、とも思つてゐるのである。さうして故郷へ呼びかへされる。私は、もう、十年ちかく、故郷を見ない。こつそり見に行きたくても、見ることを許されない。むりもないことなのだ。けれども、母のその場合、もし私が故郷へ呼びかへされたら、そのときには、どんなことが起るか。（「花燭」）

「けれども」が四回、「私の姉が死んだけれど」も含めると五回とも言える。この部分はすべて仮定あるいは妄想に近い内容であるが、仮定をして「どうしよう」も二度ある。故郷に対する執拗な感情、落ち着かない堂々巡りの思考回路である。空想であるから結論めいたことが必要なわけでもない。それにしても、論理のない饒舌である。

六、古典翻案における物語の進行

古典翻案作品に、物語の展開を一気に進める効果を果たしている饒舌がみられる。語り手の切れ目のない口上は、見事なまでに表現内容を運んでいく。「女賊」（『新釈諸国噺』昭和一九年一一月）の一節を挙げてみる。仙台の山賊に京娘が嫁する。嫁した女性の二人の娘も山賊として生計を立てていく話である。この姉妹は反物をめぐって争い、互いに殺意を抱くまでになるが、ある火葬を見たことが契機となり、罪業を悟って出家する。

その家の老主人は、いささか由緒のある公卿の血筋を受けて、むかしはなかなか羽振りのよかつた人であるが、名誉心が強すぎて、なほその上の出世を望み、付合ひを派手にして日夜顕官に饗応し、かへつて馬鹿にされておまけに財産をことごとく失ひ、何もかも駄目になり、（略）田舎者だつて何だつて金持ちなら結構、この縁談は悪くない、と貧すれば貪すの例にもれず少からず心が動いて、その日はお使者に大いに愛嬌を振りまき、確答は後日といふ事にして、とにかくけふのお土産の御礼にそちらの御主人の宿舎へ明日参上致します、といふ返辞。

（「女賊」）

引用した部分は、読点と句点を含め、約五四〇字に及ぶ長文である。句点が一個であることは言うまでもない。また、「返辞」と体言止めになっているため、文の終止というより、次の文に連接していく表現上の効果を持っている。因みに、次の文は七三字であるが、その次の文はまた八〇〇字を超える長文で、これも「知れぬもの」の体言止めである。この約一六〇〇字で[16]、山賊の眼に適った姫君の家である没落貴族の境遇から、山賊側の策、老貴族の対応、娘への無理強い、そして娘の陸奥地方への出発まで、読み手は一気に付き合うことになる。

この「女賊」の語り手は、作品外の存在である。この饒舌は、物語の進行を一気に速める効果がある。項目の一から五で見たほどには、「他者」の意識、或いは自意識とのかかわりがないものといってよいか。ただし、今挙げた八〇〇字超の文は「老主人」が娘に、「山賊の統領」に嫁するよう強制する物言いがあり、本来的には会話文の形式をとってよい部分になっている。

同じ『新釈諸国噺』の「太刀」（昭和二〇年一月）の冒頭も同様の長文になっている。ただし、この冒頭は原典にはないもので、全くの太宰の創作した部分である。

まとめ

饒舌性が、太宰治の文体あるいは表現の特性のひとつであることは異論のないところである。特に「駈込み訴へ」のように、全編が饒舌そのものといった作品もみられる。ただこの饒舌性は、当然ながら太宰の作品群にあって、平均的に総体的に表現効果として発揮されているわけではない。各項でみてきたように、太宰文学の饒舌性は、対他意識あるいはその裏返しとしての自意識の表出といった表現内容においてその効果が発揮されているということができる。他者が微妙な関係にあったように故郷も太宰にとって微妙な存在であったことを考え合わせると、そのような心理や話題の中で、語り手や主人公が饒舌になるといえる。

前期の〈小説の小説〉の饒舌と若干異なる見方が必要とされるが、いずれにしても、太宰治という作家の創作意識や方法による表現操作であるということから離れてはいけないのである。

「東京八景」（昭和一六年一月）は、それまでの「私」の行状を「青春の決別の辞」として書き、「転機」となったことを描いた作品である。「私」の半生——心中、自殺、薬品中毒、「れいの仕事」との関わりなどが語られていく。随所で長兄をはじめとする故郷との関わりも語っている。しかし、「東京八景」には亀井勝一郎が看破したように、この章で取りあげてきた「饒舌性」をほとんど指摘できない。(17) このことも、「転機」（「東京八景」）「再生」（随想「答案次第」昭和一三年七月）を表現するうえでの太宰の逆の意味での操作であっただろう。その効果は、如何なく発揮されている。

【注】

（1）『作家作品シリーズ2　太宰治』（東京書籍　昭和五一年四月）

（2）「群系」第二四号　平成二一年一二月

（3）『講座　昭和文学史　第二巻』（有精堂出版　昭和六三年八月）

（4）勁草書房　昭和四五年一二月。また野口武彦は「故旧忘れ得べき」の一節（「第一節の三番目のパラグラフ」）を取りあげ、「纏綿と続いて切れ目のない、とりとめのない語り口に（文体上の特色が―引用注）ある。これを饒舌体というと述べ、昭和一〇年前後、作者や作中人物がむやみやたらに喋りまくる小説が現れ、「自意識の不安」と関連し、「自己の存在を確認するためには、喋って喋って喋りまくっていなければどうにも落ち着かない精神状態」があった、と集約している（「饒舌という思想」「日本語学」昭和六〇年八月）。さらに安藤宏は「道化の華」とその題材となった心中事件にふれて、「時は折しも、新世代の作家たちが一斉に自意識過剰に満ちた饒舌体を駆使し始める渦中にあった」と言及している（『自意識の昭和文学―現象としての「私」』至文堂　平成六年三月）。

（5）三訂増補版　至文堂　昭和五七年五月

（6）「解釈と鑑賞」昭和六〇年一一月、後『日本語の文体　文芸作品の表現をめぐって』（岩波書店　平成五年九月）に所収。

（7）『日本語表現論考』おうふう　平成一一年一一月　初出は「太宰治の文体」（「解釈と鑑賞」昭和五二年一二月）「太宰治」（『表現学大系　各論篇16　現代小説の表現　三』教育出版センター　平成二年一〇月）

（8）「人間失格」「鉄面皮」は、注（7）橘の調査による。なお、「人間失格」の饒舌性を読み解いたものに斎藤理生「大庭葉蔵の饒舌」（「解釈」五八〇・五八一集　平成一五年八月）があり、「言葉遣い」に着目して作品の「仕組み」を解明する論旨を展開している。

（9）「國文學」昭和五四年七月

（10）森厚子「太宰治『駈込み訴へ』について―語りの構造に関する試論」（「解釈」二八七集　昭和五四年二月）野松循子「文体・表現から見た『駈込み訴へ』」（『新編　太宰治研究叢書　2』近代文芸社　平成五年四月）

増田正子「太宰治の表現―『駈込み訴へ』における独白体について」（「国語表現研究」第一二号　平成一一年三月）

増田は同論文で「一人称独白体における太宰の饒舌さは、演技性に満ちて、その喜怒哀楽の大仰な表現とあいまって、あたかも、一人芝居を見聞しているかのようである」（傍線　相馬）と述べる。

(11) 注（10）の野松論文。

(12) 「「反立法としてのスティリスティク―太宰治『創生記』から『女生徒』へ」（「日本語学」昭和六一年一月）同論で嘉七の物言いを「やたらに読点が多く、切れ切れで、口ごもりがちで、そしていつまでも終わらない」と述べている。

(13) 木村小夜「太宰治『千代女』論―回想のありかたを中心に」（「人間文化研究科年報」6　平成三年三月）

(14) 注（9）と同じ。

(15) 「別冊國文學№47　太宰治事典」（學燈社　平成六年五月）

(16) 因みに、太宰の約一六〇〇字に相当するこの三文は、井原西鶴の原典（「新可笑記」巻五「腹からの女追剝」）では、「是恋わひける其人はむかしに衰へる人の息女なるか邪なる人共しらす渡世の心やすきは都より東も住よかるべし。女に定る家なしとて其盗賊に給はれは。」（句読点をいれても、六九字）となっている（『定本西鶴全集　第五巻』中央公論社　昭和三四年一月）。

(17) 亀井は「東京八景」を「短篇風にきりつめて、まとめあげたのは、おそらく一切の饒舌、過剰なものの抑制を心がけたからであろう」とみていた（「作品解説」『無頼派の祈り』審美社　昭和四七年一二月）。

第二部　芥川文学受容から太宰治へ

第一章　「右大臣実朝」論

第一節　あいまい表現による迫真性

はじめに

太宰治の小説「右大臣実朝」（昭和一八年九月）は次のように始まる。

おたづねの鎌倉右大臣さまに就いて、それでは私の見たところ聞いたところ、つとめて虚飾を避けてありのまま、あなたにお知らせ申し上げます。

この物語は、源実朝に仕え、実朝の没後出家となって約二〇年経った元近習を語り手とする一人称小説である。もちろんこの語り手は、実朝の「不運な御最期」を既に事実として知っており、それまでの実朝にまつわる出来事や事件を「あなた」に回想していくのである。

語り手が実朝を、「批評がましいこと一切が、いとはしく無礼」で「どこかこの世の人でないやうな不思議などころ」のある絶対的存在として崇敬するために、この作品の評価は水谷昭夫の「わが国近代小説のいわば最高の地点が形成された」(1)との最大級の評言もあったものの、早くは「賛美の念で絶対化され、奇妙に平面的」(2)(吉田凞生)「実朝の内部世界が重層的に描き切れない弱さ」(3)(島田昭男)などの否定的見解がやや有力であったように思われる。その後、特に語り手については「絶妙の話法装置」(4)(野口武彦)「近習は、実朝について、「一切」の「批評」を初めから放棄していた」(5)(鎌田広己)などの見方が提出されたが、現在もなお評価が一定した段階には行き着いていない。(6)以上が大まかな作品研究史といってよい。「右大臣実朝」は太宰治の作家活動のいわゆる中期(昭和一三〜二〇年)、大東亜(太平洋)戦争下の書き下ろし長編小説である。この作家は自己を作中人物に仮託した私小説的作品が真骨頂とされる。しかし、大東亜戦争下は古典などに題材を採った「翻案小説」を書いた時期である。「右大臣実朝」は歴史上の人物を主題人物に取りあげた点では、太宰治の作品史上、他に類のない本格的歴史小説という見方もできる作品である。歴史書「吾妻鏡」からの引用と作者の小説文を交互に叙述して対応させ、最後を「吾妻鏡」「承久軍物語」「増鏡」からの引用で終えている。太宰は「鉄面皮」(昭和一八年四月)という実質的には「右大臣実朝」の予告宣伝ともなる異例の小説を発表しており、また夫人の津島美知子の回想「実朝のころ」(7)などの記述から、作者の自信と苦心を読み取ることができる。作者の自注は、必ずしも作品そのものの文学的評価と一致するものでもあるまいが、私見では「右大臣実朝」は優れて緊迫した表現構造を持っている作品である。

本節では、作品の表現内容を支える重要な表現形式のひとつとして、あいまいな意味を包含する副詞を取りあげ、作品における表現機能と効果について考察を試みる。

一、あいまいの副詞

太宰治の小説表現に「なんだか」「なんとなく」「どこやら」などの語がみられる。もちろん、これらの語自体はこの作家固有とは言えない。すなわち、ここでは語そのものについて述べるものではない。

（略）本当に、こんな事を申し上げては私の口が腐る思ひが致しますけれども、どうも、北条家のお方たちには、どこやら、ちらと、なんとも言へぬ下品な匂ひがございました。さうして、そのなんだかいやな悪臭が少しづつ陰気な影を生じて来て、後年のいろいろの悲惨の基になつたやうな気も致します。

（傍線相馬　以下同じ）

たとえば『日本国語大辞典』（縮刷版　小学館　昭和五四年一〇月〜昭和五六年四月）の記述を抄出してみる。

「なんだか」〔副〕明確な根拠のない、あるいは自信のない判断を示す時に用いる。どういうわけか、何となく。はっきりしないが、たしか。

「なんとなく」〔副〕はっきりとした理由などのないまま、漠然とした判断を示す。どことなく、なんとなし。

「どこやら」（「やら」は副助詞）①不特定の場所・方向を漠然とさしていう。「どこか」をぼかしたいい方。②これといってはっきりさし示すことはできないが、たしかにあるという感じを表わす。副詞的に用いる。何となく、どこか。

「なんだか」「なんとなく」は『基礎日本語辞典』（森田　角川書店　平成元年六月）や『現代副詞用法辞典』（飛田・浅田　東京堂出版　平成六年九月）『あいまい語辞典』（芳賀ほか　東京堂出版　平成八年六月）にも見出し語としてである。「どこやら」は副詞ではないが『日本国語大辞典』の②の「副詞的に用いる」から、本節でいう「副詞（語群）」に含めることとする。それぞれの語は意味用法に微妙な相違があるとしても、三語の基本的用法は、根拠や理由が明確でない事柄についてのあいまいな推論や感情感覚を表示する語群と括ることができる。『あいまい語辞典』を借りて、この三語を「あいまい語」と呼ぶことにする。当然これらの語句を含む文脈には、不明確であいまいな印象が出てくる。

文学作品においても、「あいまい語」の表現機能は、作品内部世界の事象・状況や登場人物の性格・行動・心理などの表現に、その要因の根拠や理由が明確でないあいまいさを表示する。ひいては文脈自体あいまいな文体印象を持つ。

さて、「右大臣実朝」に見られる三語には、単に表現をあいまいにする機能に止まらず、それを超えて〈作品を仮装する〉とでもいうべき役割が発揮されているのではないか。以下、この仮説を具体的例を取りあげて検証していくことにする。あいまいの表現機能の語句は他にもあるものの、作品における機能効果の比重は、三語には及ばず補足的なものに過ぎないので、ここでは三語に限定しての分析考察にとどめる。

二、用例の考察

前掲三語の太宰の小説作品における出現個数は表1、表2のとおりである。『作家用語索引　太宰治』（教育社　平成元年二月）を参照し、他の主要作品（表1）と「右大臣実朝」発表時期の前後一年間、計二年間の小説（表2）

を相馬が調査した。表1、2からあらまし次のことが確認できる。

まず「右大臣実朝」は三語の出現数が多い作品と見受けられる。しかし、数の相違はあっても他作品にも見られることから、「右大臣実朝」のみに特有な語句とは言えない。また作家の生涯や作品史のうえで「右大臣実朝」の執筆発表時期に出現数が突出しているわけではないことが言える。詳しくは後述していくように、考察の着眼と論旨は、出現回数の多少それ自体にはほとんど置かれていない。あいまい語の多くは、小説構造の重要な要素である主題人物群とその人物関係、作品内部世界の状況を語る表現に見られる。このことから、作者の意図にかかわらず、あいまい語は表現内容を支える重要な形式と認められなければならない。

出現個数の比較的多い「彼は昔の彼ならず」「斜陽」から用例を挙げてみる。

(1)　それからむかむか不愉快になつた。敷金のこともあるし、それよりも、なんだか、してやられたやうないらだたしさに堪へられなくなつたのである。　〔彼〕

(2)　僕は青扇の言葉づかひがどこやら変つてゐるのに気がついた。けれども、それをいぶかしがつてゐる場合ではなかつた。　〔彼〕

(3)　お母さまは、少しも整理のお手伝ひも、お指図もなさらず、毎日お部屋で、なんとなく、ぐづぐづしていらつしやるのである。　〔斜〕

(4)　何だか自分の胸の奥に、お母さまのお命をちぢめる気味わるい小蛇が一匹はひり込んでゐるやうで、いやでいやで仕様が無かつた。　〔斜〕

(5)　どこやらデカダンと紙一重のなまめかしさがあつた。　〔斜〕

表1　太宰治　作品史における副詞語群の出現個数

作品		発表年月	全集の行数	どこやら	なんだか	何だか	なんとなく	何となく
右大臣実朝		18. 9	2,848	9	11	2	2	1
晩年	思ひ出	8. 4・6・7	738	0	1	0	0	0
	猿ヶ島	10. 9	214	0	2	0	0	0
	道化の華	10. 5	995	0	0	0	0	1
	猿面冠者	9. 7	352	1	0	0	0	0
	逆行	10. 2	305	1	0	0	0	0
	彼は昔の彼ならず	9.10	770	4	8	0	0	0
	ロマネスク	9.12	450	1	5	0	0	0
	陰火	11. 4	370	0	1	0	0	0
	めくら草紙	11. 1	174	0	1	0	0	0
ダス・ゲマイネ		10.10	559	0	5	0	0	0
走れメロス		15. 5	255	0	2	0	0	0
ヴィヨンの妻		22. 3	584	1	1	0	0	0
斜陽		22. 7〜10	2,841	1	2	11	0	0
人間失格		22. 6〜8	2,090	1	0	4	1	0
新ハムレット		16. 7	2,450	0	28	2	0	0
瘤取り		20. 4	299	0	0	2	0	0
惜別		20. 9	2,250	1	0	13	0	0
男女同権		21.12	390	0	0	1	0	0

注1　「右大臣実朝」から「人間失格」までが『作家用語索引　太宰治』により、他作品は相馬調査。これは、表中にある作品の他に『晩年』所収の他作品、「富嶽百景」（昭和14年2〜3月）「桜桃」（昭和23年5月）も調査対象としている。表に記載のない作品に用例は見当たらない。行数は参考までに相馬が数えた。

注2　「新ハムレット」は小説ではなく戯曲形式のパロデイー作品。「なんだか」28回は、本節の考察とは別な解釈がなされるべき数字と考える。

注3　出現率は、論旨を進めるうえでの必要性が小さいと判断し算出しなかった。

表2　昭和17年10月〜昭和19年10月発表の作品における副詞語群の出現個数

作品	発表年月	全集の行数	どこやら	なんだか	何だか	なんとなく	何となく
日の出前	17.10	396	0	1	0	0	0
禁酒の心	17.12	89	0	0	0	0	0
黄村先生言行録	18. 1	362	0	2	0	0	0
故郷	18. 1	292	0	1	0	0	0
鉄面皮	18. 4	281	1	1	0	0	0
赤心	18. 5	9	0	0	0	0	0
帰去来	18. 6	406	0	1	0	0	0
作家の手帳	18.10	145	0	0	0	0	0
不審庵	18.10	201	0	1	0	0	0
佳日	19. 1	397	0	0	0	0	0
散華	19. 3	282	0	0	0	0	0
雪の夜の話	19. 5	114	0	1	0	0	0
花吹雪	19. 8	95	0	0	1	0	0
東京だより	19. 8	59	0	0	0	0	0

どの用例も、程度の差はあるとしても、明確な根拠や理由に基づく判断や感覚の表現とは言えない。これは語の含意からすれば当然のことには違いない。そうではあるが、その文体印象は表現内容にも因ることながら、むしろあいまい語の機能の関与する余地が大きいと思量される。「右大臣実朝」から抽出された用例も、基本的用法は変わらない。そのうえで「右大臣実朝」には語り手の作品世界の結末に対する事実認識に関わって、独自の機能・効果が付加される。

「右大臣実朝」が、歴史上の人物を題材としたほとんど唯一の「歴史小説」であることを前に述べた。執筆時期において、源実朝が鎌倉幕府三代将軍で、北条氏の謀略によって悲劇的最期を遂げた人物であると人口に膾炙していたことは、当時の文学状況など(8)から十分に類推される。

作者自身「鉄面皮」において「何百年、何千年経つても不滅の名を歴史に残してゐるほどの人物は、私たちには容易に推量できないくらゐに、けたはづれの神品に違ひない」「史実はおもに吾妻鏡に拠つた」と述べている。このことからも、歴史を知っている読者を想定して執筆していることが理解できる。つまり、よく知られた人物を登場させることになり、それまでの作者らしき主要人物を創作した、太宰治の多くの小説の発想（文学的手法）とは異なることになった、と言える。とは言っても、実朝に太宰自身の理想が仮託されているという解釈や、実朝に作者自身の自画像をみる作品理解と相容れないものではない。実朝なり他の登場人物に作者らしき何かが垣間見えたとしても、自伝系列の作品の主人公や語り手「私」ほどには、作者＝主人公や語り手という錯視の度合いは高くないと考えられるからである。

ただし、文学的手法の似た作品に「惜別」（昭和二〇年九月）が挙げられる向きもあろうから、一言触れて置きたい。これは魯迅（周樹人）を主題人物とし、仙台医専時代の友人が当時の魯迅を回想する物語である。この小説にも表1のとおり、「何だか」「どこやら」がみられる。しかし、執筆の時点での魯迅が、長い時間を超えてきた実朝と同程度の歴史的評価を得ているとは言えない。したがって「惜別」を「右大臣実朝」と同じ発想・手法による「歴史小説」と認めることには大きな疑義が残る。

「右大臣実朝」における前掲三語の用例数を再掲してみると表3のとおりであり、それを1 主題人物設定についての表現、2 物語の状況設定における表現に大別して取りあげて、簡単な考察を加えてみる。さらに、3 語り手設定にかかわる点についても考えを進めてみたい。もちろん1、2、3は、分離して把握されてよいものではなく、最終的には有機的に理解されるべきである。「なんだか」「何だか」などの表記上の差異については、今は考察の対象とはしない。

表3　「右大臣実朝」における出現個数

なんだか	13	（うち「何だか」2）
どこやら	9	
なんとなく	3	（うち「何となく」1）

1　主題人物についての表現

「右大臣実朝」の主な登場人物は、源実朝・相州（北条泰時）・鴨長明・公暁（実朝の実弟）である。

〈実朝〉

ア、（略）もつたいなくも将軍家に於いてまで、あの御老人にお逢ひになつてから、或ひは之は私の愚かな気の迷ひかも知れませぬが、何だか少し、ほんの少し、お変りになつたやうに、私には見受けられてなりませんでした。

イ、将軍家は、その日どこやらお疲れになつて居られるやうな御様子でございまして、黙つてお首肯きになられただけでした。

〈相州（北条泰時）〉
ウ、（略）どうも、北条家のお方たちには、どこやら、ちらとなんとも言へぬ下品な匂いがございました。さうして、そのなんだかいやな悪臭が少しづつ陰気な影を生じて来て（略）。
「北条家のお方たち」とは、具体的には「尼御台（北条政子）」を含めている。
エ、さつぱりしたお方のやうにさへ見受けられましたが、けれども、どこやら、とても下品な、いやな匂ひがそのお人柄の底にふいと感ぜられて、（略）
〈鴨長明（本文では「鴨の長明」）〉
オ、あのやうに高名なお方でございますから、（略）見どころもない下品の田舎ぢいさんで、（略）さうして御態度はどこやら軽々しく落ちつきがございませんし、（略）
カ、（略）なんだか、ひどくわがままな、わけのわからぬお方でございましたが、（略）
「高名なお方」が史実における稀代の歌人であることは、作品執筆時においても〈定説〉である。

〈公暁〉
キ、（略）御幼少の頃からのあの卑しく含羞むやうな、めめしい笑顔はもとのままで、どこやら御軽薄でたより無く、（略）

実朝の様子、相州の品性・性情、鴨長明の言動、公暁の表情そして各人物の態度と、全員の用例にわたって「どこやら」「なんだか」が用いられ、その印象・感覚の根拠があいまいにされている。

既に示した部分を含み、実朝については四箇所で「どこやら」三回「なんだか」一回、相州と尼御台五箇所で「どこやら」二回「なんだか」四回が用いられ、鴨長明二箇所で「どこやら」一回「なんだか」二回、公暁一箇所で「どこやら」一回が数えられる。（次項の状況設定と重複する用例は、実朝と相州・尼御台に一箇所ずつ挙げられるのみ）。

これを作者の単なる語句の選択使用に帰することは安易のそしりを免れまい。太宰は「歴史の大人物と作者との差を千里万里も引き離さなければいけないのではなからうか」（「鉄面皮」）と、意図・方法を述べている。あいまい語はこの意図が具体化した表現技法の一貫とみなされるべきである。

主題人物たちは、歴史上の実在の人間たちであるから、作品の外（現実）では当然歴史上の評価を下されている。その人物群を小説作品世界で造型するのであれば、いったんその歴史的評価を断ち切って、新たな人物設定として再構築する必要に迫られる。そうでなければ、小説を創造する意味は大きいものとはならないはずである。これらのあいまいの副詞語群は、主題人物像をあいまいにすることで〈歴史性〉を断ち切るかないし薄める機能を果たしている。そのあいまいな各個人の設定要素は前項［あいまいの副詞］で最初に挙げた用例のように、2の状況のあいまいと相乗効果となって悲劇の結末への伏線的役割を整える。換言するならば、あいまいに表現することによって、作品世界において「あり得るもの」「起こり得ること」としての蓋然性（可能性）が高まっているのである。

また、作品内部で考えると、実朝以外の各人物は、イ～キの用例から想定される人物像とは相反するような表現がおかれ、あいまいの度合いを強めていながら、用例の設定を逆説的に浮きあがらせて重層化するという語り手の、さらには作者の慎重さもうかがわれる。

○　尼御台さまも相州さまも、それこそ竹を割つたやうなさつぱりした御気性の御方でした（北条一族）
○　裏も表も何もなく、さうして後はからりとして（相州）
○　あの入道さまの御眼力は、まことに恐るべきもの（鴨の長明）

○　たいへん愛嬌のいいお方（公暁）やっぱり貴公子らしいなつかしい品位（公暁）

あいまい語による表現とそれに相反する表現の組み合わせは「とらえどころのない」「わけのわからない」人物群の造型という見方もでき、次項で分析される「不思議」な作調の形成に貢献している。

2　物語の状況設定についての表現

結論から言えば、状況設定の表現の機能・効果は、あいまい性によって筋《プロット》（表現内容）の展開に迫真性真実性を与えていることにある。

和田義盛の反乱の場面では、相州の人物表現が同時に後の反乱の状況設定の表現になるものもあるが、私見に従えばこの項に属する用例は以下に示す九箇所である。［　］内の数字は、段落を示す。15が作者の小説文の最終段となる。

a　さうして、そのなんだかいやな悪臭が少しづつ陰気な影を生じて来て、後年のいろいろの悲惨の基になつたやうな気も致します。（＝ウ）［3］

b　（略）でも後になつて、将軍家と禅師さまとの間にあのやうな悲しい事が起つて見ると、その日の将軍家の何気なささうなお諭しも、なんだか天のお声のやうな気がして来るのでございます。［5］

c　（略）なんだかそんな事も、後のさまざまの御不幸の原因になつてゐるやうな気がわたしには致しますのでございます。［7］

d　どこやら奇妙な、おそろしいものの気配が、何一つ実体はないのに、それでもなんだか、いやな、灰色のも

のの影が、御ところの内外にうろついてゐるやうに思はれて、（略）　［8］

e　あのけがらはしい悪別当、破戒の禅師は、その頃、（略）法師のくせに髪も鬚も伸ばし放題、（略）その他数箇所の神社にも使者を進発せしめたとか、何事の祈請を致されたのか、何となく、いまはしい不穏の気配が感ぜられ、一方に於いては鎌倉はじまつて以来の豪華絢爛たる大祭礼の御準備が着々とすすめられ、（略）［15］

f　（略）お奥におつとめの人たちも一様に浮かぬ顔をしてゐて笑声もあまり起らず、なんだか不吉な、いやな年でございました。　［5］

g　（略）何だか少し、ほんの少し、お変りになつたやうに、私には見受けられてなりませんでした。（＝ア）　［6］

h　この建暦二年といふとしは御ところ太平とは申しながら、その底には、どこやら、やつぱり不吉な鬼気がただよひ、おそろしい天災地変でも起るのではなからうかと、ひそかに懸念してゐた苦労性の人も無いわけではなかつたのでございますが、まさか、あの和田さまが。　［8］

i　さて、四囲の気配が、なんとなく刻一刻とけはしくなつてまゐりましても、将軍家おひとりは、平然たるもので、（略）　［11］

状況設定の用例は、八段落までの出現が多いことになる。八段落は和田氏が語り手の回想の話題となる段で、用例dはほぼその冒頭部分にあり、hは終わりの部分である。その和田氏は一一段に滅亡が描かれる。和田氏滅亡が実朝の悲劇の序曲であることを考え合わせると、八段落までは文字通りのこの作品の状況設定といえる。前半部分に三語が使用される意味は、おそらく小さくはない。

用例ａｂｃは作中のある事柄――「いやな悪臭」「お諭し」「そんな事」が後の悲劇の直接の原因となることの示

唆を述べている。これらの用例は後の悲劇が「後年のいろいろ」「悲しい事」「後のさまざまの不幸」という言語表現によって明示はされている。だが、これらの表現自体が間接性を帯びたものとなっており、「なんだか」は原因の示唆をさらに主観的で不確かな印象にしている。

ｄ～ｉは、作中の状況、あるいは状況の進行があいまいに漠然と述べられていく用例である。ｄｅは作品全体の結末に関わり、ｆｇｈｉはある時点（時間）・ある作中人物との限定的な関わりになるけれども、副詞語群のあいまいの機能はｄｅと大差はない。ｄの「何一つ実体はない」「灰色のものの影」「おそろしいものの気配」はこの表現自体充分あいまいさを持っている。副詞語群でこの感覚の根拠のあいまいさが増幅されたことによって、状況の緊迫感（サスペンス性）が強くなっている。ｅ「いまはしい不穏の気配」は公暁の行動が不測であることを根拠とするが、「何となく」でいっそう予測不可能な感覚を不明確にしている。その一方で、「鎌倉はじまつて以来の豪華絢爛」は視覚的にも明確な状況であり、対比の構造となって、さらに広漠とした不気味さを際立たせ小説文による最後の場面にふさわしい表現構造となっている。この最後の一文は六一四字の長文である。

ｆ～ｉはある状況や状況が進行する感覚をあいまいにすることで、「不吉ないやな年」「お変りになつた（程度）」「不吉な鬼気」「四囲の気配」の感覚を高め、具体的度合いがわからないことにより、むしろ表現状況の臨場感を高めているといえる。参考までに「右大臣実朝」には「不思議」が活用する変化形を含め実に一九回、同様に「奇妙」一三回、「不吉」六回、「不気味」一二回使用されていて、三語と〈呼応〉に近い表現上の関係にあり、作品の基層イメージを形象している。そのうちのｆｇｈの文脈は、いわゆる伏線的表現であり、あいまいになった分、伏線としての役割が大きくなっている。

逆説めいた言い回しになるのだが、以上を集約してみる。あいまい語は、表層を文字どおりの〈あいまい〉に作るが、小説構造としては論理的あいまいを意味するのではなく、物語の結末を〈はっきりと〉暗示するのである。

しかも、表層のあいまいが強調されるほど悲劇の暗示は受け取りやすくなっていく。

前に取りあげた「彼は昔の彼ならず」「斜陽」の用例⑴～⑸は、あいまいな表現内容であることは指摘できる。しかし、語り手が「右大臣実朝」の後の悲劇に相当するような作品世界の結末を把握しているうえでのあいまいではない。まして結末を「事実」と認識しているわけではないことが、表現上の大きな相違と言える。もちろん回想性を伴わない。⑷の物語「斜陽」は、後に語り手の「母」の死が叙述される。だが、用例の時点でそのことが語り手に「事実」と認識されているわけではない。ここには、「右大臣実朝」のようにあいまい表現によって物語の結末が暗示される逆説的感覚はない。

3　語り手設定の表現

「あいまい語」の用例中、最初に出てくる用例は、近習の自身に関わる述懐という点で注目すべきである。

（実朝は和歌を――引用注）ひどく無雑作にさらさらと書き流して、少し笑つて私たちに見せて下さるのですが、それがすべてびつくりする程のあざやかなお歌なので、私たちは、なんだか、からかわれてゐるやうな妙な気持になつたものでございます。

他に微妙な例もあるものの、この用例は他の人物や周囲の状況の説明でもないし、それらと深く結びついた表現でもない。相手が「からか」っている態度を示しているわけではないからである。動機は実朝の作歌という自己以外に求められるにしても、近習自身の全くの内部心理といえる。近習は他の人物・周囲の状況のみではなく、自己心理をもあいまい語を用いて語る性格設定が施されている。

この語り手設定は既に島田昭男の指摘があるとおり、確かに歴史上の人物である実朝たちに対して、「客観批判」[9]（島田）ができない。しかし、表現主体たる作者はむしろこの設定をこそ必要としたと言えよう。近習が緩慢な語感を持つ「あいまい語」を使用し決定的な批評批判をしないで作品内部を語っていくことで、逆に叙述の緊張を高めしかも持続させることに成功しているからである。小説の結末部分が原文のみで示され、その悲劇が作者の文体によって明確に表現されなかった点は、叙述の緊張が維持されるという効果が期待できる。近習は「右大臣実朝」の悲劇という表現の内容を進行していくための必然の装置だったはずである。

近習の一人称という設定が変わらないとして、その近習が強固な意思を持ち断定的で明確な表現者として性格規定をされていたなら、「客観」とまではいかなくとも、語りはかなり違ったものになっていたと言わねばならない。

三、〈仮装〉の表現機能と効果

三語の表現機能と効果に考えを進めて、まとめとしたい。

三語の用例中、婉曲表現にもなっているものが私見では約半数にのぼる。たとえば前掲の用例エ（人物）の「どこやら」を文脈から消去すると、「とても下品な、いやな匂い」が直接、表現内容に打ち出してしまい、あいまいさが減殺ないし消滅してしまう。f（状況）も同様であり、「なんだか」は「不吉な、いやな年」を婉曲に、つまりはあいまいに表現している。因みにａｃｄｇにある「やうな」も文法的には婉曲（不確かな断定）の意味である。それら二組の婉曲表現はどちらも論理的にはあいまいそのものであるが、文学的表現としては逆に結末の状況への筋の真実性を高めている。三語は〈歴史〉を仮装して実朝の「あのやうな不運な御最期」という主題を展開し、また表層的にはあいまい表現という仮装をしながら、実際は刻刻としかも確実に悲劇に向かう内容を、効果的に叙述した表現形式ととらえられる。「どこやら」「なんだか」「なんとなく」の三語は、人物設定・物語の内容をあいまいにすることで、歴史的過程による出来合い反応から作品を救済して作品世界の蓋然性を高め、作者自身の創作の物語としての再構成に関与している。いささか伝統的な批評の観点を取り出すことになるが、「右大臣実朝」は「何が起こるか」ではなく「どのように起こるか」（L・T・ディキンソン『文学研究法』南雲堂　昭和四四年五月）が優先されるべき小説と確認した時、やはり優れた言語表現構造をもつものと言うべきである。

「右大臣実朝」はさまざまにアイロニーを指摘されている作品である。その表現構造上のアイロニーを生み出している大きな要素を、このあいまいの副詞語群が果たしていることに言及しておきたい。

副詞はすべてではないとしても、主観・情意性のある品詞とされる。本節で取りあげてきた三語も、明確でないことによる自信のなさ、不安、焦慮などの情意が打ち出されている。その情意は反転して、起こった悲劇を認めたくない、あいまいなままにしておきたい近習の内部心理に結びつく。結局は、実朝を滅亡させたくなかったという虚無に収束する。しかし、語り手は悲劇を既成の事実として認識せざるを得なかった。その語り手が、悲劇へ進行していく過程・原因をいかにあいまいに漠然と回想したとしても、実朝の滅亡（死）の前には空しい。ここに、表現のアイロニーが生まれることになる。「虚飾を避けてありのまま」を伝えるために始めたはずのこの物語は、「ありのまま」を「避け」たとしか考えられない〈仮装〉の表現を駆使していることになる。そして「あいまい語」は「鎌倉も尼御台も北条も和田も三浦も、もう今の私には淡い影のように思われ」たはずの人物たちを、これほど長く物語らせたのである。「アカルサハ、ホロビノ姿デアラウカ。人も家も、暗イウチハマダ滅亡セヌ」と実朝は「ひとりごと」を言った。語り手のあいまい表現を明確明解な言述でないという意味において「暗イ」のだとしたら、語り手の中で実朝は「マダ滅亡」してはいない。「ただお一人」「あざやかに色濃く思ひ出され」る由縁でもある。

おわりに

作者について付言する。大東亜戦争下は、一般的には作家にとって、受難の文学（史）状況の時代であった。太宰で言えば当局に「花火」（「文芸」一〇月号　昭和一七年一〇月一日発行）全文削除を命ぜられている。しばしば引用されるように昭和一七年一〇月一七日付高梨一男宛の書簡には「これからだんだん、めつたな人とあそばぬやうに気をつけようと思つてゐます」と警戒心が吐露されている。この事実の余波として、戦争下での「個」としての明確な態度を示さない作者の文学的意図、創作心理を汲み取ることはさほど難しいことではない。取りあげてきたあいまい表現は、そのような作者のあらわれの一端と想定されるのである。

【注】

（1）水谷昭夫「「右大臣実朝」の文芸史的意義」（「日本文芸研究」昭和三二年一二月）
（2）吉田凞生「右大臣実朝」（「國文學」昭和四二年一一月）
（3）島田昭男「右大臣実朝論」（『批評と研究　太宰治』芳賀書店　昭和四七年四月）
吉田、島田の他にも、東郷克美に「必ずしもすぐれた完成度を持ち得ていない」「何よりも主人公の実朝が生きていない。これは語りの文体とも関係があるかも知れない」（「「右大臣実朝」のニヒリズム」昭和四六年一二月）という言及がある。後に『太宰治という物語』（筑摩書房　平成一三年三月）に所収。
（4）野口武彦「三人の実朝」（「海」昭和五八年四月）
（5）鎌田広己「語り手の愛」（「神戸大学文学部紀要」18　平成三年三月）
（6）神谷・安藤編『太宰治全作品研究事典』（勉誠社　平成七年一一月）などによる。
（7）津島美知子「実朝のころ」（八雲書店版『太宰治全集　第八巻』月報　昭和二四年七月）次の引用は、審美社刊

「太宰治研究」臨時増刊号（昭和三八年一月）による。「この頃、戦局が次第に進展して、言論出版が、喧しくなつてきてゐましたから、「御所」はいけないといふので、「御ところ」とわざわざ書き直したり、南面といふ言葉で心配したり、いろいろ苦心があつたやうです」。他に、同「「右大臣実朝と「鶴岡」」（『回想の太宰治』人文書院　昭和五三年五月　後に増補改訂版にも所収）

（8）昭和一八年には小林秀雄が「実朝」を発表、斎藤茂吉も『源実朝』を刊行した。何よりも昭和一七年八月九日、鶴岡八幡宮で実朝生誕七五〇年を記念して実朝祭が行われ、同八幡宮社務所から「鶴岡」臨時増刊源実朝号が発刊されている。これが「執筆を決意した」（美知子夫人「「右大臣実朝」と「鶴岡」」前掲）という。

（9）注（3）と同じ。

＊副詞の用法について参照した主な文献

森本順子『話し手の主観を表す副詞について』（くろしお出版　平成六年六月）
森田良行『日本語の視点』（創拓社　平成七年二月）
仁田義雄『副詞的表現の諸相』（くろしお出版　平成一四年六月）

第二節　その〈語り手〉はどこから来たのか

――「地獄変」との接点を探る

はじめに

太宰治の中期の傑作「右大臣実朝」（昭和一八年九月）と芥川龍之介「地獄変」（大正七年五月）の二つの作品にわたる、主に〈語り手〉設定に関わる表現の接点を探ることを通して、「地獄変」の表現が「右大臣実朝」の表現に与えた影響の可能性のアプローチを試みたい。

太宰治が芥川龍之介から文学的あるいは人生的影響を受けたことは周知のとおりである。文学上の系譜に、直接芥川――太宰のラインが引かれることもある（このラインはあくまでも太宰側からの線引きであって、芥川側からのベクトルが同じ力と意味を持つのかについては不透明としておきたい）。

太宰の芥川受容については、芥川の自殺に衝撃を受けたことを論の中心に据えて、作家論的立場から文学的手法を説くものを多く管見できる。特に、太宰の習作期から作家活動の初期にかけての考察に恵まれている。このことは、太宰の本格的な作家活動が「思ひ出」（昭和八年四・六・七月）から始まったことを考えれば芥川受容からの脱却すなわち「太宰治」の成立を意味すると同時に、「思ひ出」以降についての具体的な指摘に乏しい現状も示唆している(1)のではないか。

それでは太宰文学に見られる芥川受容は、どのような表現にどのように探ることができるのか。表現の形式面に注目してその一端に近づきたい。そのために、次の課題を用意して検討していくことにする。
一、太宰治の表現と芥川龍之介の表現の接点
二、「右大臣実朝」の表現と「地獄変」の表現の接点
（一）作品の共通点と相違点
（二）作品評価の符合
（三）語り手設定―「凡」「愚か」による表現操作

一、太宰治の表現と芥川龍之介の表現の接点

二つの作品に対するアプローチの前に、二、三の表現を取りあげて準備となる作業をしておきたい。太宰初期作品と芥川とのかかわりについては、たとえば『評伝太宰治』[2]に伝記研究の観点に重きを置いた記述がみられる。『評伝太宰治』では具体的部分の引用が省略されての集約説明となっている。この節では表現形式からの試みであるので、具体的部分を取り出してみることにする。

(1)　僕の父はその次の朝に余り苦しまずに死んで行つた。死ぬ前には頭も狂つたと見え「あんなに旗を立てた軍艦が来た。みんな万歳を唱へろ」などと言つた。僕は僕の父の葬式がどんなものだつたか覚えてゐない。唯僕の父の死骸を病院から実家へ運ぶ時、大きい春の月が一つ、僕の父の柩車の上を照らしてゐたことを覚えてゐる。
（芥川「点鬼簿」大正一五年一〇月）

(2)　父の死骸は大きい寝棺に横たはり橇に乗つて故郷へ帰つて来た。私は大勢のまちの人たちと一緒に隣村近く

まで迎へに行つた。やがて森の蔭から幾台となく続いた橇の幌が月光を受けつつ滑つて出て来たのを眺めて私は美しいと思つた。（「思ひ出」）

(1)(2)は「父の死骸」の帰還という表現内容が同じうえ、「月（光）」が象徴的に用いられている。[3]「母」についての表現はどうか。ついでに「おば」にも触れる。

(3)　僕の母は狂人だつた。僕は一度も僕の母に母らしい親しみを感じたことはない。（略）／かう云ふ僕は僕の母に全然面倒を見て貰つたことはない。／（略）僕の父はかう云ふ時（養家先から「僕」を取り戻そうとした――引用注）には、頗る巧言令色を弄した。が、生憎その勧誘は一度も効を奏さなかつた。それは僕が養家の父母を、――殊に伯母を愛してゐたからだつた。（芥川「点鬼簿」）

(4)　叔母についての追憶はいろいろとあるが、その頃の父母の思ひ出は生憎と一つも持ち合せない。（略）／母に対しても私は親しめなかつた。乳母の乳で育つて叔母の懐で大きくなつた私は、小学校の二三年のときまで母を知らなかつたのである。（「思ひ出」）

「母」に「親し」みを持たず、「伯母」「叔母」への親和の情が共通する。「思ひ出」には(4)の直前に、「私」が「叔母」の乳房に「頬を寄せて」すがりつく夢を見る叙述がある。芥川「大道寺信輔の半生」（大正一三年一二月）の「二」には、「年の若い彼の叔母」が隣の女の子に乳を吸って貰うことに主人公「信輔」が嫉妬して、「叔母」も「女の子」をも「憎んだ」叙述がある。双方を対照すると、二人の作家の伝記的事項を特に把握していない段階でも、表現の対象・内容はもちろん発想の段階から何らかの接点があることを予測させる。

芥川も太宰も二人とも、母ではなく「伯母」（芥川）「叔母」（太宰）に養育された境遇は、年譜の事実である。その似た境遇が表現まで近似なものにする可能性は、どの程度なものだろう。高いものとはならないように思量される。太宰はさまざまな作家の影響を受けながらも、特に芥川に強い影響を受けて作家を目指したと言われる。太宰の「母」「叔母」の形象は、伝記的境遇の共有を超えたところに成立した〈芥川化〉の虚構（表現）である。そこに模倣の過程をみるよりも、芥川の表現を元にして書き改めた〈再現〉〈再構築〉の作業を認識した方が適切なのではないか。

(5)　現に彼等の或ものは、――達磨《だるま》と言ふ渾名のある英語の教師は「生意気である」と言ふ為に度たび信輔に体刑を課した。が、その「生意気である」所以は畢竟信輔の独歩や花袋を読んでゐることに外ならなかつた。（略）／しかし、教師も悉く彼を迫害した訳ではなかつた。（「大道寺信輔の半生」）

(6)　（略）そこにゐる教師たちは私をひどく迫害したのである。／私は入学式の日から、或る体操の教師にぶたれた。私が生意気だといふのであつた。（「思ひ出」）

「教師」が「生意気」を理由に「信輔」や語り手に体罰を行う表現状況の類似。近接して現れる「迫害」という語句の共通。この二つの事実によるだけでも、例文(5)と(6)のかかわりは浅いものとは考えられまい。

次の芥川の文章には太宰に対照できる表現は特にないものの、視野に入れておかねばならないものである。

「人として」失敗したと共に「芸術家として」成功したものは盗人兼詩人だつたフランソア・ヴイヨンにまさるものはない。「ハムレット」の悲劇もゲエテによれば、思想家たるべきハムレットが父の仇を打たなければならぬ王子だつた悲劇である。これも或は両面の克し合つた悲劇と言はれるであらう。僕等の日本は歴史上にもかう云ふ人物を持ち合せてゐる。征夷大将軍源実朝は政治家としては失敗した。しかし「金槐集」の歌人源実朝は芸術家としては立派に成功してゐる。（「文芸的な、余りに文芸的な」の「十一　半ば忘れられた作家たち」）

言うまでもなく、太宰の「新ハムレット」（昭和一六年七月）「右大臣実朝」「ヴィヨンの妻」（昭和二二年三月）の主題に与えた影響を否定することはできまい。「ヴィヨンの妻」はフランソア・ヴィヨンその人の物語ではない。しかし「乞食学生」（昭和一五年七～一二月）にヴィヨンの引用が見られることを考え合わせると、無関係と言い切ることは当たらない(4)。

太宰が芥川の影響を受けたという伝記上そして文学史的定説の一方で、当の太宰に直接芥川の作品・表現についての具体的な言及が少ないことも周知のことである。習作「哀蚊」（昭和四年五月）が芥川「雛」（大正一二年三月）の影響であるということを「葉」（昭和九年四月）の中で、また芥川の使用語彙「つまり」のことを述べているくらいである。

二、「右大臣実朝」の表現と「地獄変」の表現の接点

（一）作品の共通点と相違点

二作品の表現の検討に移りたい。両作品の冒頭を掲げてみる。

堀川の大殿様のやうな方は、これまでは固より、後の世には恐らく二人とはいらつしやいますまい。噂に聞

きますと、あの方の御誕生になる前には、大威徳明王の御姿が御母君の夢枕にお立ちになつたとか申す事でございますが、兎に角御生れつきから、並々の人間とは御違ひになつてゐたやうでございます。
（「地獄変」）

おたづねの鎌倉右大臣さまに就いて、それでは私の見たところ聞いたところ、つとめて虚飾を避けてありのまま、あなたにお知らせ申し上げます。間違ひのないやう、出来るだけ気をつけてお話申し上げるつもりではございますが、それでも万一、年代の記憶ちがひ或ひはお人のお名前など失念いたして居るやうな事があるかも知れませぬが、それは私の人並みはづれて頭の悪いところと軽くお笑ひになつて、どうか、お見のがし下さいまし。
（「右大臣実朝」）

微細な分析を捨象すれば、一読した時点で二つの丁寧な〈ございます体〉の語り口からかなり似た文体印象を受け取ることができる。

芥川文学の著名な研究者である宮川覺に次の指摘がある。

太宰が、芥川から継承した最大のものの一つに、この〈語り〉があることは、議論の余地はないであろう。
（「太宰治と芥川龍之介」「解釈と鑑賞」平成一〇年六月）

同じく清水康次も、二人の作家の語りの構造を具体的に考察し、共通点と相違点について述べた論考「芥川龍之介と太宰治―「雛」の語りと「哀蚊」の語り」（『太宰治研究　第四輯』和泉書院　平成九年七月）を発表している。

「右大臣実朝」（昭和一八年九月）は、鎌倉三代将軍の源実朝に仕え、実朝の死後出家している近習が、聞き手の要請に応えて、実朝の生前の挿話を語る一人称視点の小説である。「吾妻鏡」からの抜粋文と太宰の小説表現の文が交互に置かれ、最後に「吾妻鏡」「承久軍物語」「増鏡」の抜粋で終わっている。ただし、「右大臣実朝」という作品は、小説文のみで成立しているわけではなく、抜粋されている原文部分と併せて一個の独立したものであることは従来から言及されている通りである。

次項（二）以降では、表現を部分的に引用して取りあげていくので、ここで簡単に物語内容を確認しておきたい。

語り手の述懐は実朝（将軍家）が「なつかしい」と始まる。

右大臣さまが亡くなられて二〇年、他の人物は別だが、将軍家だけは胸がつぶれるほどなつかしい。将軍家については、いろいろな評があったが、批評がましいこと自体が無礼で、神のように尊い人であった。相州（執権北条義時）や母君の尼御台（政子）との間についても何かと世評があるが、これも不仲などでは全くなかった。ただ、北条一族には下品な匂いがあって、それが後年に起きた悲惨の元凶になったかもしれない。

将軍家は二〇歳ごろ、政務の面では最も凛としていて公暁や鴨長明と会見した。また、二二歳の頃最も張り合いのある絶頂のようであったが、幕府の重臣で実朝の寵臣の和田義盛が反乱を起こし、幕府（相州）に全滅させられてからは、政治に無関心となり相州ともうまくいかないようになる。この後、和歌に熱中したり朝廷に官位昇進を催促したり、また宋へ渡るため唐船を作って失敗もした。

そのうち、公暁が京都から鎌倉へ帰り、私（語り手）はある暗い夜、唐船の残骸の由比が浦で公暁と話をした。「自分が嫌でたまらないから死ぬ」「北条氏の人たちは将軍家を気違いと言っている」と言う公暁に切りつけるほどだった。公暁の心は醜い。

建保五、六年と将軍家の驕者はつのる一方で、儀式が華美になる。ついに翌七年、右大臣拝命拝賀の儀式が執り行われることになり、将軍家の命運も尽きるのではないかと悲しい予感に襲われる。その頃破戒僧公暁は、何事かを祈願して不穏な気配の中、豪華絢爛な儀式の準備が進行してゆくのであった。

「地獄変」（大正七年五月）は、堀川の大殿の近侍の侍が大殿の死後に、大殿と絵師良秀との間に起こった「地獄変の屛風の由来」を聞き手に物語る一人称視点の小説である。語り手は大殿の崇拝的な人物評から語っていく。堀川の大殿は普通の人間とは思われない豪胆な性格でさまざまな逸話を残したが、地獄変の屛風の由来ほど恐ろしい話はない。良秀は当代随一の絵師と自負し、世間も絵の才能を認めるものだった。しかし、才能に引き換え、獣のような卑俗な人柄であった。良秀の娘は父親に似ず、美麗で思いやりが深く、大殿の屋敷で仕えていた。あの地獄変図を描くために、良秀は自分自身が地獄へ落ちてしまったのだ。話を元にもどして急がずに伝えることにする。

大殿は良秀に地獄変図を描くことを命じた。絵の制作に良秀は全霊を注ぎ、弟子の生きた心地もしないほどの犠牲も意に介さない。その頃、大殿の館では良秀の娘が何者かに犯されそうになる事件が起こっていた。絵の完成が近づいた頃、良秀は描きあぐねる。良秀は大殿に、絵の中心となる部分が描けない、描くために業火に焼かれる上﨟を見たいと申し出る。大殿は意味ありげな笑いとともに承諾した。数日後、檳榔毛の車で焼かれる上﨟はなんと良秀の娘であった。一瞬苦悶する良秀だったが、恍惚の表情に変わった。地獄変図は完成し人々の絶賛を得た。絵師良秀はその翌夜、縊死によって自らの命を絶った。

「右大臣実朝」の物語内容は、実朝が実母の尼御台や相州ら北条一族に政治の実権を奪われ、甥の公暁によって暗殺という悲劇的最期を迎えることが暗示される、ということになり「歴史的事実」とほぼ近い要約ができあがる。

ただ、近習の語りは必ずしも以上の要約と等質とは言えない。相州が「簒奪」したと明確に語るわけではないし、悲劇的最期も小説表現では絶えずその示唆・暗示がなされるのに、結局近習自身の言葉による具体的表現ではなく、作品の末尾に置かれた「承久軍物語」「増鏡」の抜粋によってかろうじて記述されるに過ぎない。とは言ってもこれらも、「吾妻鏡」と同様、「右大臣実朝」の本体であることは先に確認した。

歴史的実在の実朝もだが、作品中の実朝も後に「金槐和歌集」が編まれることを近習が語るとおり、当代一流の歌人であるため「「相州」によって象徴される現実政治のメカニズムに、実朝という芸術家が敗北していく過程」（吉田凞生「右大臣実朝」「國文學」昭和四九年三月）とも読み取れる。一方「地獄変」も、どちらの側が敗北したかについては良秀＝芸術側の敗北、大殿＝権力側の敗北という相反する見方があるとしても、権力者大殿と芸術家良秀の対決が小説の中心題材と指摘される。この点は、二つの作品がそれぞれ「歴史」「説話」からモチーフを受けたにしても、共通することに数えられる。

逆に設定上の大いに相違する点として、「右大臣実朝」の登場人物群がほぼ全員身分上語り手より上位の階級に属するのに対し、「地獄変」の一方の有力な当事者である良秀とその娘は語り手より上層の階層とは想定できないことが上げられる。

（二）作品評価の符合

奇妙なことであるが、「右大臣実朝」と「地獄変」には作品評価のうえで同趣旨の見解が見受けられる。「地獄変」は古く正宗白鳥が「最傑作」（「芥川氏の文学を評す」昭和二年一〇月）と評価して以来、どちらかと言えば芥川を代表する傑作のひとつという前提のもとに研究が継続されている（『研究資料　現代日本文学　第一巻』明治書院　昭和五五年三月、『芥川龍之介を学ぶ人のために』世界思想社　平成一二年三月など）。「右大臣実朝」は傑作の見方が必ずしも定説とはなっていない（『太宰治全作品研究事典』勉誠社　平成七年一一月）。しかし、「右大臣実朝」も水谷昭夫が「わが国近代小説のいわば最後の地点が形成された」（「「右大臣実朝」の文芸史的意義」「日本文芸研究」昭和三二年一二月）との最大級の賛辞を惜しまなかった。松本寧至も「最高傑作かどうかは知らないが、もっとも力作であり、労作であった」（「「右大臣実朝」私論」「芸術至上主義文芸」平成五年一一月）と述べている。その肯定的な評価の反面、両作品には否定的あるいは批判的評価も少なくない。

佐伯彰一は、語り手に触れながら次のように述べている。

「地獄変」は、一貫してひとりの語り手＝視点人物による中篇で、一ばん物語らしい小説なのだが、肝心の語り手の位置が妙に曖昧で、肉感性を欠いている。（『物語芸術論　谷崎・芥川・三島』講談社　昭和五四年八月）

浅野洋の「地獄変」は「むしろ、従来の高い評価とは逆に、当時の芥川文学の限界をこそ如実にものがたる一篇だったのではあるまいか」（「「地獄変」の限界―自足する語り―」「文学」昭和六三年五月　傍点浅野）という疑義は、それまでの「傑作」としての前提を転回させることになった。

「右大臣実朝」についても、吉田凞生、島田昭男、東郷克美、饗庭孝男の諸家が否定的に読み解いている。

しかし、実朝像からは、それ（「世俗の中に生き、おのれの醜悪にも鋭敏な人間」――引用注）がすっぽりと欠落している。そしてこの欠落そのものが、視点の固定と外からの絶対化と相まって実朝に実在感の乏しい、平面的な印象をもたらしたことは否めない事実であろう。そうした点で明らかに『右大臣実朝』は作品の完成度から言っても失敗していると言ってよい。（饗庭孝男『太宰治論』講談社　昭和五一年一二月）

実朝は「讃美の念で絶対化され、奇妙に平面的である」（吉田「右大臣実朝」「國文學」昭和四二年一一月）「必ずしもすぐれた完成度を持ち得ていない」「構成が緊密さを欠き、それぞれの部分がひとつの主題に向かって、あるいは運命そのものの終結に向かって集約的に流れこんでいくというふうになっていない」（東郷「『右大臣実朝』のニヒリズム」[5]「成城大学短期大学部紀要」第三号　昭和四六年一二月）などの言及は、後掲する島田の指摘と併せて「右大臣実朝」の評価史上、かなり枢要な部分を占めてきたと言ってよい。

小説に限らず、ある芸術作品が肯定的好意的に受け容れられるか、無視黙殺を含めて否定的批判的に曝されるかは、作品の逃れられない宿命である。並立して二項対立の様相を呈したり、一方が他方を相対化したりすることは珍しいことでも何でもあるまい。

注視すべきは、（実はもう既にその指摘は取りあげてあるのだが）両作品とも否定的評価あるいは批判の責任の所在が、大枠で言えば〈語り〉〈語り手〉に収斂されていることである。たとえば「地獄変」についての国末泰平の論述の一節をみる。

> 一体良秀の心は不思議なくらい描かれていない。それは語手《ママ》の設定というところからくる問題だと思う。（略）「地獄変」の場合語手の設定という方法は成功しておらず語手自体「凡俗な語手」「愚昧な語手」であってみれば仕方のないことかもしれないが、良秀の内面はどうも定かでない。
> （「地獄変―芥川龍之介の出発」『和田繁二郎博士古稀記念　日本文学　伝統と近代』和泉書院　昭和五八年一二月）

「右大臣実朝」では、島田昭男が指摘する。

実朝にたいする一切の批評（批判）を斥けようとしている近習の姿勢、考えから生まれる実朝観が、どこまで対象（実朝）の本質部分を的確に剔抉しうるのかというと、やはり疑問が残らざるをえない。

（「右大臣実朝論―その成立事情を中心に―」『批評と研究　太宰治』芳賀書店　昭和四七年四月）

前に述べたように、「地獄変」「右大臣実朝」はどちらも一人称視点による作品（表現）構造の小説である。もともと一人称の語り手（話主）は、作品内部の人物（登場人物）の心理に立ちいることはできないのであるから、「奇妙な」作品評価の一致は「語り（手）」に関する限り実は「奇妙」とは言えないことになる。

もちろん、〈語り〉〈語り手〉の表現構造上の機能や効果については、否定的な発言ばかりということにはならない。この語り手設定を肯定的に認める示唆もあり、二、三あげてみる。

「語り手の設定とは芥川龍之介にとって、そうした周囲の露出症的風潮を拒否しつつ、しかも自らの胸の内に熱く滾る夢想を、まさに「大胆に」告白するための、いわば必至の方法であった」（佐々木雅発「「地獄変」幻想（上）」「文学」昭和五八年五月）、「作者が考え抜いて工夫案出した」「絶妙な話法装置」（野口武彦「三人の実朝」「海」昭和五八年四月）、「二十年から三十年以上後の、隠遁者という立場で獲得した、全体を見渡す円熟した眼によって、その幼い視力を修正し、補強している」「実に巧みな設定と言わざるをえない」（北川透「不気味な魔物の影―戦争下の『右大臣実朝』」「日本文学研究」平成一二年一月）。語り手の「実朝への愛」が「もう一つの主題」であって、その主題を成就するために実朝の絶対視は「必然性」であった、とする鎌田広己の見解もある（「語り手の愛―太宰治『右大臣実朝』―」[6]「神戸大学文学部紀要」平成三年三月）。

さらには、再び「地獄変」に眼を転ずると、二面性とでもいうべき表裏一体の機能効果を認める言及もある。

語り手が主要人物の心理を語ることができないことによって、ある種の効果が生じていると思われるのである。
（高木まさき「「地獄変」―制約された語り」「上越教育大学研究紀要」平成元年三月）

高木のいう「ある種の効果」は、「陰惨な世界に、より陰惨な雰囲気を与えて語る」効果という。また、「地獄変」研究は〈メタ「地獄変」論〉とでもいうべき「「地獄変論」の前提―〈語り〉の機能に関する覚書―」（「近代文学論創」創刊号　平成一〇年五月）から始まる友田悦生の一連の論述の展開も管見できる。

以上、諸家の論及を追ってきたのは、「地獄変」と「右大臣実朝」は作品の語りあるいは物語言説への考察にかなり共通したものがみられることを確認したいためであった。

本節ではこの後で主に「右大臣実朝」の表現について延べていくのだが、基本的には高木の「語り手が主要人物の心理を語ることができない」（前掲論文）ことが、作品を成立させる重要な装置であるとする立場に立つことになるだろう。

(三) 語り手設定―「凡―」「愚か―」による表現操作

語り手の境遇を確認しておこう。

「実朝」のそれは、一二歳から公暁によってもたらされる悲劇の死まで実朝の身近に仕え、実朝本人とその周辺をよく知る人物（近習）である。実朝の死後出家していた近習は「二十年」後、聞き手である「あなた」（作品内の時間に存在する人物）の要請に応えて、実朝一七歳から死までの顛末を物語る。

「地獄変」の語り手は、権力者大殿に「二十年」奉公した近侍の侍で、やはり作品世界の時代である平安朝の「あなた方」に、大殿と良秀とに起こった事件の経緯を語っていく。これも、作品内の現在において、大殿も良秀も死亡しているとみられる。

鎌倉と平安と設定された時代は異なるが、境遇のたいへん酷似した語り手同士である。この二人は、それぞれ彼ら自身の世界で既に起こってしまった事実の一部を認知していて、語ることを惜しむかのような暗示的表現を駆使して回想していく。二つの作品の接点をみるに、小さいことから始めるとして、「二十年」という共通の数字は偶然の産物なのか、気にかかる。「右大臣実朝」の「吾妻鏡」にも、「地獄変」の「宇治拾遺物語」（巻三「絵仏師良秀家の焼くるを見て悦ぶ事」）「古今著聞集」（第十一の画図編第四話「弘高の地獄変の屛風を画ける次第」）にも特に見当たらない数字なのである。

二人の語り手は、いずれも作品内の人物の内面すなわち心理を知ることがない。このことは先にも触れたように、表現構造からすれば一人称視点を採っているのであるから当然のことである。また、太宰は、一人称語り形式（独白体、女性独白体）によって作家として大成したとみる見解（東郷克美「太宰治の話法」『日本文学講座　第6巻』大修館書店　昭和六三年六月など）があるように、一人称視点の語り手設定は太宰には当然の表現技法であって、「右大臣実朝」がこの語りの形式を採用していることは、特に問題視するに当たらない。

問題視するに充分なことは、次のようなことになる。

「右大臣実朝」には「凡俗」「凡愚」のように「普通で特に優れていない」形容の語句が延べ九箇所使用されている。このうち語り手自身を表すために用いられているものが五例（うち三例は表層的には語り手のみを特定するわけではないが、実質として語り手を指すかあるいは語り手も含むもの）、他の登場人物を表す用例が四例である。誰を表すために用いられていても実朝を絶対的存在として讃美していく機能があることは言うまでもない。語り手が自身を「凡（俗）」と規定する時は特にその機能が大きい。ただし、一例は「将軍トハ、所詮、凡胎」と実朝が実朝自身を自己嫌悪する用例であって、この例は除外される。

また、「愚か」が活用変化や品詞を変えながら延べ一三箇所ある。この語句も「普通以下で劣っている」ことの形容で、その表す意味合いは「凡―」と近似である。同じように語り手自身を表す用例六例、他の人物三例である。因みに四例は不特定多数を表している。

『作家用語索引　太宰治』（教育社　平成元年二月）で見る限り、この「凡俗」系列「愚か」系列の語句は「右大臣実朝」に突出して頻用されて、実朝を高めていく形象化に重要な機能を果たしている。他にも「私どもには、まるで何もわかりませぬけれども」「下賤の憶測」などの表現が随所にみられ、側面から機能を支えている。作者の意図的な表現操作であれ、結果としての単純な多用であれ、「右大臣実朝」という作品の持つ特異性といえる。

語り手が作品内人物の心理を知ることが不可能だという構造が、必ずしも批判的にのみ把握されるべきでないことを、先に「地獄変」への高木まさきの言及で見た。高木の言う効果とは別な観点からの見方になるが、この構造が大殿に対する畏敬や実朝に対する讃美を表現するうえで、大きな役割を果たしている点は否めない。「地獄変」でいうなら、その大殿への畏れを決定的にしている表現がある。

早い話が堀川のお邸の御規模を拝見致しましても、壮大と申しませうか、豪放と申しませうか、到底私どもの凡慮には及ばない、思ひ切つた所があるやうでございます。（一）

性得愚《おろか》な私には、分りすぎてゐる程分つてゐる事の外は、生憎《あいにく》何一つ呑みこめません。（十三）

前者の例文は冒頭部分の一節にある。「私（ども）」は語り手を指している。後者は、大殿の館に奉公している良秀の娘が何者かに襲われる場に遭遇した語り手の心内。語り手の言説はその場の事情を何もかも推察しているかのようにも受け取られるニュアンスもにじみ出る。因みに言えば、この引用した表現が襲った〈犯人大殿説〉を読者に暗示していく。語り手が自らを卑近にすることで表現の対象たる大殿との間に心理的離れを生み出し、相対的に大殿を「無双の絶対者」（佐々木雅発　前掲論文）に押し上げている。この「凡慮」「愚な」という語句は「右大臣実朝」とは違って、「地獄変」ではどちらも一回しか現れないのだが、語り手と大殿との関係性設定で重視されるべき語句である。

ここに「地獄変」と「右大臣実朝」との表現の接点を見ることができる。「凡俗」は太宰にあってはたとえば初期作品「思ひ出」にも見られる（二例）ものではある。しかし、「地獄変」と「右大臣実朝」においては、偶然とは思われないほどの同質の表現機能である。具体的表現を見ておくことにする。

「地獄変」の中で、大殿の人間離れした人物像が語られる章は「一」である。

兎に角、御生れつきから、並々の人間とは御違ひになつてゐたやうでございます。で、ございますから、あの方の為さいました事には、一つとして私どもの意表に出てゐないものはございません。（略）到底私どもの凡慮には及ばない、思ひ切つた所があるやうでございます。（略）それは諺に云ふ群盲の象を撫でるやうなものでもございませうか。

次に、「右大臣実朝」の実朝を語る表現をみる。

①　どうしたつて私たちとは天地の違ひがございます。全然、別種のお生れつきなのでございます。わが貧しい凡俗の胸を尺度にして、あのお方のお事をあれこれ推し測つてみたりするのは、とんでもない間違ひのもとで

ございます。人間はみな同じものだなんて、なんといふ浅はかなひとりよがりの考へ方か、本当に腹が立ちます。

②けれども、そのやうな事こそ凡慮の及ぶところではないので、あのお方の天与の霊感によつて発する御言動すべて一つも間違ひ無しと、あのお方に比すれば盲亀にひとしい私たちは、ただただ深く信仰してゐるより他はございませんでした。

③わづかに、浅墓な凡慮をめぐらしてみるばかりの事でございます。

④さうしてそれが必ず美事に的中してゐるのでございますから、どうしてもあのお方は、私たちとはまるで根元から違ふお生れつきだつたのだと信じないわけには参りませぬ。

「地獄変」と「右大臣実朝」①から④は、相似といってよい表現と言わざるを得ない。①は、「地獄変」引用文の第一文が「天地の違ひ」「別種のお生れつき」と言い換えられているとみてよい。「私どもの凡慮」と「わが貧しい凡俗の胸」も似ていて、骨組み（表現内容）が同じで表現形式が組み替えられた。②「凡慮には及ばない」と「凡慮の及ぶところではない」はほぼ同一の形式。「一つとして」「意表に出てゐないもの」はない、が「御言動」「一つも間違ひ無し」に書き換え。「群盲の象を撫でる」の比喩が「盲亀にひとしい」に言い換え。これは「盲」と動物を用いた比喩にスライドしていて、秀逸な〈再現〉〈再構築〉と評価すべきである。③「凡慮」による表現内容としては同じ。④も「並々の人間とは御違ひ」の「御生れつき」とおなじ文意による言い換え。

語り手が「凡―」「愚（か）―」と自己規定することによって、大殿と実朝は反作用を受けて「絶対化」の階梯を登ることになっていく。全編の印象として、大殿が冷徹に近い「畏敬」であるとしたら、実朝は敬愛の念もある「崇敬」で、若干温度差が感じられるにしても「絶対化」の表現であることに変わりがない。太宰治の作家論からの接近では、倫理的「下降指向」(7)（奥野健男）が余りにも名高いが、語り手の「凡俗」系列、「愚か」系列による実朝賛美は、言うならば表現操作上の「下降指向」といってよかろう。

もう一点「地獄変」と「右大臣実朝」が共有する接点を見出すことができる。

桜木実千恵は「地獄変」の大殿が良秀に地獄変図を描くことを命じる際の「どう思召したか大殿様は突然良秀を御召になつて」（五）の「どう思召したか」に着目し、「より細かく見れば、表と裏と二重の説明を持ち、肝心な点については交わしていくような点」が語り手が読者を「強引に」引き込もうとしている（「「地獄変」における語り手の問題」「国文目白」昭和六二年二月）と述べている。確かに「地獄変」一編にとって最重要の出来事の発端は「肝心な点」がはっきり語られず、曖昧にされている。

永栄啓伸にも「何より〈何故か〉を頻繁に使う語り口が事実の信頼性に疑問を投げかける」（「背離する語り（下）―芥川龍之介「地獄変」―」「解釈」平成八年八月）との言及がみられる。言及のニュアンスに若干違いが見られるが、桜木と同趣旨の指摘と解してよかろう。高木まさきも前掲論文でこの二点を取り上げて、ジェラール・ジュネットの言う「管理の機能」（花輪・和泉訳『物語のディスクール　方法論の試み』水声社　昭和六〇年一〇月）の限界を見る。「地獄変」に言われる「解釈の多様性」に関わる点である。語り手は内面に立ち至ることはできないわけだから、大殿や登場人物の行動の意図は知る由もない。勢い、「どう思召したか」わからないまま語りを進めていくしかない。「何故か」を連発していくことになる。「地獄変」一編を推理小説的に読むことは厳に避けねばならないが、推理小説的謎があるとするなら、これらの表現が作用しているであろう。

「右大臣実朝」にも似た曖昧表現が多用される。

　人の心も解け合はず、お互ひ、これといふ理由もなしに、よそよそしく、疑ひおびえ、とてもこの建暦二年の

御時勢の華やかさとは較べものにも何もならぬものでございました。（七六ページ）

その兵乱の一箇月ほど前、四月七日に、将軍家は何といふ理由も無く、女房等をお集めになつて華やかな御酒宴をひらかれ、之まで例のなかつたほどに、したたかにお酒を召され、（略）（一〇八ページ）

相州さまも、どういふわけか、その頃の将軍家の御政務御怠慢をば見て見ぬ振りをなさつて、いや、それどころか、将軍家とお顔をお合せになるのを努めて避けていらつしやつたやうでございました。（一一四ページ）

これらの表現は、はっきりとしたものが示されないことで後の作品内の悲劇（実朝の滅亡）が起こることの暗示、伏線になっていると考えられる。特に顕著に現れている例が三番目の「相州」の場面である。和田氏反乱の直前の時期で相州周辺は「異常の御緊張」の只中で過ごしているなか、将軍家一人は「平然」「呆然」の体で酒浸りといってよい。この「どういふわけか」は相州に対する疑問というよりも、後に起こる、しかも語り手にとっては既成事実である悲劇の予兆の表現になっている。実朝が公暁によって暗殺されることは歴史的事実であり、またこれは北条氏の陰謀ということであるから、小説表現としては、歴史の具体性を剝離していく必要があったであろう。「地獄変」は歴史には強い制約を受けるものではない。しかし、「肝心な点」を交わしていく語りは、伏線の機能を帯びている。三用例は、実朝あるいは他の登場人物の内面を知ることが不可能という表現構造によって作りだされた効果である。これも間接的に表現上の「下降指向」に関わると言える。

既に前節において「右大臣実朝」には「なんとなく」「なんだか」「どこやら」の根拠を明確に示さない副詞（「どこやら」は副詞的用法）が多用されていることを考察した。(8) この三語も「何故か」と似た表現機能がある。以上、語り手と大殿・実朝の関係性設定に関する表現の接点について考えを述べてみた。語り手設定から離れることになるが、次のような表現の類似も見ることになる。

大殿様はかう仰有つて、御側の者たちの方を流し眄《ながめ》に御覧になりました。その時何か大殿様と御側の誰彼との間には、意味ありげな微笑が交されたやうにも見うけましたが、これは或は私の気のせゐかも分りません。

（「地獄変」十七）

遁世ノ動機ハ／と軽くお尋ねになる将軍家の御態度も、また、まことに鷹揚なものでございました。／「おのが血族との争ひでござります。」／とおつしやつた、その時、入道さまの皺苦茶の赤いお顔に奇妙な笑ひがちらと浮んだやうに私には思はれたのですが、或ひは、それは、私の気のせゐだつたかも知れませぬ。

（「右大臣実朝」）

読み比べてみると「流し眄《ながめ》」こそ書き込まれないものの、偶然に出来た表現というには似過ぎている。〈構文〉のような型があって字句を修整したかのようである。「右大臣実朝」には、和田義盛が討伐された後に幕府側が自陣営の将兵をねぎらう場面があり、相州が実朝に目配せをする場面もあり、併せて考えてみるとなおさらその感を強くする。芥川は別として、芥川作品を読んだであろう太宰の表現を全くの独創であると素直に受け取ることは難しい。芥川の文章を元に換骨奪胎した表現と言って差し支えないほどの文体印象の近似値を見る。

ついでに挙げれば、具体的表現には接点が見られないが、それぞれの語り手が大殿・実朝が好色ではないと聞き手に抗弁する「力説」の発想も大変よく似ている。

さらに、語り自体からはずれてしまうが、二つの作品の語り手たちの作品内での登場も接点として取りあげることができる。「右大臣実朝」「地獄変」の語り手たちは語り手でありながら、作中の人物として作品内の他の人物と会話を交わす場面が、大枠で一場面ずつ設定されている。「地獄変」では良秀の娘が何者かに手籠めにされそうになる、例の夜のことである。語り手はその場に遭遇し、逃げた犯人らしきものを見たような見ないような「肝心な点については交わしていく」（前掲　桜木）語りをする。その時娘と言葉を交わすのである。「右大臣実朝」の中では、唐（宋）船がある由比ガ浜で公暁の話し相手となって登場する。「右大臣実朝」では、この場面の公暁こそ、最も存在感を認める向きもある。

今まで述べてきたことを総合的に考えてみると、「地獄変」と「右大臣実朝」の表現、とりわけ語り手設定のそれには接点が見られるということになる。しかも具体的表現レベルでの酷似性がある。それは芥川の表現を太宰が〈再現〉〈再構築〉したと言っても過言には当たらないレベルである。

先の清水康次は、「「雛」と異なって、「地獄変」では、二つの物語（芥川のいう「日向の説明」と「陰の説明」――引用注）は補完し合うものであり、その点では、より「哀蚊」に近い」と述べた後、「太宰治は「地獄変」からも語りを学んだ」（前掲論文）と重要な推論をしている。

それにしても、このような語り手設定がなぜなされたのか。ここでの課題は、二作品の表現上の接点を提示することにあるので、機を改めねばならないが、少し触れておきたい。

「地獄変」については、研究諸家の言及が見受けられるが、次の谷口佳代子の指摘を挙げるにとどめておく。

以上のように作品世界の分析は非常に詳細になされ、語り手もその中で位置づけられてきたが、芥川がなぜこのような語り手を設定したのかという問題については、一面的な論述しかなされていない。

（前掲『芥川龍之介を学ぶ人のために』）

全知の視点は「火の鳥」（昭和一四年五月）での失敗を払拭していない点が太宰の危惧として残っていたのではないか。また、この視点ではすべてを知り得ることになるため「謎」がありえないことになってしまう。「右大臣実朝」という作品は「謎」がなくなっては、歴史の引き写しになってしまい「小説」として成立する部分が限定されかねない。同じ一人称視点でも「実朝」自身による語りは、太宰のもっとも採りやすく、しかも表現技法の資質がよく発揮される形式とはいえる。しかし、それでは実朝に太宰本人（あくまでも虚構化された人物としての「太宰」）が重ね合わされてしまい、「むやみ矢鱈に、淋しい、と言つたり」「わあわあ騒いで怨んだり憎んだり」（「鉄面皮」）する実朝になったと推測することは全くの見当違いとも言えまい。歴史的人格を有しない個人ならば、仮に「太宰」自身化しても「歴史の大人物と作者との差を千里万里も引き離さなければいけない」（「鉄面皮」）という意図は損なわないことになる。

「右大臣実朝」ではどうなのか。

おわりに

野松循子は「右大臣実朝」の語り手設定を「原書の『吾妻鏡』と同時代の鏡物などにヒントを得たのか」（「予言の成就という記号装置」「萩女子短期大学紀要」平成九年一二月）と推測している。これはこれで可能性の一つとしておく。伝記研究の相馬正一は「ひょっとすると」と前置きしたうえで、「右大臣実朝」執筆の大きなきっかけとなったという「鶴岡」臨時増刊号に再録された高浜虚子の新作能「実朝」のシテの語りによるのでは、と推測している（『評伝太宰治　第三部』筑摩書房　昭和六〇年七月）。新作能の可能性も否定されるものではない。

しかし、ここまでの「凡―」「愚か―」という表現形式から考察した限りでは、芥川の、特に「地獄変」の語りと語り手を挙げる方が、より自然で素直と言う意味合いで妥当とすべき選択肢と考える。

太宰の弟子でもあった桂英澄の回想によると、「右大臣実朝」が上梓されたあと、太宰は次のように言ったという。

芥川を超えることができないなら、むしろ筆を折り、故郷へ帰って百姓をした方がましだ。そして、太宰自身は、「右大臣実朝」を書いて芥川を超えたと思った、と、そんな風に言っていたのである。芥川に対して、太宰は血縁に対する哀憐のような心情を抱いていたことは確かだが、またライバル意識を燃やしていたことも確かであったと思われる。

（『太宰治と津軽路』平凡社　昭和四八年一〇月）

「右大臣実朝」に対する太宰の自信のほどを物語るエピソードとしてしばしば引用される部分である。芥川の受容と、より高次の段階への脱却を想像させる挿話である。桂の回想のとおりとするならば、「右大臣実朝」の語り手設定の発想のヒントとして比定されるべき第一の候補は、やはり芥川作品「地獄変」がもっともふさわしいはずである。

［注］

（1）遠藤祐は、『太宰治の〈物語〉』（翰林書房　平成一五年一〇月）所収論文で、「地球図」と「きりしとほろ上人伝」、「走れメロス」と「ある敵討の話」、「饗応夫人」と「糸女覚え書」などを対照分析し、個々の作品間の影響を推定している。

（2）相馬正一『評伝太宰治』第一部〜第三部（筑摩書房　昭和五七年五月〜昭和六〇年七月）。後、津軽書房から上下巻で改定新版。引用は津軽書房版による。相馬正一には太宰は「大道寺信輔の半生」や「点鬼簿」に「強い関心」があった、との指摘もある（「初期習作」『作品論　太宰治』双文社出版　昭和四九年六月）。↓［補注］

（3）相原和邦によると、「或阿呆の一生」では「月光」が「ある女と関わって頻出する」という。実際の「月の光」の表現ではなく、比喩、象徴的表現である（「「或阿呆の一生」論――芥川の〈光〉と〈闇〉」「國文學」平成四年二月号）。

（4）渡部芳紀に「乞食学生」について、「枝葉だがヴィヨンの引用なども後期へ続くものとして注意しておきたい」との解説がある（「別冊國文學　太宰治必携」昭和五五年一〇月）。

（5）東郷克美「「右大臣実朝」のニヒリズム」は、『太宰治という物語』（筑摩書房　平成一三年三月）に所収された際、初出稿に無かった次の加筆がなされている。「芥川龍之介が自作「地獄変」のナレーションについて、「日向の説明」と「陰の説明」というういい方をしたことはよく知られているが、この物語も実朝を絶対視する「凡俗」の語り手の感性とそれにもとづく解釈を通して語られていることに留意すべきである」。これ以上の論述がないのは残念であるが、東郷には芥川文学の論考も多数あり、「地獄変」関係では次の文献が見られる「「猿のやうな」人間の行方」（『一冊の講座　芥川龍之介』有精堂出版　昭和五七年七月）。

（6）鎌田広己は島田昭男の語り手設定の批判的見解について、作者の語りと語り手の語りを区別しなかったことによる、と相対化する言及をしている。

（7）安藤宏は「へだたり」という用語を用意して、「太宰治の場合、語る側が努めて自らを卑下し、自分を押し下げることによって謙譲表現的な「へだたり」を生み出し、それによって対象となる人物や出来事との関係を創り出して作り出していく点にその最大の特色があった」と述べる（『太宰治　弱さを演じるということ』ちくま新書　平成一四年一〇月）。

（8）初出「「右大臣実朝」におけるあいまい表現の考察」（「郷土作家研究」第二八号　平成一五年七月）。

［補注］

注（２）の相馬正一は平成二二年五月『太宰治と芥川龍之介』（審美社）を上梓した。「二　太宰模倣」の中で、本文で挙げた⑸⑹やその他を取りあげ「思ひ出」の入学式の日の殴打などは「太宰の虚構」とし、次のように述べている。

従って、「大導寺信輔の半生」に描かれている芥川の自画像と「思ひ出」に描かれている太宰の自画像が類似の虚構化を試みているということは太宰が前者を模倣して「思ひ出」を創作したことを窺わせる有力な根拠になる。

（六九頁）

著者が本節の初出稿を発表した時点では、注（２）で挙げた正一の著作や論考、また『若き日の太宰治』（筑摩書房昭和四三年三月　後に津軽書房から増補版）その他の主な著作等ではみられなかった具体的表現箇所の指摘のように思う。

第二章　「竹青」における「杜子春」との同調
――終結部の試考

一、「竹青」の課題

太宰治が、「思ひ出」（昭和八年四・六・七月）「東京八景」（昭和一六年一月）「人間失格」（昭和二三年六～八月）などいわゆる自伝系列の作品の一方で、「新ハムレット」（昭和一六年七月）「右大臣実朝」（昭和一八年九月）「新釈諸国噺」（昭和二一年一月）など、かなり多くの翻案的作品を著したことも事実である。中国に材源を求めた作品のひとつに「竹青」（「文芸」昭和二〇年四月）がある。

「竹青」は蒲松齢「聊斎志異」の「竹青」を原典とする翻案作品である（以下、後掲する渡部芳紀に倣って松齢の作を「原竹青」と表記する）。「竹青」の主人公を「魚容」という。

魚容は親戚一同から厄介者扱いされ、醜く酷薄な妻を見返すため、郷試を受験し落第する。落胆する魚容は、呉王廟で烏の姿になり、竹青という雌の烏と出逢う。竹青は優しく親切で、魚容は幸せな生活を送る。ある時魚容は傷を負って人間界に戻ってしまう。以前のように耐え忍ぶ暮らしを送って三年目の春、再び出奔して郷試に挑戦したがまたもや失敗。失意のなか、竹青と再会して漢陽にある竹青の家にいく。そこで故郷の妻を口にした魚容に、竹青は、神の試験に合格した、人間は人間界で愛憎に苦しむものだ、と諭して魚容を帰らせた。悄然として家に帰ると、そこには竹青そっくりの妻がいた。妻は、病気をしているうち顔も身体も心も変わった、と語った。この後、以前とは異なって、不満や愚痴を思わない魚容は、平凡な一人の農夫として生きた。

「竹青」の評価をみる。

およそ非現実的な物語でありながら、不思議に違和感を与えない、物語作家太宰治の非凡の手腕がみられる作品といってよい。

（『太宰治辞典』清水弘文堂　昭和四〇年六月）

単なる原作のストーリーを模倣するだけではなく、虚構を加えることによって物語の背景、風土、登場人物の心理活動などを細かく描写し、主人公の背負った精神的な重荷を表している。

（『太宰治大事典』勉誠出版　平成一七年一月）

「違和感を与えない」「不思議」は何に因るのか、「精神的な重荷」とはどのような事柄を指すのか、具体的に知りたい。また「竹青」を読むにあたって問題点とされてきたことがある。

原典では人間界と仙界とを自由に行き来する魚容が、太宰の「竹青」では竹青の姿に変身した妻と一生人間界で平凡に暮らすことになっていることをどう読むかが問題となってきた。

（『太宰治全作品研究事典』勉誠社　平成七年一一月）

この章では、竹青の諭しと呼ばれる辺りから妻の変身を経て、「極めて平凡な一田夫として俗塵に埋もれた」の最終部分までを取りあげ、魚容のありようを検討して、「どう読むか」の試みのひとつとしたい。

二、「竹青」と「杜子春」の類似点

「竹青」の先行研究は、他の代表作品等に比べ多いとはいえない。先駆として試みられたものに、「原竹青」との比較に触れて相違や共通する点を挙げ、太宰の翻案の方法を指摘する文献、太宰の人間的資質との対応に言及した考察が多く数えられる。

そのような中で、渡部芳紀に芥川龍之介の「杜子春」（「赤い鳥」大正九年七月）との比較、類似に注目した言及がある。ほとんど唯一といってよい着眼である。(1) ただし、渡部論文にしても「杜子春」について述べたもので、論の最終章で「竹青」に触れ「なんらかの形で芥川の「杜子春」が影響しているかもしれない」という推測を示したものである。

> 魚容も杜子春同様現実の人間界から逃避しようとする人間だった。（略）杜子春も、魚容も幸いに、殺される一歩手前で、汚辱の人間界の中で、平々凡々と生きることの大切さに気づき、あやうく死を逃れて、現実界にまいもどるのである。そして、二人ともささやかな生活を送り、凡夫として一生を送ってはてることになるのである。（略）／太宰が原竹青に付加したところの設定は、全て、「杜子春」の中に見出されるのである。／特に一番大切な、人間界への執着に目ざめることによって神の罰をまぬがれ、人間界に帰って凡夫となって平和に暮らすという構想は、芥川のものと全く同じと言ってよかろう。(2)
>
> （「作品論　杜子春」「國文學」昭和四七年一二月）

長い引用になった。渡部が「芥川のものと全く同じ」という「構想」は、次に示す部分である。魚容が郷試二回目の受験にも失敗した後、再び洞庭湖畔で、落胆甚だしくまたぞろ「死なう」と思った時、竹青が現れる。漢陽にある竹青の家に着き、春の景色を満喫した時、魚容の口から思わず「くにの女房にも、いちど見せたいなあ」という言葉が出てしまう。それを聞いた竹青は「奥さんを憎まず怨まず呪はず、一生涯、労苦をわかち合つて共に暮して行く」ことを諭して帰郷を勧める。その後「きびしい口調」で、郷試には落第でも神の試験には及第したこと、烏の世界の快楽におぼれて人間界を忘却したら、実は「恐しすぎて口に出して言ふ事さへ出来ないほど」の「刑罰」が与えられるはずだったこと、を知らせた後、次のように説得する。「人間は一生、人間の愛憎の中で苦しまなければならぬものです」「学問も結構ですが、やたらに脱俗を衒ふのは卑怯です。もつと、むきになつて、この俗世間を愛惜し、愁殺し、一生そこに没頭してみて下さい。神は、そのやうな人間の姿を一ばん愛してゐます」。魚容が家に着くと、竹青と見まがう妻がいた。一年後に男子が生まれ、魚容は烏だった時竹青との間に設けた子と同じ「漢産」と名づける。由来は明かさないままだった。最終部分を挙げる。

神烏の思ひ出と共に、それは魚容の胸中の尊い秘密として一生、誰にも語らず、また、れいの御自慢の「君子の道」も以後はいつさい口にせず、ただ黙々と相変らずの貧しいその日暮しを続け、親戚の者たちにはやはり一向に敬せられなかつたが、格別それを気にするふうも無く、極めて平凡な一田夫として俗塵に埋もれた。

芥川「杜子春」の該当する部分は、無言戒を破り仙人になりそこねた子春に対して、仙人鉄冠子が言う収束部である。「もしお前が黙つてゐたら、おれは即座にお前の命を絶つてしまはうと思つてゐたのだ。――お前はもう仙人になりたいといふ望も持つてゐまい。大金持になることは、元より愛想がつきた筈だ。ではお前はこれから後、何になつたら好いと思ふな」と確認する。子春は「何になつても、人間らしい、正直な暮しをするつもりです」と答える。鉄冠子はこの答えに満足し、泰山南麓の一軒の家を畑ごと与えるから、行って住まいするように促す。そこに桃の花が咲いているだろうと付言する。

「竹青」では、魚容が神の誘惑のまま人間界を忘却した時は、「恐しすぎて口に出して言ふ事さえ出来ないほど」の刑罰が下されるはずであった。この点は、杜子春が鉄冠子の言うまま無言戒を守っていたら「命を絶つてしまはう」と子春に言い放つのとたいへんよく似ている。子春の立場を慮った時、というより読み手の側からすると全く身勝手で耐え難いような言葉である(3)。

確かに「竹青」と「杜子春」には、大まかに眺めてみてもいくつかの接点類似点を挙げることができる。

(1)　魚容、子春の二人とも、元は良家で富裕であるのに、現在（物語開始時点）では貧窮になっている。

(2)　子春は仙人から金をもらう機会が三度あり、二度は得て三度目は辞退する。魚容は郷試を二度失敗する。子春にとっての「金」、魚容の「郷試」はどちらも現在の境遇を打開する可能性を持つ、作品の重要な鍵になっている。

(3)　二編とも中国伝奇を原典とする翻案小説で、原典との比較では、どちらも後半に大幅な改変（翻案）が行われている。

以上三点は先行文献にも述べられていることをまとめたに過ぎない。その他気の付いたことを挙げてみる。細部になるが、子春は「或春の日暮」「ぼんやり空ばかり眺めて」いた時、「一そ川へでも身を投げて、死んでしまつた方がましかも知れない」と思う。魚容も郷試に落第した一回目「ああ、いつそ死にたい」二回目「あはは、死なう」と思っている。また二編とも、事が起こるのは「三年目の春」。仙人が子春に与えようとする家の周りには「桃の花」が咲いているらしい。「竹青」にも「桃畑の万朶の花」「桃の花」がみえる。両作には「月」に関する表現が全編の随所にあり、神秘的幻想的な物語内容を支えている。(1)から(3)を含め、これらの点は単なる偶然の類似なのか、「竹青」の作者が「遠い昔の「杜子春」を読んだ記憶」に「無意識のうちに」（前掲　渡部論文）影響されたものなのか判定は難しいが、両作品の類似点であることは確かである。

最後尾については「竹青」の三人称の語り手が「極めて平凡な一田夫として俗塵に埋もれた」と断定しているのに対し、「杜子春」では仙人鉄冠子が泰山南麓の家を提供する直接話法で終了していて、子春が渡部の言に沿って「ささやかな生活を送り、凡夫として一生を送つてはて」たかどうかは物語世界ではわからない。

三、魚容の故郷と性格

「竹青」の竹青の諭しの部分から終結部までを考察していきたい。原典との比較の検討については、前述したように先行研究に多くの卓見があるので、ここでは最小限に触れておくに止めることになる。

前に挙げた『太宰治全作品研究事典』の執筆者は、同じ項目で次のようにも解説している。

「竹青」から太宰治の〈人間観〉または人生観を読もうとする向きもあり、こういった読み方がもちろん全く的はずれとは言えないが、作品の重要な要素を見落としかねないので慎重でありたい。

これも、「作品の重要な要素」をもう少し具体的に指摘して欲しい気持ちに駆られる。管見の限りでは確かにこの部分についても、太宰の人生観や当時の戦時体制と太宰との関係からの読みが多い。この項では、先行研究を参考にしながらも、主に作品内容と構造を視野として魚容の変化を探っていく。

杜子春と魚容の二人は、結末へと向かう過程で似た境遇を迎えることになった。しかも、この小説内容は杜子春の原典「杜子春伝」にも「原竹青」にもないもので、それぞれ芥川と太宰の創作といってよい翻案化であることは、たいへん興味深いことである。

さて、杜子春は前述の「お前はこれから後、何になつたら好いと思ふな」という仙人鉄冠子の問いに「何になつても、人間らしい、正直な暮しをするつもり」であることを、「今までにない晴れ晴れとした調子」の声で答えた。

一方の魚容は、竹青が故郷へ帰ることを勧めたとき、「あんなに乃公を誘惑して、いまさら帰れとはひどい。郷原だの何だのと言つて乃公を攻撃して故郷を捨てさせたのは、お前ぢやないか。まるでお前は乃公を、なぶりものにしてゐるやうなものだ」と抗議する。しかも竹青を介しての神の試みが「人間の世界を忘却するかどうか」であるのに「忘却したら、あなたに与へられる刑罰は、恐しすぎて口に出して言ふ事さへ出来ないほどのもの」では堪ったものではない。杜子春の「命を絶」たれる罰でさえ窮極的と思われる。魚容に振りかかったかも知れない「刑罰」とはどのようなものであろうか、言語上のレトリックどおりの不気味な超越者の非情に迫られる。

引き続き竹青が神女として、神が俗世間に没頭する人間を愛していて故郷へ帰るように勧めた後、川の中の孤州に独り立っていた魚容は、近づいてきた丸木船に乗り、舟は魚容を故郷の家に連れて行く。その時、魚容は子春とは異なって、「頗るしよげて、おつかなびつくり」自分の家の裏口から、家の中の様子を覗く。一度目の失敗の時も故郷へ向かう時「悲しさは比類がな」かったのだが、なぜ魚容は「頗るしよげて」いるのだろうか。竹青の諭しの部分から終結部について、次のような言及がある。

たしかに郷試には落第したが神の試験には及第した、という意味は俗世間的な世からは失格者とみなされる者は、却って神の眼には清らかな正しさを持つ美しい人間として認められる、という信念を物語っているのではあるまいか。

（鈴木二三雄「太宰治と中国文学㈡」「立正大学国語国文」第七号　昭和四五年三月）

人間は一生愛憎の中で苦しまざるをえず、俗世間を愛惜し、そこに没頭しなければならぬのだという真理に気づいた時、現実の妻が竹青そのものであったことが明らかになる。

（「作中人物・モデル事典」「太宰治事典」別冊國文學№47　平成六年五月）

魚容は、神の戒めすなわち竹青の諭しを「信念」「真理」と悟ったのか。悟ったから、結末にいう一生を送ることができたのか。子春と比較しても無意味だろうが、それにしてもこの落ち込みようは気にかかる。仮に魚容が指摘のとおり「真理に気づいた」のだとしても、主体的に理解したり受け容れたりしていないニュアンスを読み取る。むしろ受け容れざるを得なかった、理解せざるを得なかったという言い方が適しているように思われる。別な言い方をしてみるなら、畏怖に近いものを感じ取り、抗しても無駄というあきらめのような心理状態をみる。要するに、帰りたくない故郷に帰らざるを得ないために魚容は「頗るしよげて」いるのではないのか。

では、魚容にとって故郷とはどういったものであっただろう。

親戚一同から「厄介者」扱いを受けて、故土にいながら天涯の孤客のようで、心は渺として空しい魚容である。竹青には「人間界でさんざんの目に遭つて来てゐる」と吐露する。故郷に帰れば、またどんな目に遭うかわからない。つくづくこの世がいやになった、とも言う。「この世」とは、親戚のいる「故郷」と同義であろう。だからこそ、竹青に「故郷の親戚の者たちの前で、いちど、思ひきり、大いに威張つてみたいのだ」ということになる。不遇から生じた魚容の自己認識は、見返したいという強い希求欲望と裏表の関係になっていることがわかる。魚容は、故郷に対して怨みに近い感情を抱いていると読み解くべきである。

「竹青」一編の主眼を、魚容の故郷意識において読む考察が既にある。

太宰作品の中の魚容は故郷と《ママ》の風土と対立し、それに圧迫され、受け容れられなくて、故郷を出て、科挙《ママ》試験に参加したのである。それにもかかわらず、度々落第して、いよいよ簡単に故郷に帰れないようになった。そこで彼一人で他郷を漂泊し、故郷を懐かしむ時、その心情はかなり憂鬱で辛いに違いない。[4]

（祝振媛「無限の郷愁——太宰治の「竹青」の特色」「中央大学大学院論究　文学研究科篇」平成一〇年三月号）

池川敬司も、身内世界に固執して外の世界に出て行かないとする魚容に注目している。

それにしても、冷遇され不遇をかこつ身内世界に、なぜ魚容は見切りをつけなかったのだろう。作中で〈天涯孤客〉と魚容は己の不幸を嘆いているが、しかし外部世界でのそれではない。つまり身内世界にいてそういうだけで、決して外部世界に出て行こうとはしないのである。それは何より魚容自身が、身内を失うことを最も恐れていたためではなかったか。

（「太宰治「竹青」を読む——魚容の〈身内世界〉への執着」『太宰治研究　第一二輯』和泉書院　平成一六年六月）

故郷喪失は、望郷懐郷と一体の心情であろうから、特に異議をはさむ余地はない。ただ魚容が、いかに衣錦還郷を考えていたとしても、そして後述するように消極的な対他的行為ともいえる「決意」「青雲の志」（「竹青」本文）であったとしても、郷試に挑んだこと自体は、故郷を出奔するためだったと解釈すべきである。一時の思いだったかもしれない。しかし「見切りをつけ」たから「故郷を出」たことは一言しておかねばならない。その出奔が失敗に終わったために「他郷を漂泊」することになって望郷の念が湧き、結果として「憂鬱」になったのである。小説表現から離れる解釈は望むところではないのだが、及第していれば「憂鬱」になるかどうかはわからない。はじめに望郷の悲しみありき、ではないのである。前項でも挙げたとおり、魚容は二度の失敗とも死に接近し、二度目は竹青の世界を希求している。落第により感情が高ぶって自暴自棄になっていると仮定しても、死や神烏界の竹青を想う心情は望郷と同質ではない。また、この死を口にする魚容に人間太宰が生死の間《はざま》を往還したことを掏り合わせる分析[5]は、当然といえば当然に思われるけれども、性急な一致は避けねばならない。

故郷とも密接に関連する問題であるので、魚容の性向も確認しておくことにする。「厄介者」魚容は、「伯父の妾」という噂のある無学の下婢を妻に押し付けられる。そのとき、魚容はこう対応する。

> 魚容は大いに迷惑ではあつたが、この伯父もまた育ての親のひとりであつて、謂はば海山の大恩人に違ひないのであるから、その酔漢の無礼な思ひつきに対して怒る事も出来ず、涙を怺へ、うつろな気持で自分より二つ年上のその痩せてひからびた醜い女をめとつたのである。

この妻は結婚後、魚容の学問を軽蔑はする、女の汚れ物を顔には投げつける性悪な女であるのに、魚容は言い返すことが出来ない。親戚どころか妻にさえ、心中では不満を持っていても自分自身を主張することなく、他律的あるいは受動的に彼らの言動と存在を受け容れるばかりである。郷試受験は自らの意志には違いない行動であるが、故郷における自分の卑小な状況から迫られた選択であって、積極的に醸成された方向ではない。このことは、郷試受験が「故郷を出奔するためだつた」という前言と矛盾するものではない。なんとなれば受験などせず、故郷を出ることなく一生耐え続ける選択も魚容に許されているからだ。しかし物語世界の魚容は、故郷を出るという現実を選び取らざるを得ず、「この世とは、ただ人を無意味に苦しめるだけのところ」「この世には鉄面皮の悪人ばかり栄えて」と被害妄想的な責任転嫁を漏らすことになる。それは故ないことではないのである。祝は「故郷を離れる姿に後ろ髪を引かれる悲しさ」「他郷に出なければならない主人公の姿はなんとも哀れなもの」（前掲論文）を感じると同情している。ここでの考察を進めるうえで、必ずしも全面的に首肯するものではなく、この「悲しさ」「哀れ」は、出奔の際よりは郷試失敗後、一回目も「比類」ない「悲しさ」でもちろんだが、特に二回目「悲しげな顔」で「大きい溜息」をして「力無く」故地に帰らねばならない足取りの重さにこそ当てはまるのではないかと思量する。

話が前後することになる。二度目の受験も「身辺の者から受ける蔑視に堪へかね」てのことで、計画的に自発的にしたことではない。結局は受身の行動と言える。失敗後、竹青と再会して「あの人たちに、乃公の立派に出世した姿を見せてやりたい」といった時、竹青に「どうしてそんなに故郷の人たちの思惑ばかり気にする」と見透かされたとおりなのである。また、このとき、魚容は竹青を故郷へ連れて行こうとしていたのに、このひと言で「やぶれかぶれ」になって竹青の漢陽へ向かうという自我の不安定さであって、魚容は対人関係上、常に他者に左右される性質の持ち主と言えよう。魚容に「甘え」を読み取っている言及があることも、充分納得できるのである（角初子「太宰治攷——甘えについて」「山口女子大国文」平成元年一二月）。

もう一度「頗るしよげて、おつかなびつくり」にもどる。「わが家に」であるからには、妻を敬遠あるいは恐れてのことになる。一度目も「どんなに強く女房に罵倒せられるかわからない」ことを思い「精神朦朧」となった。他律的受身的性質で、妻を始めとする故郷の人々に対して恨みがましい気持ちを持っている魚容は、竹青に強く諭されたため、帰りたくない故郷そして家に帰ることを受容せざるを得なかったのである。

不如意な帰還の直接の要因は、漢陽の家でつい魚容の口から出た「くにの女房にも、いちど見せたいなあ」という一言であった。この言葉は竹青が受話したように「本心の理想」から発せられたものなのだろうか。直後の「思はず」という語り手、そして魚容の否定を示す「狼狽」からすると、故郷に帰りたいという深い意味合いをもつ発話ではなかったのに、魚容の心に反して大仰な事態を招いてしまったと考えられる。ただし、このことは物語世界において「深い意味合い」がないということと同じではない。作者の設定としては、結末へ続く筋を導くための重要な一行になっていることは疑いない。「鶴の恩返し」「雪女」などのフォークロアによくみられる女性からの約束を、男が違えることによって不幸な結末を迎えてしまう民話的発想も感じられる。また、「杜子春」が童話として発想された点を勘案すると興味が高まるが、今は本題を先へ進める。

そのように落胆著しく家に帰ったところ、妻が竹青になっている場面となる。確かに日常的感覚では、「唐突」（村松定孝「太宰治と中国文学」「比較文学年誌」昭和四四年三月）さを免れない変身ぶりである。

「竹青」は、魚容が〈人間界―神烏界―人間界―神烏界―人間界〉と場面が変化して展開されている。「ふと眼が醒めて」「夢の続きを見てゐる」から考えると、神烏界は人間魚容の夢というならそれに違いない。しかし、一編の物語として読んだ時、二つの世界は等価値と理解されるべきである。「荘子」の「胡蝶の夢」を想起するとよいだろうか。この点についても、既に我々は郭斐映の優れた考察を見ることが出来る。

前期の作品「猿面冠者」（昭9・7）、「彼は昔の彼ならず」（昭9・10）、「道化の華」（昭10・5）等の作品でしばしば見られる作者と主人公、観察する者と観察される者という絶対に逆転不可能な関係をつき破る、相対的な関係への転換であり、相対的関係の図式の中でこそ、現代におけるリアリティは存在すると現代作家太宰治は主張している。

（「太宰治と蒲松齢―その妖怪的文学」「太宰治」第6号　平成二年六月）

この後で郭は「竹青」も「相対的関係の図式」を持つと言及していく。この指摘はいわゆるメタフィクションのことと受け取って差支えがないように思われる。郭は直接挙げていないが、「狂言の神」（昭和一一年一〇月）では「笠井一」の物語が、途中で作中作家太宰治が「笠井一もへったくれもなし、ことごとく私太宰ひとりの身の上である」と登場してくる。「太宰」はあくまで作中作家であって作者その人ではないので、メタフィクション的構造の小説と言っておく。

「竹青」の〈人間界―神烏界〉〈現実―夢〉という構造にも郭のいうよう、メタフィクション的性質を認めてよいのではないか。〈人間界―現実〉〈神烏界―夢〉のどちらの魚容が「観察する者」で「観察される者」なのかを問う必要はあるまい(6)。

もし神烏界が夢であり、小説表現としての文学的真実が人間界と等価でないというなら、竹青に諭された後、丸木舟が魚容を故郷の家に連れ帰る不可思議さは、どうであるか。

　帆も楫も無い丸木舟が一艘するすると岸に近寄り、魚容は吸はれるやうにそれに乗ると、その舟は、飄然と自行して漢水を下り、長江を溯り、洞庭を横切り、魚容の故郷ちかくの漁村の岸畔に突き当り、魚容が上陸すると無人の小舟は、またするすると自《おのづか》ら引返して行つて洞庭の烟波の間に没し去つた。

これはおそらく人間界で起こっていることであろうから、少なくともこの場面以降は、〈人間界―神烏界〉が重なって一体となっていることの証左であろう。夢と現実の区別は、この作品ではあまり意味を持つことではない。

太宰は「竹青」が念頭にあった時期、こう言っている。

誰も見てゐない事実だつて世の中には、あるのだ。さうして、そのやうな事実にこそ、高貴な宝玉が光つてゐる場合が多いのだ。それをこそ書きたいといふのが、作者の生甲斐になつてゐる。

（随想「一つの約束」昭和一九年　月日不詳）

信じるところに現実はあるのであつて、現実は決して人を信じさせる事が出来ない。

（「津軽」昭和一九年一一月）

物語の全容から見た時、人間界の妻と神烏界の竹青は、対比的あるいは対応的な表現によって構成されていることに気づく。たとえば、「冷酷の女房」と「何かと優しく世話を焼き」「甲斐甲斐し」い竹青、「伯父の妾」の噂のあった妻と「烏の操」を誇る竹青、「新婦の竹青は初々しく」と「無学の老妻」、「艶然たる女性」の竹青と変身後ではあるが妻の「艶然」とした笑い、などなど。祝も言うように、竹青になった妻の言い方は諭すまでの烏竹青の口調や表情と同じである。また魚容は妻には全く言い返すことが出来ない性格を帯びているはずなのに、唯一竹青には「抗議」をしたのである。作者が結末を導くための意図による展開であるということを充分に想像できる。

「それは、ひどい。あんなに乃公を誘惑して、いまさら帰れとはひどい。郷原だの何だの言つて乃公を攻撃して故郷を捨てさせたのは、お前ぢやないか」という抗議には、それまでの他律的受身的に生きてきた魚容からすれば、魚容なりの〝自我〟を見ることができる。現実には人間界の妻自身の心身の変化であったとしても、結果的に竹青が妻となって出迎えたことは、魚容の心奥で願っていたことが叶ったと言える。物語世界の魚容は、ようやく自分が意志した事柄が実現した、ということになる。単に神から与えられた幸福ではない。このため、他にひけらかす「君子の道」を口にする必要はなく、親戚の者たちに敬せられようとせられまいと気にしなくてもよくなり、語り手から見て「極めて平凡な一田夫として俗塵に埋もれた」という形容の一生を送ったのである。男の子に漢産と名付けたのは、全く自然の成行きと言ってよい。この名前の由来を含め、神烏の思い出は「竹青」その人が傍にいるのだから、他人に話す必要がない。

四、杜子春の自我

「杜子春」は「杜子春が人間性に目覚めて幸福を獲得していく話」（小林幸夫「芥川龍之介『杜子春』論」「ソフィア」上智大学　平成一〇年一〇月）と読み継がれてきたようである。(7) そのような作品研究史のなか、単に人間性回復の物語とするのではなく、子春の内面の変化を重視した見方がある。(8)

小林幸夫は「人間らしい、正直な暮らし」を「人間性」ととらえるのは「作品を平面的かつ巨視的に観じた所」（傍点　小林）から起こった誤解で杜子春の動静からの読みではないとし、杜子春が「自己の内面を充実させていく暮らし」「他者の動静に準拠したいわば他律的な生き方から、自己の内面を見つめるいわば自律的な生き方」（前掲論文）に気づいた言葉であると結論する。この言葉を仙人に言う杜子春の「調子」が「晴れ晴れ」しているのは、「いままでになかった精神的な手応えのある事件だったから」という。

小林が杜子春の精神の文脈に着目し、主として作品内容の分析の労を多としたのに対し、山崎甲一は夏目漱石と芥川間にみられる生き方や思想の継承に考察の幅を広げ、「人間」や「正直」という言葉に師弟双方が並々ならぬ意味を認めていたとする炯眼に至ったうえで、小林とほぼ同様の結論を導き出している。

いわば、「文士」という対他的、社会的な肩書き（価値観）を不可欠としたこれまでの杜子春の生き方から、

「人間」という、本来有すべき対自的な矜持を土台とする生き方への蘇生転生譚――これが「杜子春」一篇の基本的な骨格ではなかったであろうか。

（「「杜子春」の収束部について――研究、批評ということ」「東洋」第四三巻第六号　平成一八年九月）

この言及は、これまで取りあげてきた終結部の魚容にも充分に言い得ることのように思われて、驚きすら湧いてくる。山崎も「晴れ晴れした調子」に触れて、「正に、「お前」という己れに潜む「謎の自覚」、――自分の人生、かけがえのない一つの命（一軒の家）、というものを眞に「考え始め」た杜子春の内面の姿の強調であった」（「謎の自覚」「考え始め」は山崎が池田晶子『あたりまえなことばかり』から引用した部分にある言葉――引用注）と述べている。

両者の考察の経路方法は異なっているが、共通した言及となっており、いずれも説得力ある論旨を展開している。

さて、「竹青」の魚容のありようも、内面の変容すなわち対他的暮らしの受容の自分史のなかで、結果的には自律的な存在としての自我を発見したのである。渡部の読み解いた「竹青」と「杜子春」の「似た構想」は、単に物語内容にとどまることなく、主題まで深化させた太宰の「設定」であったと理解できるのである。

五、魚容の強さ

昭和一九年八月二九日付堤重久宛葉書に「そろそろ魯迅に取りかかる。いまは小手調べに支那の怪談など試作してゐる」とある。「支那の怪談など試作」は「竹青」のこととみられる。山内祥史は昭和二〇年二月二〇日頃起筆、三月五日頃脱稿と推測している。(9)「竹青」は戦時下後半の作品ということになる。太宰治が「十五年間」（昭和二一年四月）で、次のような自負を述べていることは周知のことである。

私は、「津軽」といふ旅行記みたいな長篇小説を発表した。その次には「新釈諸国噺」といふ短篇集を出版した。さうして、その次に、「惜別」といふ魯迅の日本留学時代の事を題材にした長篇と、「お伽草紙」といふ短篇集を作り上げた。その時に死んでも、私は日本の作家としてかなりの仕事を残したと言はれてもいいと思つた。他の人たちは、だらしなかつた。

佐藤隆之は、大東亜戦争とその前後の時期に太宰の「強さ」をみている。

太宰の生き方、特に中期の生き方が、世間の戦争期に重なるという不健康な動向に比較しても力強く、どちらかというと、そういう世の中が落ち込んでいる時期だからこそ逆に、太宰が健康かつ強い気力を持って生きたという点である。（『太宰治の強さ―中期を中心に　太宰を誤解している全ての人に』和泉書院　平成一九年八月）

そして太宰の生き方は「本来的な意味で、自己に忠実な、自己の強さを持ち得た、確固たる形で形成された作家精神の表れ」であると説く。

わざわざ「芸術的抵抗派」（小田切秀雄『現代文学史　下巻』集英社　昭和五〇年一二月）など持ち出すまでもなく、確かにこの時期の作家の内面には、ほぼ揺るぎの無い自立自負の文学精神が存在していたと考えられる。このような姿勢、文学精神で過ごしたため「太宰の作家的現実は終戦を境にして大きく変化することはなかったし、これまでの作風に慌てて訂正を加える必要もなかった」（相馬正一『評伝太宰治　第三部』筑摩書房　昭和六〇年七月）のであろう。

魚容が受験に失敗するたびに「死にたい」「死なう」と思う吐露を、太宰自身にある死への接近、弱さだとする見方は多い(10)。作家像としては、同意しない理由が特に見つからないけれども、作家論的見地から遠い本章の考察では、魚容の死の観念は作品構造上の設定ととらえる階梯を踏んで置きたい。

死まで行きつく心理的な動揺の大きな落差は、終結部分の忍耐強さと落ち着きを見せる静的な魚容を浮かび上がらせる効果を含蓄している。また、魚容は「大きい溜息」をつき、竹青は「かすかな溜息」をもらし、さらには「天地」に「溜息」のように「微風」が行きかう物語世界が、「最愛の女房」とおそらく至福の生涯に変容したのである。この表現構造の作者たる太宰治には、むしろ「強さ」の投影をこそ見るべきと思われる。

【注】

（1）大野正博に次の指摘があるが、特に両作品の作品構造に言及したものとは言えない。「彼ら二人（太宰と芥川――引用注）は、中国文学に煙る道教の紫雲に魅惑され、仙薬や丹薬のなかに阿片の香りを感知した点において共通するものがある」（「聊斎志異「竹青」について――太宰治「竹青」との比較」「集刊東洋学」昭和四八年六月）。因みに、大塚繁樹、村松定孝には、それぞれ「杜子春」と「竹青」に関する論考がある。これらは別々の論考には違いなく、二つの作品の比較をしたものではない。しかし、この事実自体、二つの小説に何かの繋がりがあるらしいことを暗示しているように思われる。

（2）引用は『芥川龍之介作品論集成　第5巻』（翰林書房　平成一一年七月）による。

（3）注（1）の村松は幼少時代、鉄冠子に「二枚舌を使う老獪」を感じ取り、疑問不満を抱いたと言う（「唐代小説「杜子春伝」と芥川の童話「杜子春」の発想の相違点」「比較文学」第八号　昭和四〇年二月）。越智良二「杜子春の陰翳」「愛媛国文研究」29号　昭和五四年一二月）にも同様の見解がある。村松は、杜子春の人間志向への「鉄冠子のはなむけの言葉」とも示唆している。

（4）祝には、引用論文の他に同主旨の次の論考もある。「太宰治と中国―太宰の「竹青」の中の郷愁の世界を中心に」（「解釈と鑑賞」平成一〇年六月）「「竹青」の中の女

性像」（「解釈と鑑賞」平成一九年一一月）

（5）大塚繁樹「太宰治の「竹青」と中国の文献との関連」（「愛媛大学紀要」昭和三八年一二月）

（6）ここでの〈人間界〉〈神鳥界〉の解析に、さらに付け加えるなら遠藤周作「イエスのほとり」（昭和四八年六月）の作品構造を挙げて置きたい。この作品は、現代の日本に生きる語り手がイエスの足跡をたどる物語「巡礼」とイエスと同時代の人々の物語「群像の一人」が交互に描かれる長編小説である。「「巡礼」と「群像の一人」二者並行の物語はさまざまな伏線を配しつつ終末に至って、（略）渾然たる一体感をもって見事に交錯する」（佐藤泰正「遠藤周作における同伴者イエス」「解釈と鑑賞」昭和五〇年六月）、「読者の心には各章が交互に〈重ねられ〉て、すでに読んだ章はつぎの章を読むときに残像として大きな影響を及ぼし、このようにして読み終わったときには、二つの物語を別々にまとめて読んだときにけっして経験できないものを読者は最終的な感動あるいは印象として獲得するのである」（山形和美「『死海のほとり』―イエスに向けてのキリストの非神話化」『遠藤周作―その文学世界』国研出版平成九年一二月）などの分析を、長編短編の相違を超えて援用できる。

（7）次のような記述も管見できる。「たしかに杜子春の人間性回復の過程に愛が持ち込まれており、愛は肯定されているが、人間性の全的肯定だとは言い難い」（張翌彤）（『芥川龍之介を学ぶ人のために』世界思想社　平成一二年三月）。

（8）金子明雄は「あえて変化」とことわりながら、「人間の薄情に愛想をつかした状態から人間の愛情に肯定的な意識をもった状態への内面的な移行を指摘できる」（「杜子春の物語を読むことをめぐって」「立教大学日本文学」平成一〇年七月）と述べている。しかし小林、山崎両者のように「自律」に収斂することを主眼とした論ではないように思われる。高橋博史に「生き方そのものを重視する考え方に変容する」（「解釈」五二六・五二七集　平成一一年二月）という見解がある。

（9）初出版『太宰治全集　第7巻』解題（筑摩書房　平成二年六月）

（10）注（5）の大塚繁樹論文、本文で挙げた鈴木二三雄論文。吉松利文は太宰の「自殺体質」をみるが、同主旨の言及である（「太宰の「竹青」と蒲松齢の「竹青」」「太宰治」第7号　平成三年六月）。

第三章　「庭」論

第一節　仮説の芥川受容
——二つの「庭」

一、表層での共通点

太宰治が芥川龍之介の文学的影響を受けて、作家としての資質を形成したことは周知の文学史的事実である。

太宰の芥川受容は、当然ながら初期作品とりわけ中学生時代までの習作に顕著にみられる。たとえば太宰の「侏儒楽」（大正一五年二月）は、題名はもちろん表現の内容・形式ともに芥川「侏儒の言葉」（大正一二年一月）の影響が色濃い。また「哀蚊」（昭和四年五月）は太宰本人が「葉」（昭和九年四月）の中で注釈しているように、芥川「雛」（大正一二年三月）の影響である。ただし、初期作品（習作）に比べ、太宰が本格的に作家活動を開始して以降の作品に、具体的に芥川の影響を指摘することは「杜子春」（大正九年七月）と「竹青」（昭和二〇年四月）などが挙げられるとしても労の要る作業である。[1] 本書も前章で「竹青」と「杜子春」との関連について考察し、また第二部第一章第二節において、〈語り手〉の設定に限定して、「右大臣実朝」（昭和一八年九月）に「地獄変」（大正七年五月）の影響の分析を試みた。[2]

太宰に「庭」（昭和二一年一月）という短編がある。東京空襲のため、昭和二〇年七月頃から生地青森県金木の津島家に疎開していた時、執筆されたと推測できる作品である。弟である「私」が、兄と庭の草むしりをしながら、兄への気持ちを吐露していく随想風の小説で、作中二人の話題は利休と太閤の関係に及んでいく。芥川も「庭」（大正一一年六月）という「上」「中」「下」三章から成る小説を書いている。「上」では、旧家である中村家の庭の移り変わりを舞台に一族の衰亡が語られていく。物語は全編の中心となる「中」に続き、病を押して次男が甥の廉一とともに荒廃した庭の復元作業に取り組み、未完でも自分なりに遂げたと満足して死を迎える。「下」は、時間が流れ、甥の廉一が絵描きとなって東京で次男の精神と触れる。太宰「庭」は「私」による一人称語りであり、芥川「庭」が作品世界外の人物を語り手にしているという相違もあって太宰「庭」に比し物語性が強い、と言える。

読後の文体印象も、その語りの違いにより、芥川「庭」が客観的、叙事的であるのに、太宰「庭」は主情的である。前者は、一族の構成員が次々と亡くなっていく表現内容と荒廃していく庭の変容が寂寥感を漂わせている。しかし、次男が庭を復元していく「中」には粘り強い意志や表現の緊迫感も相応に感得できる。引きかえ後者は、のどやかさが諦念のような印象と重なっている。

管見の限り、二つの「庭」に関連性を説く文献は見受けられない。もっとも芥川「庭」は「比較的論じられることの少ない」[3]作品である。とは言っても、それなりに本格的な論考を見ることができるのに、一方の太宰「庭」は作品事典類の項目を除くと、本格的に論じられた形跡が文字どおりの僅少である。

さて、この節では二つの「庭」を取りあげその関連性をみていく。題名が同一であることも重要な要素であるが、関連性の第一義とするものではない。着眼するのは、次のような大枠での共通点類似点に気付くことである。

(1)　兄と弟が登場し弟（「次男」「私」）が主題人物とみられること。

(2)　庭が荒れ果て、復元あるいは草取りで整備をしていること。

(3)　芥川の「次男」も太宰の語り手「私」も、故郷に帰還していること。
(4)　芥川には「井月」太宰に「利休」という風流反俗の人物が、登場あるいは話題となること。
(5)　芥川「庭」では母親の「三味線の音」「唄の声」が次男の耳に入り、太宰の「私」も「新内」節を聞くこと。

個々の芥川作品について太宰が読んだかどうかの確証を得ることは難しいものの、太宰がこの作家の多くの作品を読んだ可能性は高いはずである。(1)から(5)を挙げてみただけでも、太宰「庭」が芥川「庭」と接点を持つのではないか、影響とは言えないまでも何らかの示唆を受けたのではあるまいか、との仮説が立てられる。以下この仮説の可能性について検討していく。

二、深層の共通点

芥川「庭」については、次男の庭の復元を故郷や家とのつながりで読み解く先行論文[4]が目に付くので、ここでもまず次男の故郷帰還を手がかりに考察を進めてみる。後述するように、太宰「庭」の設定と符合する点が見受けられる。

次男は養家に入ったものの多額の金子を持ち逃げし酌婦と出奔してしまう。生家と養家と、次男は二度故郷を喪失したと言える。「十年後」次男は三男が当主となっていた生家に帰った。次男にとって生家と庭はどのような意味を持つのか考えてみる。

次男が生家に帰った理由や事情を語り手は明確にしていない。「悪疾のある体」などの部分から、出奔の後、花柳病に冒され他に行くあてど無く帰ったと推測するしかない[5]。しかし、次男にとって、生家に帰る以外の方途が全くなかったとは言えない。養家先に帰ることは不可能だったろうが[6]、巷間に身を処することも考えられる。また、死を試みる設定もできたはずであり、作品成立の可否を無視する理解になってしまうものの、この選択は必ずしも次男にとって最悪の事態ではあるまい。それが生家へ帰るという故郷回帰の設定には、他の選択との決定的な相違をみることができる。すなわち、単に空間的位置を回復するということではなく、時間的歴史的な意味での自己回復でなければ数十年間の時間軸を通して描かれる文学的主題は担えない。故郷の象徴である荒廃した庭と「廃人」たる自己との一体感。とすれば自らが生家の確実な一員であった時の「昔の庭」に、その時既に荒廃の気配が迫っていたのだが――原状回復がなされてこそ、次男にとって真の意味があることになる。アイデンティティーの喪失を味わったゆえの自己回復は、文学的真実を逆説的に高めている。死を賭して復元に取り組む次男には、凄絶なまでの真摯な姿勢をみることができる。この姿勢が、次男の死後「仏壇」の障子が開かれていたという血縁共同体からの受け入れと、画家になった廉一が認識している次男との精神的連帯を支える。

太宰「庭」の「私」は、「二十代」「肉親たちのつらよごしの行為」をした過去を吐露している。戦禍を避け、東京から甲府の妻の実家に身を寄せた後また爆撃を受け、「どこにも行くところが無くなつた」ので、やむを得ず津軽の生家つまりは故郷に疎開帰還したのである。作家論的接近からは当然とみられるこの生家帰還も、美知子夫人が甲府の「水門町の家からさらに（周辺の――引用注）農山村に疎開すべきであった[7]」と回想しているように、必ずしも津軽行のみが唯一の方途ではなかった。作品上の設定も、「私」の故郷意識の形象のうえでの必然の措置とみるべきである。荒れ果てた庭の草むしりをする兄を手伝う「私」が兄の美意識や利休の評価を受容するには、若干の逡巡があることが語られていく。兄は「一本の草でも気にな」るのに、「私」は「草ぼうぼうの廃園」を「美しい」と思う。これは「私」の「風流の虚無」である。「私」は廃園に自分の美意識・生き方をみている。利休を認め小説の題材に薦める兄に対し、「私」は結局「利休は、ごめんだ」ということになる。一般的には利休こそ風流の極致、太閤はその対極であろう。しかし、利休は「私」にとって「風流」の側に立つ人ではない。「私」は利休の付かず離れずの態度を「濁り」と感じている。兄――故郷を受け入れることを、はっきり拒絶するのではなく最後まで思い迷っている「私」の態度には、「私」自身が利休の濁りと通底するものをみているだろう。

　再び芥川「庭」に目を転じると、次男の復興は作品の世界では風流の行為である。庭は実用の花木が彩りを豊かにしても荒廃でしかない。風流人井月の近づかなくなったことが象徴的である。庭の復元と「草ぼうぼうの廃園」とは表面的には相反する錯覚を作るが、「風流」という視点ではどちらも同じ意味合いをもっている。

　また一時的に復元しても時間軸の前では庭は不変ではなく、「十年とたたないうちに」家自体が破壊され、停車場が立つのである。庭は滅んでも次男の復興という意識は、廉一にそして作品世界の外へ精神として昇華され継承されていく。次男から廉一へ続く重厚な時間的歴史的構造を、太宰「庭」はもっていない。しかし「私」にとって、「草ぼうぼうの廃園」はもともと時間に回帰していく存在である。

　中村家の庭に「野蛮な力」(8)「人工の荒廃」が加わったこと、太宰の「庭」が整備されることで人工的文明的近代的という地点に立つものとすれば、次男の復興の行為と「私」の「廃園」美の認識は反近代的ないし超近代的という位相を得ることになる。文体印象、表層構造が一見異なりながら、二つの「庭」の接点は看過できない。

三、原典とパロディー

　これまで両作品にみられる類似点共通点に着眼してきた。文体印象や表層面以外での細部については相違する点や微妙に齟齬と思われる表現もある。(9)結論から言えば、これらの相違・齟齬は二つの「庭」の接点を相対化するものにはならない。太宰はパロディーの名手とも評価されるが、太宰「庭」に芥川「庭」を原作品としたパロディー化の意識をみるからである。

太宰文学の発想や表現の基層にパロディーをみる考察は、磯貝英夫や相馬正一の先行研究があり、太宰のパロディー化の特質は、何かの別な作家の作品をもとにして、特に語りの技巧によって多くは戯画化がなされ、原作品とは異なった人物像や作品世界が現出する、と集約できる(10)。

もちろん、原作品と個々のパロディー化作品との間の疎密や戯画化の程度に、差異があることは言うまでもない。「新釈諸国噺」（単行本は昭和二〇年一月）「お伽草紙」（昭和二〇年一〇月）がパロディー化の最も成功した作品であり、「女の決闘」（昭和一五年一～六月）「新ハムレット」（昭和一六年七月）「右大臣実朝」など、かなりの作品が含まれる。「右大臣実朝」は「吾妻鏡」をもとにした翻案パロディー化である。磯貝も「太宰的な実朝」で「実朝を借りて、おのれの歌をうたっている(11)」とみている。

「右大臣実朝」の少し前に小林秀雄が「実朝」（昭和一八年一月）を発表している(12)。実朝の和歌についての評論である。年譜などによれば「右大臣実朝」の執筆終了は昭和一八年三月とされるから、太宰が読んでいた可能性はある。太宰の「右大臣実朝」は小説であるので簡単に対照などできないが、実朝の和歌に対して語り手である近習が世間的評価から超越している言い方をする設定も、小林「実朝」に対するパロディー化作用の表現と考えられる。

初期作品以外の太宰と芥川作品に関するパロディー化については、既に「お伽草紙」と芥川「桃太郎」（大正一三年七月）にわたる指摘がある。相馬正一は、「お伽草紙」の構想段階では「桃太郎」「猿蟹合戦」の二つも入っていたらしいが、芥川が小説化していたため比較されるのを避けて断念したと推定している(13)。

繰り返しになる。芥川「庭」次男が病を押して復元していく作業の表現状況には悲劇性、切迫感などが漂い、真実性が溢れている。太宰「庭」の「私」には真剣さや緊迫感が感じられない。兄の発話に対しては生真面目に対話しているものの、語りの吐露は肩透かしのような軽い態度がみられる。「私」が次男かどうかは作品ではわからないが、芥川次男に対するパロディーの意識が働いている。

芥川「庭」の「長男」は癇癖が強く「病身な妻や弟たち」は「彼には憚かつていた」。太宰「庭」の兄も「真面目」でこわい一面をみせる、と「私」が感じる人である。弟である「私」は自らを「兄の居候」と風刺して気を遣っている。謹厳な兄に対して「笑ひながら」[14]「まごつきながら」答える様子は、兄と対比する性格規定の一面である、と同時に、パロディー化の規模が小さくとも次男の真剣さ厳粛さに対するパロディーとして滑稽感が成立している。

また、次男の庭造りの誘因となった母親の三味線と唄は、死んだ隠居（父）が花魁から習い覚えた二、三〇年前の「流行歌」で、歌詞は天狗党挙兵の「諏訪の戦い」を語った勇壮な内容である。この歌詞は次男を奮い立たせたように解される。太宰「庭」の新内の歌詞の内容は語られないが、「私」は「お付合ひ」程度に聞き、しかも「かぜをひいたやうな気持」になって、翌朝草むしりを手伝うか迷う原因になるという、ある種滑稽な落ちになっている。

全体と部分の言及が前後したが、最後に作品の舞台である庭の表現を見る。中村家の庭は「築山」、「洗心亭」の四阿や、「滝」などがある「名高い庭師の造った、優美な」庭であることが直接、表現から理解できる。[15]太宰「庭」は、兄が「庭の流儀」を述べたことが語られるのみで、しかも「草ぼうぼうの廃園」が三度繰りかえされ、庭園らしい由緒は表層から隠されている。片や長い年月を要する大がかりな復元の作業を試みるのに、一方は草むしり程度の仕事になる。「太宰的な」設定の庭と作業と人物像とみられる。また、中村家の庭を襲った「野蛮」の力は、兄の説く利休・風流を解さない「私」自身を皮肉的に形容する「野蛮人」として、文庫版で七ページほどの掌編にもかかわらず冒頭と結末部で二度繰り返される。これまで述べてきたことを考え合わせると、単なる偶然の語句と読むには引っかかりを感じる。

太宰治の「庭」は、芥川「庭」を原作としたパロディー化の発想による表現構造を持っていると考えられるのである。二つの「庭」の接点について若干の検討を加えた。

【注】

（1）渡部芳紀「作品論　杜子春」（「國文學」臨時増刊　昭和四七年一二月）

（2）初出「太宰治「右大臣実朝」と芥川龍之介「地獄変」をめぐる表現の接点―〈語り手〉設定についての覚書」（「郷土作家研究」第二九号　平成一六年七月）

（3）高橋龍夫「「庭」の方法―父と故郷の問題」（「香川大学国文研究」24　平成一一年九月）

（4）注（3）の高橋論文以外に、神田由美子「芥川龍之介の「庭」について」（「目白近代文学」第2号　昭和五五年一月）は、〈家〉制度を解読の手がかりとしている。

（5）中基東は「お金が無くなった上、病気に罹って取り付く島が本家しかなかったから」（「芥川龍之介「庭」論―次男の庭造りをめぐって―」「文芸研究」147　平成一一年三月）と推定している。

（6）注（5）で中は、旧民法上「次男」が養子縁組解消の条件から離縁は必定であることに言及し、養家に帰ることはできない、としている。

（7）津島美知子『回想の太宰治』（増補改訂版　人文書院　平成九年八月）

（8）注（5）申論文は「野蛮な力」を「西洋文明の激浪のメタファー」と読むこともできる、と述べる。同様の見解は、早く森常治「記号の庭」（『脱出の技術としての評価』沖積舎　平成元年九月　初出は昭和五六年一一月）にみられる。

（9）「パロディ　Parody」は「一般によく知られている文学作品の文体や韻律をまねて、まるで違う内容をその形に盛りこんで表現し、そこに滑稽味や風刺の効果をうみだす文学」（「解釈と鑑賞　臨時増刊　文芸用語の基礎知識」三訂増補版　昭和五七年五月）と定義される。本文で触れたように、芥川「庭」の「一般によく知られている文学作品」という評価は、今後に期待される。

（10）磯貝英夫「太宰治におけるパロディの問題」（「國文學」昭和四九年二月）　相馬正一「パロディ化の方法」（『太宰治の生涯と文学』洋々社　平成二年一一月　初出は昭和六二年三月）

(11) 注(10)磯貝論文と同じ。
(12) 特にパロディーを視野としたものではないが、二つの作品を論じた文献に関谷一郎「二つの実朝像」(「國文學」昭和五七年五月)がある。
(13) 「お伽草紙の世界」(「郷土作家研究」第一三号　昭和五二年九月)
(14) 九里順子「「庭」論―笑う弟、笑わぬ兄」(『太宰治研究　第一三輯』和泉書院　平成一七年六月)にも言及がみられる。
(15) 副田賢二は、中村家の「「庭」における庭と人物の設定は、確実に(佐藤春夫の――引用注)「田園の憂鬱」の影響下にある」と述べ、表現部分も示しておられる(「芥川龍之介「庭」論―カオスとしての庭」「芸文研究」78　平成一二年六月)。因みに、太宰治が佐藤春夫に師事した時期のあったことを思い起こすと興味深い。

第二節　チェーホフ受容を媒介として

戦後の代表作「斜陽」（昭和二二年七～一〇月）は「桜の園」を意識したといわれる。その意識がどの程度に具体性を帯びているかについては、いろいろ読み解き方があるとして、チェーホフの影がみられることは否めない。チェーホフが太宰にとって気にしていた外国作家のひとりであったことは、東郷克美の詳細な調べにもあるようにさまざまな発言から伺える。(1)また、チェーホフは「「斜陽」等とのかかわりにとどまらず、太宰の文学にアイロニカルな影を落としている」という長野隆の言及もみられる。(2)

芥川龍之介と太宰治は、二〇年余の時を隔てて「庭」という同名の小説を書いている。芥川は大正一一年六月、太宰は昭和二一年一月発表の作品である。太宰「庭」は、後に「津軽通信」（『冬の花火』初収　昭和二二年七月）という題の下にもとめられる五編のひとつである。芥川の「庭」が一編の物語としてかなり重厚な構造を持っているのに比し、太宰の「庭」は野坂幸弘のいうように「津軽通信」の他の四編が「どれも「私」の絡んだ落ちのよく効いた話」であるのに、「物語的な結構をもたない随筆風」(3)の短編である。確かに二つの「庭」の読後の文体印象には異なるものを感じる。しかし、表層に似た面が見受けられたので、前節で二作の符合する点を取り上げて接点を検討した。(4)ここでは気にかかっていることをもう少し考えることにする。

芥川のチェーホフ受容も研究の眼目のようであり、芥川「庭」にチェーホフの受容を説く指摘がみられる。(5)ただし、両作家とチェーホフとの関わりについて、研究者の論をほとんど管見していないことをおことわりしておく。

芥川「庭」は、旧家中村家の衰亡がその庭の荒廃を象徴的に描くことで物語られていく。「上」「中」「下」の「中」は、養家先から女と出奔した次男が一〇年後もどってくると重篤の病をおして庭の復元に取り組み、業半ばながら満足して死んでいく話が語られる。いかに次男が復元作業と命を引き換えたにしても、結局庭の荒廃をくい止めたとはいえないし、「下」ではかつて庭が存在したことすら忘却に追いやられる時間の流れが描かれる。これを「桜の園」の受容とすることができるのかどうか今は留保しておくとして、類似点を見ることにさほど差し支えはあるまい。崩壊していく庭に、芥川自身の芸術的煩悶の象徴を認める研究者もおり(6)、芥川も結局は自死という滅亡を迎えたことは事実にほかならない。

太宰「庭」は、昭和二〇年八月以降の津軽疎開の時に書かれたらしい。作品のエピソードに出てくる呉清源は書簡にも名前がみえる。新内の記述なども考え合わせると執筆された時期は、一一月から一二月にかけてと推定される。「庭」は津軽の生家に疎開して、兄の草むしりを手伝う語り手「私」の心中が吐露されていく掌編である。二人の話題は利休へ移り、利休の小説化を勧める兄に対する違和感が語られる。実生活上の津軽疎開は連合軍機による本土空襲が激しくなった戦局のためで、疎開してすぐに終戦となった。書簡に「もう死ぬ事はないのだから、気永になさい」（昭和二〇年八月二八日付　菊田義孝宛）という安堵の字句が見えるのも束の間、よく知られるように(7)太宰は終戦後の我が国の社会状況に絶望感を感じ取っていくことになる。

今、疎開先から発送されたこの頃の書簡に見えるチェーホフを二、三追ってみる。「もう地主生活もだめになるでせうし、選挙で走り回つて、いつそ死にてえ、なんて思ふ夜もあるかも知れません」（昭和二〇年一一月二八日付井伏鱒二宛）「ゆうべチエホフのシベリア紀行を読んで、出て来る人物があんまりこの津軽地方の住民に似てゐるので、溜息が出ました。（略）また東北へおいでの折には、どうか足をのばして、津軽へもお立ち寄り下さい。没落寸前の「桜の園」を、ごらんにいれます」（昭和二一年五月二一日付　貴司山治宛）などが見つかる。

また、随想「津軽地方とチエホフ」（昭和二一年五月）にも「チエホフの有名な戯曲は、たいてい田舎の生活を主題にしてゐる。いま私は、戦災のため田舎暮しを余儀なくされてゐるが、ちやうどいまの日本の津軽地方の生活が、そつくりチエホフ劇だと言つてよいやうな気さへした。津軽地方にも、いまはおびただしく所謂「文化人」がゐる。さうしてやたらに「意味」ばかり求めてゐる」とあり、この疎開中、太宰がチェーホフに共感を持ちつつ津軽を感じ取っている様子が解される。

太宰が芥川のチエーホフ受容をどのように理解していたのかつまびらかにしないが、太宰が「庭」を執筆する過程に、芥川の作品が何らかの関わりを与えたと思量する。津島家と金木を中心とした津軽が「桜の園」の世界と二重写しになったことで、かつて読んだであろう芥川「庭」の旧家没落が脳裏を過ぎりあるいは読み返したかしたのではないか。しかし、終戦後にみた疎開中の世相姿が太宰の揶揄的な執筆の態度となって、芥川「庭」の次男の復元作業の深刻さや壮大さをパロディーとしてデフォルメさせたのではないか。「津軽通信」の中では、前掲野坂の指摘のとおり「印象が違っている」ことは確かである。他の四作は、作品に「落ち」があり滑稽感を醸し出している。「庭」には「落ち」がないとして、芥川「庭」が隠れた存在となっていてもっと大きな落ちを作っている、と考えられる。

太宰「庭」に描かれた兄と弟の廃園での情景が、「斜陽」の滅亡美に直接結びつくものではなかろう。しかし、チエーホフからの暗示という意味で滅亡への萌芽のようなものを読み解くことはできる。

［注］

（1）東郷克美「太宰治とチェーホフ〈「斜陽」の成立を中心に〉」（「解釈と鑑賞」昭和四七年一〇月）他に柳富子「「斜陽」について―太宰治のチェーホフ受容を中心に―」（『日本文学研究資料叢書　太宰治』有精堂　昭和四五年三月

初出昭和四四年三月）

（2）「別冊國文學№47　太宰治事典」（學燈社　平成六年五月）

（3）野坂幸弘「太宰治『津軽通信』—「庭」の前後—」（「東北文学の世界」第8号　平成一二年三月）

（4）初出「二つの「庭」—太宰治における芥川受容の一側面」（「解釈」六二二・六二三集　平成一九年二月）

（5）関口安義の大著『芥川龍之介とその時代』（筑摩書房　平成一一年三月）に「芥川龍之介には、ロシアの作家チェーホフを連想させるものがある。（略）芥川もチェーホフには並々ならぬ関心を懐いていた」とあり、佐藤嗣男の「芥川とチェホフ」が重要文献として挙げられている。また、「庭」とチェーホフ関連では、藤井淑禎「庭」（『芥川龍之介　作品と資料』（双文社出版　昭和五九年三月）に言及が見られる。

（6）神田由美子「芥川龍之介の「庭」について」（「目白近代文学」第2号　昭和五五年一二月。引用は『芥川龍之介作品論集成　第4巻』翰林書房　平成一一年六月による）

（7）他に井伏鱒二宛書簡（昭和二〇年月日不明）にも「申し上げたい事がたくさんあつたやうな気がいたします。でも、もう、死ぬ事も当分ないやうですし、あわてず、ゆつくり次々とおたより申し上げる事に致します」などとみられる。

第三節　「津軽通信」覚え

「庭」は連作集「津軽通信」（『冬の花火』所収　昭和二二年七月）に収められている。大東亜戦争末期の昭和二〇年七月三一日、太宰一家は空襲による戦禍を避けて故郷である青森県の金木に疎開した。半月後に終戦となる。太宰は生家で手伝いをしながら、いわゆる新座敷で執筆を続けた。その時に書かれた中の五つの短編を、後でまとめた連作集が「津軽通信」である。

五編とも作品の背景は津軽金木であり、〈私〉が語り手となる一人称小説という共通点を持つ。①「庭」（昭和二一年一月）―敗戦の翌日、生家で長兄と庭の草取りをしながら、二人で利休と秀吉について語り合う。②「親といふ二字」（昭和二二年一月）―金木の郵便局で、戦災死した娘名義の預金を引き出す老爺が、〈私〉に娘の最期を話して泣く。③「嘘」（昭和二一年二月）―〈私〉の小学時代の友人は、知人の圭吾という若者の脱走事件が起こり、匿っていた彼の気配すら感じさせない妻の態度に女性の凄さを語る。④「やんぬる哉」（昭和二一年三月）―〈私〉の同級生の医師が自分の妻の創意工夫を自慢する。ところが、帰ってきた医師の妻の姿に〈私〉は創意も工夫も感じない。⑤「雀」（昭和二一年九月）―友人の慶四郎君が〈私〉に語った体験談で、伊東温泉で療養していた頃、射的場のツネちゃんの膝を打ってしまった。雀じゃないわよ、という一言で人を傷つける戦争が嫌になったと告白する。五編のいずれも作中の〈私〉を疎開時の太宰治と同一視することはできないが、小説の内容に近いできごとはあったに違いない。

津軽一円を題材とした「津軽」（昭和一九年一一月）が佐藤春夫や今官一などから最高傑作の評価を得て、代表作のひとつとして名高いのに、「津軽通信」五編は掌編ということもあってか、今のところ取りあげられる機会の少ない作品群である。しかし掌編ではあっても、太宰の文学的主題である故郷意識・対他意識はここでも追求されている。五編の脱稿は、昭和二〇年一一月から翌年一月にかけてと推測される。戦時戦後の津軽の人物が登場しているが、「津軽」の語り手の眼差しと五編の〈私〉とでは微妙な変化がみられ、「津軽通信」には戦後の世相に対する太宰の認識がうかがわれる。「津軽通信」は、太宰治の戦後期の文学活動を考えるうえにおいて、今後重要度を増していく連作集で解読が期待される。

第三部　太宰治へのアプローチ

第一章　二十一世紀旗手の文学
――略年譜的に

はじめに――太宰文学へのアプローチ

頽廃作家、ニヒリスト、実存主義者、肉体作家。あなたの上に、いろいろなレッテルを貼るのは、みんな嘘だ。あなたは、（詩よりも民衆を愛し、そして憎んだ。）あなたは、太宰治文学というものを、少く共、日本文学史上に残して死なれたと思います。

（「太宰治先生に」「東北文学」昭和二三年八月）

太宰治に師事し、太宰の墓前で自決した、みずみずしい青春小説「オリンポスの果実」（昭和一五年九月）の作者である田中英光は、このように哀悼した。

太宰治は、文学史上同じ青森県出身である葛西善蔵らとともに「破滅型の作家」と呼称される。作家自身の生活上の危機を題材にしたことによって、作家の性格や日常生活そのものまでもが破壊しているかのように思いこまれる傾向が、この作家の場合にもいまだになお存在しているといえる。このような意味では、太宰治も不当な扱いを受けている作家と言えるであろう。満齢三九年に満たない長くはない生涯の中で、数度の自殺未遂と心中と言われる事件があり、愛人との入水が最期であったという実生活を有しているかも知れないとしても。

「恥」（昭和一七年一月）という作品がある。ある小説家の作品から知った、その作家の吝嗇、夫婦喧嘩、下品な病気、醜い容貌など、「その他たくさん不名誉な、きたならしい事ばかり」を「少しも飾らず告白」したと信じる女性の読者は、「どうか、もつと御本を読んで哲学的教養を身につけるやうにして下さい。教養が不足だと、どうしても大小説家にはなれません」と手紙を出すのである。その後、会うことを決心した彼女は、小説家に「恥をかかせない」ように「わざと醜い顔」を作って出かける。しかし、実際の小説家は彼女が小説から思いこんでいた印象とは似ても似つかなかった人間であった。女性読者は、その小説家に「ひどい恥」をかかされたと怨みつらみを述べるのである。

貧乏でもないのに極貧の振りをしてゐる。立派な顔をしてゐる癖に、醜貌だなんて言つて同情を集めてゐる。うんと勉強してゐる癖に、無学だなんて言つてとぼけてゐる。（「恥」）

また、随想「一歩前進二歩退却」（昭和一三年八月）では、「読者は旦那である。作家の私生活、底の底まで剝がうとする。失敬である。安売りしてゐるのは作品である。作家の人間までを売つてはゐない」と言っている。これらのことから、作中の主人公や語り手がただちに作者そのひとでないのは当然であるし、作品だけで作者の人間と生涯を追求することの危険であることを知るべきである。

一、津軽における太宰治の成長と形成

後に作家「太宰治」となる津島修治は、明治四二（一九〇九）年六月一九日、青森県北津軽郡金木村大字金木字朝日山四一四番地に、父源右衛門、母たね（夕子）の六男第一〇子として生まれた。当時、生家の津島家は県下有

数の大地主であり、父は明治四五年から衆議院議員、大正一一年からは貴族院議員に選ばれた。母は病弱だったため同居の叔母きゑに養育され、満二歳の明治四四年四月から満六歳まで、後の紀行文的な小説「津軽」（昭和一九年一一月）のクライマックスの名場面に登場する「たけ」（近村タケ、のち越野姓となる）が子守をした。

　その頃の父母の思ひ出は生憎と一つも持ち合せない。曾祖母、祖母、父、母、兄三人、姉四人、弟一人、それに叔母と叔母の娘四人の大家族だつた筈であるが、叔母を除いて他のひとたちの事は私も五六歳になるまでは殆ど知らずにゐたと言つてよい。

（「思ひ出」）

「津軽」執筆のため、昭和一九年五月から六月初旬にかけての津軽旅行中、たけの家へ泊まった時、太宰は「五所川原のガッチャ（叔母きゑ）の子どもではないか」と、真剣に質問したといわれている（相馬正一「インタヴュウ越野タケ氏に聞く」「國文學」昭和四九年二月）。この精神的家族不在、とりわけ欠如態としての母は、太宰の人間形成に大きく作用したと思われる。

大正五（一九一六）年四月、金木第一尋常小学校入学。津島修治は、在校中全甲という優秀な成績だった。作家「太宰治」の片鱗を垣間見ることができるのは、「綴方」（作文）に関することである。「学校で作る私の綴方も、ことごとく出鱈目であったと言ってよい。私は私自身を神妙ないい子にして綴るやう努力した」（「思ひ出」）とあり、このことを「出鱈目」というよりは創造力の萌芽と受け取ってよいし、物語作者としてのすぐれた資質が既に蔵されていたといってよいと思われる。

　小学校卒業後、学力補充のため明治高等小学校に一年間在学し、大正一二年四月、青森県立青森中学校に入学した。表面は真面目な生徒であったが、学校も勉強も特に興味がなかったと、「思ひ出」（昭和八年四・六～七月）に書いている。

そしてたうとう私は或るわびしいはけ口を見つけたのだ。創作であつた。ここにはたくさんの同類がゐて、みんな私と同じやうに此のわけのわからぬをののきを見つめてゐるやうに思はれたのである。作家にならう、作家にならう、と私はひそかに願望した。（「思ひ出」）

太宰は青森中学校在学中から本格的に文学に親しむようになり、研究者のいういわゆる初期（習作期）をむかえることになる。「校友会誌」に「最後の太閤」などを、同人誌「蜃気楼」に「地図」「負けぎらい卜敗北卜」などを発表した。また、兄圭治の発刊した同人誌「青んぼ」にも参加した。

昭和二年三月七日、青森中学校四年修了。四月一八日、官立弘前高等学校文科甲類に入学した。この時期も同人誌「細胞文芸」を編集発行し、「無間奈落」（昭和三年五月）などを発表、また「校友会雑誌」や「弘高新聞」にも執筆した。

あれは春の夕暮だつたと記憶してゐるが、弘前高等学校の文科生だつた私は、ひとりで弘前城を訪れ、お城の広場の一隅に立つて、岩木山を眺望したとき、ふと脚下に、夢の町がひつそりと展開してゐるのに気がつき、ぞつとした事がある。私はそれまで、この弘前城を、弘前のまちのはづれに孤立してゐるものだとばかり思つてゐたのだ。けれども、見よ、お城のすぐ下に、私のいままで見た事もない古雅な町が、何百年も昔のままの姿で小さい軒を並べ、息をひそめてひつそりうずくまつてゐたのだ。ああ、こんなところにも町があつた。年少の私は夢を見るやうな気持で思はず深い溜息をもらしたのである。万葉集などによく出て来る「隠沼《こもりぬ》」といふやうな感じである。私は、なぜだか、その時、弘前を、津軽を、理解したやうな気がした。この町の在る限り、弘前は決して凡庸のまちでは無いと思つた。

（「津軽」序編）

二、実質的な文学活動の開始と展開

太宰治の本格的な作家活動は、昭和八年、処女作といわれる「思ひ出」が「海豹」四月号に発表された頃から開始される。この時期に、後の第一創作集『晩年』（昭和一一年六月）に収録される作品群が、執筆、発表されていくことになる。

太宰治の作家活動約一五年間は、習作期以後を前期、中期、後期の三期に分けられて考察されることが多い。前期は年譜で言えば昭和八年から昭和一二年まで、作品で言えば「晩年」から「HUMAN LOST」まで、ということになる。中期は山梨県御坂峠での昭和一三年から郷里の金木の生家で敗戦を迎えた昭和二〇年まで、「満願」から「お伽草紙」までを指し、後期は敗戦直後から死去までで、作品では「パンドラの匣」から「グッド・バイ」までということになる。

作品に描かれている作者らしい語り手や主要人物の「私」が、作者の実生活に枠取りされて、読者に受け取られることは、わが国の小説家の避けがたい宿命ではある。とりわけ、日本近代に出現した自然主義小説は、〈私小説〉と呼ばれるようになり、作家と読者はそのような関心で結ばれた。「破滅の（私小説）作家」太宰治は、短いながら作家としての生涯を考えれば、人格や生活そのものが破滅したり失格したりしていたわけではない。しかし、習作期から前期にかけての太宰は、確かに実生活上の危機に瀕していたと見受けられることは否定できない。複雑にからみ合う状況を、あえて三点に絞って列記する。

その一点目は、弘前高等学校在学中からのコミュニズム（共産主義思想）との関わりである。当時の弘前高等学校の一般的状況は、太宰の入学と入れ替わりに卒業した、後の共産党中央委員長となる田中清玄がいたことで、よく示されていよう。昭和三年一二月から、上田重彦（後の作家、石上玄一郎。代表的作品に「精神病学教室」昭和一七年一〇月・『太宰治と私　激浪の青春』集英社　昭和六一年六月など）が委員をしていた新聞雑誌部の委員となる。新聞雑誌部は、当時の校内の左翼活動の拠点であった。この非合法思想への傾向は、「座標」に発表された「地主一代」（昭和五年一・三・五月）と「学生群」（昭和五年七～一一月）に見られることになった。と言っても、コミュニズムとの関係は、相馬正一が——多くの青年たちが時代的な一つの傾向として左翼思想に走ったという一般的な現象から、直ちに太宰をも尖鋭な時代志向のコミュニストに仕立て上げることは無謀である（「太宰治とコミュニズム」「日本近代文学」第一集　昭和三九年一一月）——というように、自己存在を賭した思想的傾倒ではないという見方もされている。

東京帝国大学入学後も、太宰はシンパサイザーとして、資金援助をしたりアジトとして部屋を提供したりした。この事実が昭和七年郷里の長兄文治に知れ、激昂されて、学費・生活費の送金を中止されようとした。七月、太宰は青森警察署に出頭し、以後、非合法の左翼運動とは決別することになる。しかし、この離反が太宰の心理に「裏切り」の観念を形成し、作品全体に投影させていることは確かである。

また、二点目として小山初代との出会いから生じた生家との確執が挙げられる。

後に結婚、そして離婚となる小山初代とは、昭和三年、弘前高等学校入学の年の八月頃、青森市浜町の小料理屋「おもたか」で遊ぶようになり、紅子こと初代と知り合い親しくなっていった。昭和五年一一月、太宰の許へ初代が家出、上京する事件があり、兄文治が分家除籍を条件として初代との結婚を許すことになった。ただし、昭和一二年六月ごろ、離婚（入籍はされていなかった）。

三点目は、太宰が、昭和二三年六月の死を含め自殺あるいは心中未遂と思われる事件を、五回起こしていることである。

昭和四年一二月——弘前の止宿先でカルモチンを嚥下した。
昭和五年一一月——鎌倉小動崎海岸での田部あつみ（シメ子）との心中で、太宰だけが生命をとりとめる。小山初代との結婚を間近に控えていた中でのことだった。
昭和一〇年三月——鎌倉八幡宮裏山での縊死未遂。
昭和一二年三月——群馬県水上村谷川温泉で、初代とカルモチン服毒による心中未遂。

精神病理学の大原健士郎は、「死にたいと欲する反面、助けられたいと希望する二つの願望の矛盾が指摘される。彼は自分の生活に新しい転機を求めていた」（「太宰治の自殺未遂から自殺まで」「解釈と鑑賞」昭和四四年五月）と分析する。この傾向は、太宰のすべての作品の底流となっているが、『晩年』の諸作品に著しいと言える。たとえば、「葉」（昭和九年四月）の冒頭が端的にこのことと符合する。

死なうと思つてゐた。ことしの正月、よそから着物を一反もらつた。お年玉としてである。着物の布地は麻であつた。鼠色のこまかい縞目が織りこめられてゐた。これは夏に着る着物であらう。夏まで生きてゐようと思つた。
（「葉」）

また、第一回芥川賞候補作「逆行」（昭和一〇年二月）も、いわば〈晩年〉めいた文章で始まっている。

老人ではなかつた。二十五歳を越しただけであつた。けれどもやはり老人であつた。ふつうの人の一年一年を、この老人はたつぷり三倍三倍にして暮したのである。（略）老人の永い生涯に於いて、嘘でなかつたのは、生れたことと、死んだことと、二つであつた。（「逆行」）

太宰が、早い時期から芥川龍之介の文学的影響を受けたことは、よく知られている。ここまで述べてきた状況は、福田恆存が「道化の文学」（「群像」昭和二三年四月）で指摘したように、芥川の〈死〉から太宰が文学的出発をしたということも肯定させる。

〈死〉の意識ばかりではなく、前期最後の時期の作品「創生記」（昭和一一年一〇月）や「HUMAN LOST」（昭和一二年四月）などは、パビナール中毒による精神の錯乱を思わせる内容が特異な文体で描かれている。

三、作家としての地歩の確立

前期の惑乱に対して、中期は「安定と開花の時期」（奥野健男『太宰治論』近代生活社　昭和三一年二月）と言われる。作風は落ち着き、物語作家としての才能が発揮された時期である。昭和一三年一一月、師の井伏鱒二の世話で、当時山梨県立都留高等女学校で教鞭をとっていた石原美知子と再婚し、穏やかな生活が始まった。

この結婚にあたっては、「結婚は、家庭は、努力であると思います。厳粛な努力であると信じます。浮いた気持はございません。貧しくとも、一生大事に努めます。ふたたび私が、破婚を繰りかえしたときは、私を完全な狂人として棄てて下さい」と誓約書まで書いた。「多少の困難があつても、このひとと結婚したいものだと思つた」と「富嶽百景」（昭和一四年二〜三月）で書いている。

中期の作品としては、この「富嶽百景」をはじめ、「女生徒」（昭和一四年四月）「女の決闘」（昭和一五年一〜六月）「駈込み訴へ」（同年二月）「走れメロス」（同年五月）「新ハムレット」（昭和一六年七月）「正義と微笑」（昭和一七年六月）「右大臣実朝」（昭和一八年九月）「津軽」（昭和一九年一一月）「新釈諸国噺」（昭和二〇年一月）「惜別」（同年九月）「お伽草紙」（同年一〇月）など、多くの佳作力作が挙げられる。前期にも「魚服記」（昭和八年一月）のような民話（フォークロア）を思わせる作品や、「ロマネスク」（昭和九年一二月）「地球図」（昭和一〇年一二月）などの作品もみられたが、これらの中期作品群は、自身の実生活を作品化することから離れ、物語性で構築されたものが目立つのである。それぞれの作品の主要な人物に自分自身を仮託させているとは言え、距離を置いたこの手法は、太宰治の作家としての資質を十分に発揮する好結果を与えていると思われる。

しかし、中期が前述した前期や「人間失格」（昭和二三年六～八月）に代表される後期と、全く異質な作品世界なのかということについては、単純に判断することが難しい。前期には、確かに惑乱と破滅に向かうものが形成された。後期は、心中自殺という最期が「滅亡」への道をひた走った時期と言わせるであろう。しかもこの事実は、「斜陽」（昭和二二年七～一〇月）「人間失格」の作品世界と相乗作用を引き起こして読者に迫る。その間で、中期ひとり健康で安定な時期として特筆してよいのか。

たとえば正義の勝利として名高い「走れメロス」にしても、メロスの「さては、王の命令で、ここで私を待ち伏せしてゐたのだな」という山賊への言葉を人間不信の吐露とみることができる（川嶋至「太宰治における〈背徳〉」「國文學」昭和四九年二月）。「お伽草紙」は絵本の語りがリズムを作っていて優れた作品だが、「おれだつて、弱い心を持つてゐる。お前にまきこまれて、つい人の品評をしたくなる」「お前たちには、ひとの悪いところばかり眼について、自分自身のおそろしさにまるで気がついてゐないのだからな。おれは、ひとがこはい」という「舌切雀」の「お爺さん」の言葉などには、メロスの言葉と同じく、やはり前期後期と似かようものを指摘できるだろう。「津軽」の中でも、金木の生家における場面からは抑圧された内的精神世界を読み取ることもできる。このことは、中期もまた「破滅」と無縁の世界ではない、ということを示している。

しかし、この時期の彼が志向していたものは、より花開く安定の世界であったことも、「津軽」の言葉がよく示していよう。「私には、また別の専門科目があるのだ。世人は仮にその科目を愛と呼んでゐる。人の心と人の心の触れ合いを研究する科目である」。

四、作家としての熟成と終焉

昭和二〇（一九四五）年八月一五日、敗戦。そのつい二週間前、疎開のため太宰は妻子と共にやっとの思いで金木の生家にたどり着いていた。後期といわれる時期の始まりである。「十五年間」（昭和二一年四月）で、大東亜戦争中を回想している。

実に悪い時代であつた。その期間に、愛情の問題だの、信仰だの、芸術だのと言つて、自分の旗を守りとほすのは、実に至難の事業であつた。

（「十五年間」）

昭和十七年、昭和十八年、昭和十九年、昭和二十年、いやもう私たちにとつては、ひどい時代であつた。

（同）

戦争下の時期は「花火」（昭和一七年一〇月）が当局に全文削除を命じられたり、「雲雀の声」が検閲で不許可の恐れがあって出版を見合わせたり、という作家としての危機感が深まった。「雲雀の声」は出版前に焼失し、残った校正から戦後「パンドラの匣」（「河北新報」など昭和二〇年一〇月〜二一年一月）として書き直されたという曰くありの作品である。

敗戦は、太宰にとって新しい時代の到来に思えたに違いない。しかし、現実は必ずしもそうでなかった。戦後の自由思想は「便乗思想」（「パンドラの匣」）にしか過ぎないと糾弾し、「保守派」（「苦悩の年間」昭和二一年六月）を宣言する太宰から、絶望感と憤りを感じ取ることができる。その攻撃的な姿勢が、新しい文学文化の構築よりも反俗反道徳と結びついたところに、中期の「安定と開花」で抑えられていたものが前期の頽廃と似た心理状況に一躍向わせた、と言えるかもしれない。

昭和二二年二月、太宰は神奈川県足柄下郡下曾我村にいた太田静子と、数日過ごした。この時受け取った彼女の日記が、後期代表作の一つである「斜陽」の主材料であった。「どうしても、もう、とても、生きてをられないやうな心細さ」を訴えるかず子、「僕が本当に苦しくて、思はず呻いた時、人々は僕を、苦しい振りを装つてゐると噂した」「結局、自殺するよりほか仕様がないのぢやないか」と自殺する弟の直治、没落していく彼等の母親に、もの哀しい滅びの劇的な過程が集約されていく。「斜陽族」という流行語を作ったこの作品は、敗戦直後の日本の混乱した社会状況と重ね合わせられた「滅びの予感」が、よく描かれている。「斜陽」の連載の終わった一〇月頃から、太宰の健康状態は悪化の様相を見せ始める。

昭和二二年三月二七日、太宰は山崎富栄と知り合う。富栄はやがて、太宰の仕事部屋で彼の身の回りの世話をすることになった。昭和二三年一月、太宰は喀血した。「人間失格」は、このような病勢が悪化した極限状況で執筆されていく。自伝的系列作品の集約と言えるこの作品は、都合三回に分けて発表されたが、二、三回目は没後であった。「つまり自分には、人間の営みといふものが未だに何もわかつてゐない、という事になりさうです。自分の幸福の観念と、世のすべての人たちの幸福の観念とが、まるで食ひちがつてゐるやうな不安。自分はその不安のために夜々、輾転し、発狂しかけた事さへあります」。社会と時代に対する不適応の観念、生存在の希薄と怖れは、「斜陽」の滅びを、さらに色濃くにじみ出している。

――そして、六月一三日深夜、太宰治は山崎富栄と玉川上水に入水心中した。享年は「津軽」の「本編」冒頭に挙げた作家たちと同じく三〇代後半であった。遺体発見は、奇しくも誕生日でもある六月一九日のことだった。

人間の生涯が、無から生を与えられ晩年に向かうとすれば、「晩年」から逆行して文学的出発をした太宰の生涯は、無へ回帰することだったろうか。この実存の思想は、「ただ、一さいは過ぎて行きます」（「人間失格」）に象徴されている。

むすびとして――太宰文学の要約

金木の芦野公園の文学碑の碑文としてもよく知られている、ヴェルレーヌの言葉「撰ばれてあることの　恍惚と不安と　二つわれにあり」（「葉」のエピグラム）や、「汝を愛し、汝を憎む」（「津軽」）という言葉は、太宰文学を理解する〈鍵〉として役立つだろうし、そのような見方を延長させて、「二十世紀旗手」（昭和一二年一月）のエピグラム「生れて、すみません」は〈生れてきた（きてしまった）〉ことへの反措定だと考えることもできる。

「津軽」に代表されるいわば「正」の文学と「人間失格」へと凝縮されていく「負」の文学――言い換えると、生と死の間を往還した太宰文学は、破滅と「反」破滅、人間疎外と「反疎外」としての人間愛を追求して彷徨した文学、と要約することが可能のようである。

小野正文は『太宰治をどう読むか　新版』（サイマル出版会　平成二年五月）の序言で述べる。

太宰の魅力の秘密は何であるかと問われると、私は石川啄木の場合に似ているのではないかと答える。時代を越えて読者を惹きつけるのは、胸の奥にひそむ悲しみを、その人の代りに文学に表現し、その昇華が若い人たちに共感を呼ぶという点である。また短歌という内在的なリズムを持つ形式は、文字通り人口に膾炙《かいしゃ》するに適している。しかし、太宰の小説は今までのようにこれからも多くの人びとに愛され、感動を与えつづけて行けるかは予断を許さない。その存在が怒濤に飜弄《ほんろう》される一片の葉でないという保証はない。

太宰が亡くなって、やがて半世紀が近づいており、また時代は世紀の変わり目にさしかかっている。「二十一世紀旗手」としても太宰治の文学は、人間と実存を問い、訴える文学として生き続けるに違いない。そして、北日本の津軽という風土が生んだ一人の作家が、国際的評価にも堪え得る存在であることを、私たちは大きな誇りとしてよいように思われる。

［補注］

本章の初出稿「津軽が生んだ国際的作家　太宰治」は、弘前市立郷土文学館の展示作家の解説として執筆したものである。その性質上、作品の発表年月日や研究者の言及や文献の出典等の記述はほとんどなかった。今回太宰治の略年譜にかえて収録することにしたのでできる限り補充した。

第二章　それぞれの故郷
——津島修治から太宰治へ

太宰治は故郷を喪失した作家である。

私は、このごろ、肉親との和解を夢に見る。かれこれ八年ちかく、私は故郷へ帰らない。かへることをゆるされないのである。政治運動を行つたからであり、情死を行つたからであり、卑しい女を妻に迎へたからである。

（「虚構の春」）

金木の生家では、気疲れがする。また、私は後で、かうして書くからいけないのだ。肉親を書いて、さうしてその原稿を売らなければ生きて行けないといふ悪い宿業を背負つてゐる男は、神様から、そのふるさとを取りあげられる。所詮、私は、東京のあばらやで仮寝して、生家のなつかしい夢を見て慕ひ、あちこちうろつき、さうして死ぬのかも知れない。

（「津軽」）

故郷喪失、その反転としての望郷が吐露された太宰の作品は多い。世に知られた「汝を愛し、汝を憎む」（「津軽」）というおそらく金木を中心とした故郷に贈ったこの言葉が、望郷と喪失を象徴的に言い表している。故郷喪失は、昭和三年四月の弘前高等学校二年から昭和五年四月の東京帝国大学入学の時期にかけて続けざまに起こした左翼運動への心酔傾斜、小山初代との情交と結婚による分家除籍、鎌倉七里ヶ浜海岸での田部あつみ（シメ子）との薬物心中、あつみのみ死亡のため自殺幇助罪に問われた件、などが複雑に絡み合ってできあがった心象である。この構図は、太宰の人と作品を読み解くうえでの重要な文学的鍵であり、ほぼ一気に現出したことは驚くに価する。「津軽」執筆のための昭和一九年五月の津軽旅行は、故郷へ回帰する試みと理解される。「津軽」は最高傑作とする評価も得たので作品としての意義は大きい。引きかえ太宰自身の回帰は、結果的には点的だったかも知れない。昭和二〇年八月から終戦後までの一時期、戦禍を避けるため金木の生家に疎開した。この時、太宰の目に津軽地方の人びとは急ごしらえの文化人や時代迎合者に映り、その嫌悪は津軽に止まらず戦後社会の同質の現象に対する抗議非難と通ずるものである。故郷意識は太宰においては深い命題である。もう一歩進めて言えば、文学的虚構にさえ思われてくるほどである。

しかし、故郷喪失は正しく太宰治の問題であって幼少年津島修治に所在することではない。「思ひ出」は太宰自ら処女作と称する昭和八年発表の、幼少年「私」が描かれた作品である。文中の「私」はほぼ家族全員を嫌悪忌避する性質で、物語は「嘘」「出鱈目」を吐くことを好む少年の内面が吐露されていく。しかし、この時期の津島修治を知る人びとの回想から浮かびあがってくるのは、いわゆる普通の幼少年とでも言った方がよい。「感じ易い性質で、人なつっこくて、はにかみや」（雨森卓三郎「幼き日の太宰治」昭和二三年八月）「中学時代津島は茶目っ気のある気どらない明るい希望に燃えていた少年」（坪田淳「太宰の思い出」昭和五一年五月）などの記憶が残されている。他者の内面を臆測することは幼少年では勿論のこと、仮に成人したとしても至難である。ましてその当時の記憶がかなり後年になってから思い起こされるという時間的隔絶も考慮する必要があり、当時の知友たちの多くは、「思ひ出」の「私」の吐露する心理を実在した津島修治の心奥と重ねることに違和を感じるのではないか。「思ひ出」の物語は太宰治の心象に濾過された津島修治の故郷なのである。

津島修治が過ごした故郷と、作家太宰とその文学との関わりを少しみていきたい。

故郷は太宰の全生涯にわたる作家活動と文学的主題の重要な部分を形成した。ここでいう「故郷」とは自然をイメージするものではない。太宰にとって故郷とは生家の津島家を指すとする発言もある。しかし、今はその生家を中心に、幼少から高等小学校まで津島修治が過ごした金木町（現在五所川原市）と中学校の四年間下宿した青森市を、場合により高等学校三年間の弘前市も含まれることにする。

津島修治は明治四二（一九〇九）年六月一九日、青森県北津軽郡金木村に生まれた。父津島源右衛門と母たね（夕子）の第一〇子六男である。当時の津島家は〈源《やまげん》〉の屋号を持つ県下有数の大地主、多額納税者であり、使用人を含め三十数名を超える大家族であった。母たねは病弱だったので、修治は同居していた叔母きゑに養育された。叔母が津島家を去った後、二歳から六歳頃まで子守の近村（越野）たけに育てられ、道徳や文字の読み書きを教えられた。後年「津軽」のクライマックスの場面に描かれることになる人物である。「物覚えのよい子供」「とても素直なおとなしい子供」（越野たけ「私の背中で」昭和三一年一二月）であった。

大正五（一九一六）年金木第一尋常小学校に入学。修治は在学中全甲という優秀な成績を修めた神童であり、同時に相応の悪戯をする子どもでもあった。しかし、津島家はその家産と権勢ゆえに地域や小学校から特別な扱いを受け、子ども達も成績を始め同様に待遇された。源右衛門は兄たちの好成績が学校側の配慮であったことを知り、修治が小学校卒業後、村内の明治高等小学校に一年通学させて学力補充を図った。高等小学校時代の綴り方には、発想と構成に早くも小説の萌芽が認められる。

大正一二（一九二三）年四月、合格した青森中学校へ進学を果たした。「たうとう私は或るわびしいはけ口を見つけたのだ。創作であった。ここにはたくさんの同類がゐて、みんな私と同じやうに此のわけのわからぬをののきを見つめてゐるやうに思はれたのである。作家にならう、作家にならう、と私はひそかに願望した」（「思ひ出」）とあるように、秀作が書かれ文学的活動が展開していく。「三年生になって彼は急におとなっぽくなった」（坪田淳前掲「太宰の思い出」）という。大正一四年「校友会誌」に最初の小説「最後の太閤」を発表した。一六歳では、十分力作である。八月、級友たちと同人雑誌「蜃気楼」を創刊、この雑誌はほぼ月刊で一二号まで発行され、体裁内容ともに当時では立派なものであった。因みに大正一五年四月号の合評会には、同人桜田雅美の作品をめぐって、後の女性一人称の文体を暗示しているような二人の発言が交わされ興味深い。

昭和二（一九二七）年四月、官立弘前高等学校に入学。七月の芥川龍之介の自殺に衝撃を受けた後、それまでの学業に励んだ生活が変化した。昭和三年五月、同人雑誌「細胞文芸」を創刊。生家と父を告発する最初の長編小説「無間奈落」を発表した。この小説は長兄文治の激怒をまねき、故郷喪失への第一歩を踏んだことになる。「細胞文芸」は四号で廃刊（第二号は未発見）となったものの、「校友会雑誌」や「弘高新聞」を加えて発表されたこの時期の諸作品の完成度は、中学時代とは異なる格段の進歩がみられる。またこの時代の高等学校を全国的な規模で席捲した左翼思想に触れたことは、後の太宰治の文学的活動全体において特筆される事項となる。殊に上田重彦（石上玄一郎）を中心とした新聞雑誌部委員となったことが、思想的にも文学的にも一層活動に踏み込ませていく。昭和四年弘高校長鈴木信太郎による校友会費などの公金費消が発覚して事件化し、新聞雑誌部は糾明の先鋭となった。その一員だった修治も直接の行動はいざ知らず、全くの傍観者的行動は許されない位置を占めたはずである。この体験は、後に「学生群」の執筆発表の主材料となった。当局は「校友会雑誌」の無期限休刊と新聞雑誌部委員の総入れ替え、また翌昭和五年一月、弘前警察署に校内左翼生徒が検挙された後、上田等は非合法活動を理由に放校処分となり事実上の報復をした。修治は検挙や処分を免れている。昭和五年一月から地主階級の腐敗を暴く「地主一代」を「座標」に発表、これも長兄の怒りに触れることになる。三月、東京帝国大学進学のため、弘前を後にした。故郷喪失はまもなく訪れることになる。

太宰治の側からは喪失した故郷であるが、その故郷は生家も含めて津島修治の作家への希求と才能を育て実現した故郷ともなった。

弘前出身の作家で太宰の盟友でもあった今官一《こんかんいち》は、死の直前「こんなに故郷から破格な扱いを受けるとは思わなかった。もう思い残すことはない」（安田保民作成「今官一年譜」『直木賞作家　今官一先生と私』私家版　平成一五年四月）と語ったと伝えられる。平成一〇年は太宰没後五〇年であった。金木、弘前、青森の津軽各地で、さまざまなイベントが開催され、盛況であった。地元弘前大学附属図書館は、近年太宰の研究文献の収集に力を注ぎ、約四八〇冊余を公開している。生まれ在所の金木に立つ文学碑「撰ばれてあることの恍惚と不安と、二つわれにあり」（「葉」のエピグラフ）をはじめ、津島修治として生きた故郷の随所に文学碑や記念施設が建てられている現在、太宰はまだ「汝を憎む」を付け加えるであろうか。

第三章　作品鑑賞のために

第一節　「右大臣実朝」

この作品鑑賞の手引き

「右大臣実朝」（昭和一八年九月）は、「吾妻鏡」を主材として、作者太宰治の解釈によって、源実朝を中心とした歴史上の人物・事件が描かれた作品です。小説そのものは、「吾妻鏡」原文の引用と、その部分の小説表現が交互に描かれます。最後を「吾妻鏡」「承久軍物語」「増鏡」の原文引用で終えています。もっとも、引用は作者の描きたかった部分を抜き出したものです。たとえば、小説冒頭の引用は「承元二年戊辰。二月小。癸卯、……」となっていますが、実際の「吾妻鏡」には「戊辰」の後に「正月大。六日丙子……」の記述があります。

さて、「右大臣実朝」は、作者自ら「中期の佳作をのこしたい」（昭和一七年一〇月一七日付、高梨一男宛書簡）という、強い意気込みを持って書いた作品です。このことは、当時の他の書簡や夫人の津島美知子の回想によってもわかりますが、何よりも、発表の五ヶ月ほど前「右大臣実朝」の紹介版ともいうべき「鉄面皮」（「文学界」四号昭和一八年四月）という小説を発表していることからも理解できます。

「右大臣実朝」の語り手は、長い間実朝に仕え、実朝を見知った近習です。この語り手は、登場人物の心理について推測はできますが、確実に物語ることはできません。ですから、このような語り手の設定には、実朝の心理や精神がよく表現されないという批判が提出されています。人物の心理だけでなく、事件・状況についても、具体的な説明を避けるかのように受け取られます。「どこやら」「なんだか」「なんとなく」など、叙述の具体性をあいまいにする言葉が頻出します。このような表現によって、各人物・事件が語られていきます。

実朝は、神のような絶対者的存在として描かれ、「悪」とか「醜」などのない透明なイメージを与えられています。特に、実朝の発話・和歌は、漢字カタカナ交じりの表記がなされ、表現上、視覚的にも周りの字面から浮かび上がるように工夫されています。

実朝以外の主要登場人物としては、執権北条義時と公暁を挙げることができます。北条義時は、政治家としての手腕は優れていますが、正しいことをすればするほど不快感の感じられてくる人物として語られます。公暁は、卑屈な性格、残酷な面の見受けられる人間像として設定されています。語り手が公暁と話をする場面、「月も星も無く、まことに暗い夜」という設定は、公暁の内面を象徴しているとともに、後の悲劇をも暗示する表現効果が出ているといえるでしょう。この二人は、実朝の「透明」とは正反対のイメージです。

事件の推移の最も重要なものは、和田一族の滅亡です。作中の義時は、和田氏滅亡の意図を抱いて行ったわけでは決してないのですが、結果から判断すれば、滅亡させたことは事実です。この事件の後、実朝は官位に執着したり、儀式が華美となったりで、「透明」感を失っていき――つまり、現実感を帯びるようになり、公暁によって最期を迎えます（実朝の死は、作者自身の小説表現にはなく、「承久軍物語」の引用部分でわかるようになっています）。全滅した和田氏が、実朝のもっとも大事に扱った臣下であったことをも考え合わせると、現実的な俗世間の精神を超越した存在が、それと対立する精神の人間によって滅亡させられていく、というアイロニーを見ることができるでしょう。周囲の状況が天災などで極端に悪い時、どうしたことか、実朝個人は対照的によい状況を見せています。

逆に、実朝が滅亡していく最後の過程では、周囲の状況の華やかさが頂点を迎えます。これらのくい違いによるアイロニーは、語り手が事件や状況を事実として明確にできないため、むしろ無気味な印象さえ与えています。

相馬正一は、「右大臣実朝」の主題を「乱世を生き切れずに滅んでいく者の哀しい宿命」（『評伝太宰治　第三部』後掲）と述べています。また、吉田凞生は「相州によって象徴される現実政治のメカニズムに、実朝という芸術家が敗北していく過程」（「國文學」昭和四九年三月）と把握することもできるとしています。戦争下で、しかも当局に圧力を受けた「花火」全文削除事件の後の作品であったこと、美知子夫人が、戦局による言論出版事情の悪化をあげ、「〝御所〟はいけないといふので、〝御ところ〟とわざわざ書き直した」（『回想の太宰治』人文書院　昭和五三年五月）などと回想していることからも理解できます。なお、この作品のような語り手によって歴史上の人物を描いた小説として、井上靖の「後白河院」（昭和四九年六月）「本覚坊遺文」（昭和五六年一一月）などが挙げられます。

創作の動機──作者と作品のかかわり

太宰治は、本名を津島修治といい、明治四二（一九〇九）年、青森県北津軽郡金木村（今の五所川原市金木）に生まれました。大正一二（一九二三）年、旧制青森中学校（今の県立青森高等学校）に入学した頃から、文学に親しむようになりました。昭和七（一九三二）年七月、左翼的活動のため青森警察署へ出頭した後、九月「思ひ出」（「海豹」昭和八年四、六、七月号）を書きあげ、本格的な作家活動を開始しました。

昭和一一年一〇月、パビナール中毒により、武蔵野病院に一ヶ月入院することになります。この頃、書きあげたらしい「HUMAN LOST」（「新潮」昭和一二年四月号）に、「実朝をわすれず。／伊豆の海の白く立つ波がしら／塩の花ちる。／うごくすすき」とあります。また、随想「もの思ふ葦（その三）」（「文芸雑誌」昭和一一年一月号）にも、「金槐和歌集」の一首を取りあげ、実朝に関連した記述をしています。このことから、「実朝を書きたいといふのは、たしかに私の少年の頃からの念願」（「鉄面皮」）らしかったことや、興味を抱いていたことはわかりますが、約七年後の「右大臣実朝」の執筆の動機と、どのように具体的に関わっているのかについてはまだ深く解明されていません。

さて、「右大臣実朝」が執筆・発表された頃は、太平洋戦争の末期であり、弾圧的な当局の姿勢は文学者・作家にも向けられました。たとえば、昭和一七年五月には、全文学者を対象に戦争協力を意図した「日本文学報国会」が組織されています。このような当局の圧力を太宰も受けています。短編「花火」（「文芸」昭和一七年一〇月号）が、時局にふさわしくないという理由で全文削除を命令されたのです。太宰は、当時の書簡で「あの一作に限られた事で、作家の今後の活動は一向さしつかへないといふ事だそうで、まあ、私も悠然と仕事をつづけて行きます」（昭和一七年一〇月一七日高梨一男宛）と述べていますが、「これからだんだん、めつたな人と遊ばぬやうに気をつけよう」（同）と、不安も打ち明けています。

創作の直接的動機を、この事件と結びつけて考える説が、現在のところ有力です。つまり、作家生命の危機感とでもいうべき苦しさが、実朝の滅亡への姿と作者自身を重ね合わせた、とする見解です。奥野健男は、「日本の敗滅の予感が、彼に一種の終末観を与え」「日本の残り火の明るさ」を「「実朝」の宿命」に照らし出そうとした（「太宰治論」後掲）と述べています。また、東郷克美も「陰謀と抗争に明け暮れる現実の中で、孤独に文学の世界にのみ生き甲斐を見出し、やがて定められた運命」（「『右大臣実朝』のニヒリズム」後掲）を受けいれた実朝に、当時の作者の願望があった、と説明しています。さらに、東郷が言うように昭和五年、一〇年の二度の自殺未遂の場所が鎌倉であることも、創作の動機に何らかの関連があるとも推理されますが、十分に把握されていません。

参考文献

「右大臣実朝」は、昭和一八年九月二五日、錦城出版社から「新日本文芸叢書」の一冊として刊行されました。二一年三月、増進堂から再刊、のち『ろまん燈籠』（昭和二三年五月）に再録されました。現在は新潮文庫『惜別』などに収録されています。

太宰治全体を知るうえでは、次の文献が参考になります。「太宰治全集」全一二巻（筑摩書房　昭和五〇年六月〜五二年一一月）、奥野健男『太宰治論』（近代生活社　昭和三一年二月。現在は、角川文庫・新潮文庫に収録）。相馬正一『評伝太宰治』全三部（筑摩書房　昭和五七年五月〜六〇年七月）。「右大臣実朝」の鑑賞のうえでは、熊谷孝『太宰治右大臣実朝試論』（鳩の森書房　昭和五四年六月）、水谷昭夫「『右大臣実朝』の文芸史的意義」（『日本文学研究資料叢書　太宰治』所収、有精堂出版　昭和四五年三月）、東郷克美「『右大臣実朝』のニヒリズム──戦争下の太宰治一面」（「成城大学短期大学部紀要」第三号　昭和四六年一二月）、島田昭男「右大臣実朝──その成立事情を中心に」（文学批評の会編『批評と研究　太宰治』芳賀書店　昭和四七年四月）、佐藤泰正「『右大臣実朝』──その夢の位相をめぐって」（東郷・渡部編『作品論　太宰治』双文社出版　昭和四九年六月）、浦田義和「『右大臣実朝』悲劇」（『太宰治　制度・自由・悲劇』法政大学出版会　昭和六一年三月、昭和五一年初出）があります。

名作こぼれ話

一五年戦争下、当時の軍部は戦争賛美・宣伝のため、作家の表現力を利用しようとしました。このような中から、火野葦平「麦と兵隊」（昭和一三年八月）などの戦争を題材とする名作も生まれましたが、一般的には作家にとっても困難な時代でした。「花火」全文削除は、太宰にとって衝撃的な事件だったといえます。この頃、有名な作家の一部の人たちは一時的に作品を書かなかったり、発表を控えたりしたのですが、太宰治は、そんな中にあって次々と佳作を発表した作家の一人です。「実に悪い時代であった」「昭和十七年、昭和十八年、昭和十九年、昭和二十年、いやもう私たちにとつては、ひどい時代であった」（「十五年間」昭和二一年四月）と回想した後、「津軽」「新釈諸国噺」「惜別」「お伽草紙」などを挙げ、「私は日本の作家としてかなりの仕事をしたと言はれてもいいと思つた」と続けています。この「仕事」の中に、「右大臣実朝」も含めていいでしょう。もちろん、ほかにも仕事をしていた作家たちはいました。小田切秀雄は、太宰も含め、これらの作家群を「芸術的抵抗派」（『現代文学史下巻』集英社昭和五〇年一二月）と呼んで評価しています。

人生への一行

アカルサハ、ホロビノ姿デアラウカ。人モ家モ、暗イウチハマダ滅亡セヌ。

平家琵琶で、壇ノ浦の合戦を聴いた実朝の感想です。哀しい響きの漂う一言です。先の奥野健男は、この言葉に接した時、「日本の滅亡、作者の滅亡、そしてぼくたちの滅亡への予感」（前掲「太宰治論」）を感じ、戦慄したと述べています。

［補注］

この節と第二節「津軽」は初出の際、「この作品鑑賞の手引き」の前に「あらすじ」「この作品の読みどころ」があり、またかなりの数で「頭注」が設けられていたが、収録にあたって割愛した。参考文献等も初出時のままで、補足をしていない。

第二節　「津　軽」

この作品鑑賞の手引き

「津軽」は、太宰治の小説の中で異色の作品ともいえます。成立の事情が「新風土記叢書」という、旅行記・紀行文の一冊として書かれたものだからです。紀行文としての特質を重視する人がいないわけではありません（白井吉見は『増補改訂　新潮日本文学辞典』昭和五三年一月で「随筆紀行文」として解説している）が、現在では、小説（虚構）として鑑賞する見方が有力です。作者自身「旅行記みたいな長編小説」（「十五年間」昭和二一年四月）と回想しています。「小説」としても、自分の過去の小説の文章を挿入している、風変わりな構成の小説です。

主人公は青森県金木町出身の作家です。ある出版社から旅行記を依頼されたことが動機となり、生きているうちに自分の生まれた地方を見ておきたい、と故郷の津軽へ向かいます。主要な登場人物は、青森でのT君、蟹田の中学時代の親友N君、N君の知人Sさん、今別のMさん、五所川原の中畑さん、小泊のたけなどです。N・S・Mの三人以外の人々は、主人公の幼少の頃に、主人公の生まれた家で働いていた人々です。

「津軽」が「再会の物語」と説かれるのは、まさにこの登場人物たちをさしています。登場人物とのとの交友・再会は、実に明るい場面として描かれ、主人公は人々を非難していません。例外は、三厩の宿で鯛を無神経に切ってしまった場面くらいです。これにしても非難からはほど遠いものです。また、主人公の心理も素直で落ち着いています。それが破れるのは、Mさんたちと酒を飲んで語り合う場面の茶化した卑屈さと、生家での憂鬱くらいのものです。

この作者の作品化の特徴といわれる、自虐的な表現、戯画化は、「津軽」には無縁な表現方法です。むしろユーモアを感じさせる表現が目につくくらいです。他にこのような傾向の作品がないとは言えませんが、この点でも他の作品との相違を見ることができます。

さて、たけとの再会を描いた場面は、感動的な出会いとしてたいへん有名です。主人公はたけを捜しあてるまで、心理のうえで、ひどく緊張し、期待し、また焦燥しています。一時は再会をあきらめるという最悪の心理状態に陥るのです。そのあとの再会だけに、いかにも感動を誘います。名場面といえるでしょう。その後、「平和」と言い切る主人公の静かで落ち着いた安心感は、それまでの心理と対比され、表現効果を大きくしています。

この再会の場面については、今では相馬正一によって、事実と異なることが知られています（相馬正一「インタヴュウ　越野タケ氏に聞く」「國文學」昭和四九年二月）。
1、主人公は運動会の掛小屋でたけの隣に座り、「無憂無風」の感情を静かに味わっています（虚構）。しかし、事実は、この間の作者太宰は、春洞寺の住職と思い出話をしていた、というのです。
2、その後、竜神様の桜見物で、主人公はたけと二人っきりで話をします（虚構）。この時も、太宰は実際には、たけと一言も言葉を交わしていない、ということです。
たけとの再会の場面は、作者の虚構です。鑑賞するうえで、「津軽」は小説である、という基本的な立場をとることは正しいといえます。ただ、この事実との相違は、小説表現としての名場面という価値を少しも低くするものではありません。

「津軽」を鑑賞するうえでは、「なつかしい故郷の人々との再会の記録」「自己確認の書」という奥野健男（『太宰治論』後掲）の主題把握が基礎的解釈となっています。しかし、作者の実生活上の生家故郷に対する確執を重視した主題論も多く提出されています。「津軽」でいえば、津島家へ帰った時の「気疲れ」する思い、たけとの再会をあきらめた時の「いかに育ての親とはいつても、露骨に言へば使用人だ」という主人公の心理を重視する考察です。作品自体の構成に主眼を置くか、作家の故郷意識に力点を置くかで異なってくるのですが、分家除籍によって「自己の生の基盤を失ったと感じた人が、新しい〝愛〟の世界を構築」（「『津軽論』―周縁的世界への帰還」後掲）したとする東郷克美、「愛情のある故郷の紹介をしつつ、そこに自己の存在を発見し、かつ、それまでの自己の姿を投影させた」（「「津軽」―作品の構造」「國文學」昭和四九年二月）と述べる渡部芳紀の主題把握を、一般的なとらえ方とみていいでしょう。

「津軽」について、佐藤春夫は「他のすべての作品は全部抹殺してしまってもこの一作さへあれば彼は不朽の作家の一人だと云へる」（「稀有の天才」『現代日本文学全集』月報17　筑摩書房　昭和二九年九月）と絶賛しました。ほかにも先の渡部芳紀ら、多くの人々が最高傑作に近い作品と高い評価を与えています。

創作の動機

太宰治は、明治四二（一九〇九）年六月一九日、青森県北津軽郡金木村（今の五所川原市金木）に、父津島源右衛門、母たねの六男として生まれました。本名は津島修治です。当時、津島家は県下有数の大地主であり、父は県議会の有力議員という大家でした。生母たねは病弱な人でしたので、乳母、そして叔母に引き取られ育ちました。明治四四年四月に、作品の最大の「忘れ得ぬ人」として形象される近村タケが、太宰の子守もすることになって津島家へ来ました。太宰三歳の時です。タケは太宰六、七歳まで面倒をみました。

太宰治と故郷との関係は、太宰と生家の津島家との関係に等しいとまでいわれます。その関係は、大正一二（一九二三）年四月の源右衛門の死後、県内屈指の大家の家長となり、しかも、若くして保守系政治家だった兄の文治との関係に集約できますが、決して良好とはいえない状況でした。大きな事件だけを拾いあげてみても、昭和五（一九三〇）年青森県の総合文芸誌「座標」に、左翼的傾向の「地主一代」「学生群」を発表、同じ年、旧制弘前高等学校（今の弘前大学人文学部理工学部の前身）時代から交際していた小山初代との、生家の反対を押し切っての結婚（昭和一二年六月に離婚）、さらに同じ年、鎌倉（神奈川県）での自殺未遂、昭和七年非合法活動に関係し青森警察署に出頭などと、早くから太宰は兄の文治を中心とする津島家の〝問題児〟でした。この出頭の後、本格的に作家の道を志しますが、太宰本人にすれば、なんとかして生家から一人前の作家として認められたいという欲求が強かったようです。

このような気持ちは、自伝的な系列の作品にしばしば形象化されました。

以上の事柄を考え合わせると、「津軽」の執筆は、単に旅行記と異なる、複雑で微妙な心理があったと推測されます。相馬正一は、太宰と津島家との関係、また執筆時が太平洋戦争下という事情を考察し、「生きているうちに今いちど自己の宿命を規定した津軽の隅々を巡礼し、旅人の目を通して〈ふるさと〉と自身との内的距離を確かめ」（『評伝太宰治　第三部』後掲）ること、また東郷克美も「この津軽紀行の真の目的は、故郷の風景や人物でなく、ほかならぬ自己自身をみつめること」（前掲論文）と、作者自身の心理に力点を置いた執筆の意図をとらえています。

名作の舞台

「津軽」の舞台は、津軽地方というよりも、津軽半島といった方が適切でしょうか。現在の半島の各町村は、太宰の実際の旅（昭和一九年五月）の頃と異なり、交通網などの整備が進んでいます。たとえば、竜飛は「小さい家々が、ひしひしとかたまりになつて」いる「鶏小屋に似た不思議な世界」と描写されました。しかし現在、この描写のあたりは、漁業関係の大きな建物が三、四棟建っていて、「鶏小屋」とは形容できません。

太宰治の文学碑は、蟹田町観瀾山に「かれは／人を喜ばせるのが／何よりも／好きであった！／正義と微笑より／佐藤春夫」、三厩村宇鉄字竜浜に「ここは、本州の袋小路だ。～そこに於いて諸君の路は全く尽きるのである」、金木町芦野公園に「撰ばれてあることの／恍惚と不安と／二つわれにあり」という碑文で建てられています。また、芦野公園近くに「歴史民俗資料館」（金木町大字金木字芦野二三四番地一）があり、「太宰治資料」の展示室があります。

参考文献

「津軽」は、昭和一九年一一月一五日、小山書店から「新風土記叢書」の第七編として刊行されました。今では、新潮・角川・旺文社・講談社の各文庫に収録されています。太宰治の全集は、何度も刊行されていますが、『太宰治全集』（筑摩書房　昭和五〇年六月～五二年一一月）全一二巻が最も新しく充実しています。

太宰に関する最も基本的研究に、奥野健男の『太宰治論』（近代生活社　昭和三一年二月、のち角川・新潮文庫に収録。改訂版も多く刊行されました）があります。相馬正一『評伝太宰治』全三部（筑摩書房　昭和五七年五月～六〇年七月）は、最もくわしい伝記研究書です。この本は、伝記のみの記述にとどまらず、事実と作品化についても検討されていて有益です。「津軽」の読解と鑑賞のうえでは、饗庭孝男『太宰治論』（講談社　昭和五一年一二月）、森安理文編『太宰治の研究』（新生社　昭和四三年二月）の馬渡憲三郎「津軽」、文学批評の会編『批評と研究　太宰治』（芳賀書店　昭和四七年四月）の高橋春雄「津軽論」、東郷・渡部編『作品論　太宰治』（双文社出版　昭和四九年六月）の大久保典夫「津軽論ノオト」、『一冊の講座　太宰治』（有精堂出版　昭和五八年三月）の東郷克美「『津軽論』―周縁的世界への帰還」等があります。

名作こぼれ話

「津軽」には、この作者に特有とされる、暗澹とした心情表現は、ほとんど見受けられません。しかし、作者自身には、小説表現と異なる暗い傷心もあったようです。先の相馬正一の越野タケへのインタビューによりますと、実際の津軽旅行でタケの家へ泊まった時、太宰は次のように聞いたといいます。「吾、文治さんと本当の兄弟だガ（でしょうか）？」「吾、五所川原のガッチャの子供でねガ（ないでしょうか）？」と。タケがそのことを否定しても、太宰は「腑に落ちないような顔」をしていた、ということです。

人生への一行

大人といふものは侘しいものだ。愛し合つてゐても、用心して、他人行儀を守らなければならぬ。なぜ、用心深くしなければならぬのだらう。その答は、なんでもない。見事に裏切られて、赤恥をかいた事が多すぎたからである。人は、あてにならない、といふ発見は、青年の大人に移行する第一課である。大人とは、裏切られた青年の姿である。

題材は違っていても、太宰が一貫して問い続けた「信頼と裏切り」がのぞかれる部分です。太宰治は破滅の作家と称されますが、破滅の過程に「裏切り」の観念が投影していることは、指摘され続けてきました。「人間失格」（昭和二三年六～八月）で深く追究される主題です。

第三節　「津軽」の文学碑巡礼
――青森市発芦野公園着

小説「津軽」の旅人を追って、文学碑「巡礼」へ出発です。――五月中旬、夜上野発、翌朝八時青森着（作者の実際の旅は、昭和一九年五月一二日出発、六月五日帰京）。

県庁所在地の青森市は、太宰が旧制青森中学校（今の県立青森高等学校）の四年間を過ごした街です。当時、中学は今の合浦公園の一部分にありました。その縁で合浦小学校（茶屋町）に、「人間失格」の末尾の言葉が碑となっています。「すなおで　かみさまのような　いいこ　太宰治」。

市民文化センター（松原一丁目）には、太宰研究家小野正文選「友情の碑」が建立されています。碑文は、メロスが迷いを脱し自身の心に「走れ、メロス」と叫ぶ一節です。

「津軽」の旅は、青森市が起点となって津軽半島が（東・北津軽郡）と西津軽郡をめぐる旅です。青森駅からＪＲ津軽線で一時間弱、蟹田町観瀾山に、津軽で最も早く建てられた碑があります。「かれは　人を喜ばせるのが　何よりも　好きであった！　正義と微笑より　佐藤春夫」。

蟹田の後、今別・三厩を経て、竜飛に着きます。ここに、唯一「津軽」編中の碑文があります。「ここは、本州の袋小路だ。（略）そこに於いて、諸君の路は全く尽きるのである。「津軽」より」。この碑までの途中に、実際の旅で作者の宿泊した「奥谷旅館」（改築）も現存します。

さて、主人公は生家のある金木へ向かいます。列車でのルートは現在も「津軽」と同じです。青森からＪＲ奥羽本線上り、弘前の二駅前の川部駅で五能線に乗りかえ五所川原へ、そこで津軽鉄道に乗りかえ金木駅で下車です。太宰の生家――今の「斜陽館」周辺には、近村タケが幼少太宰を連れ歩いた「雲祥寺」、太宰治資料展示室のある「歴史民俗資料館」があります。太宰の母校、金木小学校の碑には「微笑誠心　修治」と刻まれています。

金木駅の次が芦野公園駅。この公園の中ほどに、「葉」のエピグラムが碑文となった、よく知られた碑があります。「撰ばれてあることの　恍惚と不安と　二つわれにあり」。生家との確執が作品構築の柱ともなったこの作家にとって、金木に建てられた意義と価値は大きいはずです。この後「津軽」は、深浦など西津軽郡へ舞台を移し、小泊（北津軽群）へ戻って、「たけ」との感動の再会へと続きますが、文学碑の旅は芦野公園で終着となります。

青森からＪＲ奥羽本線で南下約五〇分、弘前市です。旧制弘前高等学校（今の弘前大学）の三年間を過ごしました。さらに三〇分、小山初代と仮祝言をあげた碇ヶ関村は、私小説作家葛西善蔵の第二の故郷でもあります。三笠山公園に、「椎の若葉」の一節をとった善蔵の碑が建っています。

太宰治は、自然や風景よりも人間そのものを見つめたとも言われますが、御坂峠（山梨県）も含め、文学碑の多くは風光明媚な地に立ちます。これらの碑に、太宰はやはり「汝を愛し、汝を憎む」（「津軽」）と言うかも知れません。

［補注］

平成の合併により蟹田町三厩村は外ヶ浜町、小泊村は中泊町、碇ヶ関村は平川市となっている。初出稿の後、沖館稲荷神社（青森市「走れメロス」の一節）、文芸のこみち（同「津軽」の末尾）、弘前大学構内（「津軽」）、千畳敷海岸（深浦町「津軽」）、「太宰とたけ再会の道」に六基（中泊町「津軽」）、小説「津軽」の像記念館再会公園に像と文学碑（同「津軽」）などが設置された。因みに、弘前高等学校時代の下宿藤田本太郎邸が「太宰治まなびの家」、疎開した新座敷が一般公開され、また生誕一〇〇年記念「太宰治像」（金木芦野公園）が文学碑隣りに建立された。

第四章　書　評

第一節　戦争中も揺るがぬ文学精神

佐藤隆之 著『太宰治の強さ――中期を中心に　太宰を誤解している全ての人に』

太宰は戦後発表した「十五年間」（昭和二一年四月）で、昭和一七年から二〇年を「ひどい時代」「実に悪い時代」と振り返った後、「日本の作家としてかなりの仕事をした」と自負を述べている。

著者のいう「強さ」とは、中期と呼ばれる昭和一三年から二〇年の大半の時期が戦争期と重なり合って不健康な時代であるのに、太宰自身に「健康かつ強い気力」があったことを指す。中期は、太宰の約一五年間の実質的作家活動の半分を占める。全小説一六〇弱のうち、後半の戦時期に五分の一が書かれ、書き下ろし作品が集中して発刊されている。

本書の圧巻は、この時期の太宰の文学に向かう態度が戦時の状況に揺るがない一貫したものであったことを論じた第三章「太宰治の戦争期」である。実に本書の約半分のページが充てられた。前章「太宰治の転向の特異性」で、中野重治・島木健作らの転向と異なり、「家の重圧」への屈服を太宰の最大の要因に挙げる。この「特異」な経緯によって、太宰が戦争期の国家と一定の距離を保って自らの文学活動に向かうことができたと述べる。一般に戦争期の作家像は協力か抵抗かの評価軸で考察されることが多い。太宰も例外ではありえないが、著者は第二章の論考を推し進め、戦時下の太宰が二者択一的な国家観から超越した意識を持ち続けて創作活動に励んだ結論を導いていく。

著者は史学畑にも籍を置いた方である。多くの歴史的文献を駆使して、冷徹な時代状況を把握し、太宰の作品と創作態度を検証していく。いちいちここに示さないが、従来の研究への疑義反論が展開されている。客観的で真摯な分析は太宰に一方的に加担しない。たとえば満蒙開拓団に関する感想を「太宰治の限界」と認め、『惜別』の意図」の内容を「ひどい文章」と断じる厳しさを見せている。

この後の章では、小説四作を取りあげて、太宰の強さすなわち一貫している文学態度を説いていく。特に昭和一七年一〇月に起こった「花火」全文削除事件に言及した第四章は、本書の主旨に直接結びつく考察で読み応えがあった。

本書は二〇年間のうちに発表された論考や未発表のものと、今回書き下ろした稿との集成である。太宰作品の読み手としては、前期後期の文学態度にもう少し紙幅を取ってもらえばありがたかったと筋違いながらお願いを申しあげておきたい。その方が著者の中期なり戦時期なりの主張がより明解になったのではないかと思われる。

太宰治という作家には、実生活や「人間失格」の主人公の性格規定などから、人間的な弱さが纏わりついている。書名に付した「誤解」に、その否定的側面のみによる評価を悼む著者の訴えを感じる。二〇〇九年生誕一〇〇年を迎えるが、確かに一部の属性によって全体像がイメージされる誤解から解放されているとは言い難い。本書はその呪縛を解く役割を果たしていくものと確信する。三〇数年前、中期作品群の評価が不当に低いのではないかと疑問を持った者として、本書の公刊を心から喜びたい。

（和泉書院　平成一九年八月刊）

第二節　読み直される中期

野口在彌 著『太宰治・現代文学の地平線』

文学の地盤沈下が続いているらしいとは言え、文学とりわけ近現代文学は、人間いかに生くべきか、自己存在とは何か、の大きな道標である。

私が関心をもった作家は自分とはなにかという問いをもっているように感じた。作品のなかに作家自身による、自己という主体への明確な問いかけが認められる。

（本書「あとがき」から）

かつて海外特に欧米語圏では太宰文学が実存主義の文学として受容され、高い評価を得ていると何かで見知った記憶がある。「人間失格」を始めとする自画像的作品だったかもしれない。

著者の太宰に関する三編の評論は、いずれもかなりの分量である。その一は「健全な生活へのアポリア」。太宰の二度目の結婚を機に「健全な生活への志向」が生まれ、戦後その「限界」を感じ、「逆作動」したというものであった。著者の言う「あらたな読み直し」（あとがき）の提起を理解できた。太宰の中期が健全な生活志向と明るい題材の作品の時期であることは否定できない。この時期も、太宰の心奥には人間不信のベクトルが氷山のように海面下に潜み続けていたとする見方もある。あのメロスでさえ、山賊の襲撃を何の証拠もなく「さては、王の命令」と決めつける背信をみせた。

次の「罰せられるものとしての自己」は最も関心を持続して拝読した。精神病院での聖書への開眼が、太宰に絶対者による罰を認識させた。「人間失格」はその認識を形象化するはずだったが、「斜陽」の執筆が先んじたために「人が生きる理由、生きられる根拠は何か」という問いが作品のテーマになったと説く。「人間失格」の意味を、自己存在を問う作品の段階にとどまって読み過ごしてきたことを反省するに充分であった。

「太宰治と菊田義孝」は、著者の本意とは懸隔があるだろうが、追悼的回想として読んだ。著者の菊田への思いに、太宰と菊田の「相似形」を感じた。

太宰関係以外では、「武田泰淳・「審判」を原点にして」に圧倒された。第一次戦後派作家にとって戦争体験が重要な文学的「原点」であることは言うまでもないが、武田には日中戦争の前線で自己の存在を賭ける何らかの行為があったようだ。中国文学に親炙していたがゆえに、一層の苦悩に苛まれた姿を諄々と述べていく著者の筆致には引き込まれるものがあった。

収録評論の多くは「群系」誌上に掲載された。一書になって、〈文学と人間〉の大きな観点を考えることができた本書に改めて感謝したい。

（踏青社　平成二一年五月刊）

〈没後六〇年〉とか〈生誕一〇〇年〉とかという時間的区切りに、一定以上の意味合いを感じない側に属するだろうか。しかし「生誕百年　太宰文学へのあらたな視線」と帯に銘打った研究書『展望　太宰治』[1]には、やはり太宰文学と太宰研究の歴史を感じないわけにはいかない。『新世紀　太宰治』[2]も「太宰治生誕一〇〇年記念論集」と帯にあり、一人の著者の手になる研究書を除けば、生誕一〇〇年——二〇〇九年のそれこそ記念碑的出版だった。二書から研究の現状と問題点を知るうえで大きな教示を得た。研究の広がりに加えて、それぞれの深化がなされていること、あるいは深化がなされなければならないことを改めて考えた。

しかし、一方で『展望　太宰治』の「序」にある次の言葉にも注視がされた。「ひとたび「太宰治」をあらためて研究対象として見つめ直してみた場合、漱石、芥川、谷崎などと違って、近代文学史に果たしたその評価が確定しているとは未だ言い難いものがある」（安藤宏）。思い出す言及がある。「不思議に思えるのは、定説や偶像がそこまでできあがっているにしては、太宰文学の、昭和文学史上の位置が、はなはだ不安定であるということである。太宰は常に正統な文学史からは、はみ出たところでとらえられている。これはおかしなことである。文学史のどこかがくるっているとしかいいようがあるまい[3]」（森安理文）。文献学的面からの研究で名高い安藤が太宰研究の第一人者の一人であることは誰しも認めることとして、森安も芸術的価値を評価基軸として当時既に無頼文学の研究等、また編著『太宰治の研究[4]』で知られた近代文学研究者である。安藤と森安の述べていることの実質が同じなどと言っているつもりはない。ただ、半世紀近い時空を超えたそれぞれの時代の太宰研究において、同じような思いが持たれていることに、逆にこの作家と彼の文学の持っている深遠さや重厚さを感じるのである。

先に時間軸上の区切りにこだわらないと述べたが、記念講演の類いにはかなり関心を持って席を温めた。そのほとんどは太宰の人間像あるいは作家像を話題の中心に取りあげるものであった。次いで、文芸地理というか文学散策的なエピソードを多く交える内容であったかと思う。研究の立場にある人や文学研究の基盤を持つ人を対象とした「研究報告」や「研究発表」ではないと言われればそれまでの話であるが、作品を具体的に取りあげることを主旨とした内容をもっと聞きたかった、という思いを持った。

実は著者も記念年の恩恵に浴し、依頼を受けて講演のまねごとを二度した。演題を掲げてみると、「初期から前期の作品にふれて」（弘前ペンクラブ主催講演会）と「表現から読み解く太宰治」（青森県近代文学館文学講座）となる。前者は内容を「群系」第23号（群系の会　平成二一年七月）に発表した。どちらも太宰の小説表現の変化や特性を話題に取りあげた。当然のことであるが、太宰文学が後代に生きるということは、小説が生きのびる、読まれることと同義だと考えている。もちろん、研究対象として取りあげられることは歓迎すべきことであるし、表紙を変えた文庫本が予想外の売れ行きをもたらしたことや映画化がにぎやかな話題となったことも、読み手のひとりとして嬉しいことこのうえない。小説が読まれる動機は人によっていろいろであってよいはずである。今のところは多くの読み手に恵れているが、新しい一〇〇年後まで、太宰文学が読み継がれ生きのびることができるのかどうか、と杞憂に駆られる。表現の魅力はその作家の文学作品の魅力そのものである。そういう意味で「読み」をいざなう大きな装置としてその表現の秘密にいっそう近づきたいと考えている。

卑近な回想で恐縮なのだが、四〇年近く前太宰を読んでいると知った周囲に、自殺、心中、非合法、薬物に関わる人間に優れた文学作品など書けるはずがない、読む値打ちがあるはずがない、と忠告してくれる人たちが多かった。ある先生は、就職試験受験のときに卒論題目を記入する欄があり、太宰治では目にみえない不利益を被るから、せめて明治大正期の作家にするようにと真剣に心配してくれたほどである。昨今は〈暗い漱石〉ならぬ〈明るい太宰〉〈優しい人〉という人間像もしくは中期とその時期の作品の健全志向が力説され、自殺などの事項がどこへ行ったのか、触れられずじまいの傾向も見え隠れして逆に危惧もする。

太宰文学の文学的主題についてはこれもまた多様の集合というしかあるまい。その中で、この作家の最も躍如たる形象はやはり「他者」「対他意識」の表出に思える。「人間失格」の大庭葉蔵はもとより〈明るい〉中期の作品も含め、彼の小説の人物たちの多くは、目に見える形であるいは形に見えない部分で、かなり他者との対応に苦慮したりぎこちなかったりしていることに、今さらながら嘆息する。

「眉山」（昭和二三年三月）の語り手「僕」と友人は、飲み屋の若松屋を重宝していて、トシちゃんという女中を眉山と呼んで揶揄していた。眉山は御不浄が近く、二階から大きな音を立てながら転げ落ちるように降りては駆け込むのである。ある日十日ぶりくらいで若松屋に行こうとした「僕」は、新宿の駅前で飲み仲間の橋田氏からトシちゃんはもういないと知らされる。橋田の語ったことは、店でのトシちゃんの行動は重篤の腎臓結核を患っていたためであったというのである。「少しでも、ほんのちよつとでも永く、私たちの傍にゐたくて、我慢に我慢をしてゐたせゐですよ。階段をのぼる時の、ドスンドスンも、病気でからだが大儀で、それでも、無理して、私たちにつとめてくれてゐたんです」。二人はその日から、「ふつと河岸をかへた」のである。小説の読みを離れてしまうが、語り手たちが素振りや何かからトシちゃんの病勢につながる様子を感じ取ることはできなかったのだろうか、少なくとも二人にはおそらくもの哀しすぎる結末となってしまった。トシちゃんはトシちゃんで、体力的にも心理的にも「微苦笑」ならぬ「嬉」と「苦」の入り組んだ微妙な状態と想像されて切ない。他者と付き合うことの難しさ不可思議さを読み解かざるをえない。「人間失格」の対人心理はもちろん恐れるべきである。しかし、「はしがき」に過去に見なかったほどの「不思議な男」とあるように特別な人物像であることが強調され、考えようによっては我われの日常ではまだ救いを感じていいかもしれない。しかし「眉山」から思い描かれるものは、より私たちの普通、の現実――「世界」にたたずんでいる対応と心理で、かえって真実らしく名状しがたい空恐ろしさが感じられる。このような対他心理が分析される太宰文学作品は「眉山」「人間失格」に止まるものではあるまい。他者がある瞬間からいっさいの表情を顔に浮かべることを止めてしまう、という状況を想像しての社会学者の言葉が身に沁みる。

それまで友だちや恋人だったその人が、急に疎遠で、なにを考えているのかわからず私になにをするかわからない、まったく安心できない不気味なもの、私とは全然別のそれこそ「他者」として私の目の前に現れる。他者といるこの場所は、それまでのあたりまえに通りすぎる平穏さが一挙に壊れた空間になってしまうだろう。――これは、考えてみれば、不思議なことだ。たかがうなずきや微笑みひとつだけで、他者といる場所はその様相を一変させてしまう。他者といるということは、そのようなあやふやなものによって成り立っているようだ。そして、そのあやふやなものを剝ぎ取ってみると、他者は、私とはひどく距離がある、危険で不気味な存在として立ち現れる。しかしながら、私はこう考える。他者といるということは、そもそものようなあやふやなものではないだろうか。あるいは、他者とは、そもそもそのような危険で不気味なものではないだろうか。

(奥村隆『他者といる技法――コミュニケーションの社会学』)(5)

[注]

(1) 安藤宏編　ぎょうせい　平成二一年六月
(2) 齋藤理生　松本和也編　双文社出版　平成二一年六月
(3) 「あとがき」(『微笑の受難者　太宰治』社会思想社　昭和四九年二月)
(4) 新生社　昭和四三年二月
(5) 日本評論社　平成一〇年三月

初出一覧

この本に集められた論文や文章は独立して書かれたが、論旨が一部重複しているものがある。論題等は初出時のものであり、補注は収録に当たって加筆した。

序に代えて――太宰文学への離陸　本書のための書き下ろし

第一部　太宰文学の表現空間

第一章　次の三つの論考を一つにまとめて大幅な改訂をした。

太宰治の表現―「ひとりごとのやうに」小考　「郷土作家研究」第二六号　平成一三年六月

太宰治　語りの視点と他者への意識―「ひとりごとのやうに」からのアプローチ　「解釈」五九八・五九九集　平成一七年二月

太宰治の表現―自閉する発話空間　「國文學」學燈社　平成一九年一月

第二章

第一節　太宰治「月」の表現小考―「月のない夜」をめぐって　「解釈」五五六・五五七集　平成一三年八月

第二節　太宰治の表現「月のない夜」の二重構造　「郷土作家研究」第二七号　平成一四年七月

第三章

第一節　太宰文学『狂言の神』の「死人のやうに」にみるアイデンティティ　「解釈」六〇八・六〇九集　平成一七年一二月

第二節　太宰治の直喩「死んだやうに」について　「郷土作家研究」第三一号　平成一八年六月

第四章　太宰治「夕闇」にゆらめく自意識　「郷土作家研究」第三〇号　平成一七年六月

第五章

第一節　太宰治　旧制高等学校時代の初期作品群の表現―『無間奈落』『地主一代』を中心に　「解釋學」第四八輯　平成一八年一一月

第二節　太宰治の小説表現「太宰治」について　「郷土作家研究」第三四号　平成二一年六月

第三節　「校長三代」と「学生群」―「再生」する回想　『太宰治研究　第一八輯』和泉書院　平成二二年五月

第六章　饒舌の表現作用　本書のための書き下ろし

第二部　芥川文学受容から太宰治へ

第一章

第一節　太宰治の表現―「右大臣実朝」におけるあいまい表現の考察　「郷土作家研究」第二八号　平成一五年七月

第二節　太宰治「右大臣実朝」と芥川龍之介「地獄変」をめぐる表現の接点―〈語り手〉設定についての覚書　「郷土作家研究」第二九号　平成一六年七月

第二章　太宰治『竹青』の終結部についての試論―『杜子春』との同調　「郷土作家研究」第三三号　平成二〇年六月

第三章

第一節　二つの「庭」論―太宰治における芥川受容の一側面　「解釈」六二二・六二三集　平成一九年二月

第二節　太宰治の「庭」に芥川「庭」の影をみる―チェーホフを手がかりとして　「郷土作家研究」第三二号　平成一九年六月

第三節　「津軽通信」　青森県近代文学館　生誕一〇〇年特別展図録「太宰治」　平成二一年七月

第三部　太宰治へのアプローチ

第一章　津軽が生んだ国際的な小説家　太宰治　弘前市教育委員会　平成四年五月

第二章　津島修治から太宰治へ――それぞれの故郷

第三章
第一節　「右大臣実朝」　北海道立文学館　特別企画展図録「太宰治の青春―津島修治のころ」平成一九年六月
第二節　「津軽」　『日本文芸鑑賞事典　第一三巻』ぎょうせい　昭和六二年九月
第三節　青森市発芦野公園着　同　右
第四章　書評
第一節　書評　戦争中も揺るがぬ文学精神　「陸奥新報」平成一九年一一月一七日付
第二節　書評　「群系」第二四号　平成二一年一二月
結――太宰文学からの離陸　本書のための書き下ろし

［注記］

太宰治の小説その他の本文の引用は、『太宰治全集』全一三巻（筑摩書房　平成一〇年五月～平成一一年六月）に拠った。また、芥川龍之介の小説その他の本文の引用は、『芥川龍之介全集』全二四巻（岩波書店　平成七年一一月～平成一〇年三月）に拠った。いずれも、漢字は新字体に改め、ルビ等は必要な箇所を除き省略した。なお、本文中の引用部分に今日では人権意識に照らして不適切と思われる差別的な表現があるが、時代的背景と作品の価値にかんがみ、そのままとした。

あとがき

このたび思いがけない僥倖にめぐまれ、主にこの一〇年来発表してきた諸稿をまとめることができました。山内祥史先生のお勧めと和泉書院へのご推薦によるものです。山内先生には以前からご指導に浴して来ていたのですが、昨夏青森県近代文学館で「太宰治　生誕一〇〇年記念　特別展」（平成二一年七月一一日〜九月六日）が開催された折、先生が北上され初めて拝顔を賜ったのでした。先生はそのとき、今まで発表してきた拙稿類をまとめるようにと勧めてくださり、二、三日後故地に帰られるや否や、和泉書院の廣橋研三社長に依頼し許諾を得た旨のご連絡をくださいました。電光石火とはこのこと、とお手配の早さに驚くやら有り難いやら、ほとんど狂喜して自失の思いでした。しかも、国文学関係の専門研究書の出版の、何よりも『太宰治研究』の発行元として名高い書肆から刊行できること望外の幸せです。

本書に収めた稿の発想や着眼の原型は四〇年近く遡ることができるものもあります。刊行の準備のさなか、これまでのさまざまな形でのご厚意に、感謝しなければならない方ばかりであることを改めて思い知らされました。その点でも、著者にとって意味の大きい作業でありました。

昭和四七年四月に入学した大学当時からの恩師、小山内時雄先生と江連隆先生は、お二人とも既に天に帰ってしまわれました。江連先生は漢文学漢文教育の碩学でありながら、文学理論、文体論、記号論、分析批評、文章心理学などに造詣深く、当時のおそらく最前線の「知」を与えてくれた方です。先生は昭和四六年一〇月から大学の教壇に立たれたので、先生にはもちろん引き合わせてくれた大いなる存在にも感謝するばかりです。二年に進級直後の講義で、ウォーレン・ウェレック『文学の理論』（筑摩叢書）、L・T・ディキンソン『文学研究法』（南雲堂）、エンプソン『曖昧の七つの型』（研究社）、川崎寿彦『分析批評入門』（至文堂）、先生のご専門分野ではJ・リー『新しい漢詩鑑賞法』（大修館書店）などによる勉強を薦められました。『文学の理論』の「文学の本質的研究」「非本質的研究」の区分けは、若干の抵抗もあったものの二十歳程度の学生を説得魅了するに充分すぎる内容でした。それまで「人と文学」的な解説、あるいは「鑑賞」が文学研究の本拠地と思い込んでいた身には青天の霹靂になりました。そして学問的乃至理論的に文学作品を読んでいく態度を、不完全ながらではあったにしても備えてくれたのでした。その後も先生は、新しい修辞学《ニュー・レトリック》、読者論、意味論、言語論等の有益な参考書を次々と示され続けました。その中では、特に『修辞的残像』（みすず書房）『近代読者論』（同）をはじめとした外山滋比古の著作に刺激を受けました。当時の江連先生の教えが、原点どころかほぼ自らのすべてと言っても過言ではないと思っています。残念なことに、小著に収載した多くの拙稿を献ずる前に、先生は病勢に倒れてしまわれました。今もって言葉にできない哀しみから脱けきれずにいるのですが、先生は天上からさらに精進するよう戒めて励ましてくださっていると感じます。

　小山内時雄先生は、『葛西善蔵全集』全三巻別巻一（津軽書房　昭和四九年一二月～昭和五〇年一〇月）の編纂をはじめとして諸作家の年譜・書誌の研究で名高い方です。青森県郷土作家研究会を創設し「郷土作家研究」を創刊しました。小著所収の稿は、ほとんどこの研究誌に発表していただいたものです。卒業直後入会したものの、長く幽霊会員に近い怠惰を決め込んでいました。平成一一年頃のある時、物静かで寛容だった先生は「いったいいつになったら自分のなすべき仕事をするのか、私は二〇年君の仕事を待っている」と大きな声を出されたのです。結局それから一年余かけてまとめた「「ひとりごとのやうに」小考」（第一章の一部）を、先生はギリギリ合格点をつけてくださいました。覚醒ということでもありませんでしたが、あの時のひと言がなければ、と冷や汗ものです。本当に感謝に堪えない気持です。

高校三年の春、小山内先生の門で勉強することを勧めてくれた加賀谷健三先生には、恩師として近代文学研究の先輩として、現在も直接ご叱正ご指導を賜っています。『評伝太宰治』等の相馬正一先生はぶしつけな拙稿送付にご多忙にもかかわらず必ずご高比をくださいました。「二十一世紀旗手」（第三部第一章）は、生前の太宰と知遇のあった小野正文先生の言付けで書いたものです。先年他界された先生が丁寧に朱筆を取ってくださった思い出深い一文になりました。その他、お名前を挙げませんが、太宰あるいは津島家についての記憶や種々の文献資料をくださった方方が多数います。今の取り組みに直接生かしきれないことをおわびしつつ、この場でお礼を申し上げます。

最後になりますが、和泉書院の廣橋研三社長にはさまざまにご心配を賜り、ご担当の編集スタッフの方はかなり非常識なお願いの連続にも丁寧にご教導を続けてくれました。その忍耐に改めてお礼を申し述べる次第です。また身内のことで恐縮ですが、妻の省子、省子の父五十嵐柾逸、同じく叔母今文子に感謝いたします。この人たちがいなければ小著はなかったのです。

平成二二年九月

著者　識

■著者略歴

相馬明文（そうま　あきふみ）

1953年　青森県生まれ。弘前大学卒業。小山内時雄教授、江連隆助教授（後、教授）に師事。青森県内の公立高等学校教諭として勤務、現在に至る。平成18年度から弘前大学非常勤講師も兼務する。青森県郷土作家研究会会員（平成15年度から事務局）の他、解釈学会、日本近代文学会、芸術至上主義文芸学会、日本文体論学会、遠藤周作学会などに所属。共著に『歴史と文化　津軽学』（東信堂）。論考に「王化に抗う文学」（「芸術至上主義文芸」第34号）、「「静かな大地」―構成と語りについての感想」（「群系」第22号）。

近代文学研究叢刊　47

太宰治の表現空間

二〇一〇年一一月二五日初版第一刷発行©

（検印省略）

著　者　相馬明文

発行者　廣橋研三

印刷・製本　シナノ

発行所　有限会社　和泉書院

大阪市天王寺区上之宮町七－六

〒五四三－〇〇三七

電話　〇六－六七七一－一四六七

振替　〇〇九七〇－八－一五〇四三

装訂　濱崎実幸

ISBN978-4-7576-0571-8　C3395

近代文学研究叢刊

31	上司小剣文学研究	荒井真理亜 著	八四〇〇円
32	明治詩史論 透谷・羽衣・敏を視座として	九里順子 著	八四〇〇円
33	戦時下の小林秀雄に関する研究	尾上新太郎 著	七三五〇円
34	『漾虚集』論考 「小説家夏目漱石」の確立	宮薗美佳 著	六三〇〇円
35	『明暗』論集 清子のいる風景	鳥井正晴 監修 近代部会 編	六八二五円
36	夏目漱石絶筆『明暗』における「技巧」をめぐって	中村美子 著	六三〇〇円
37	我々は何処へ行くのか Où allons-nous? 福永武彦・島尾ミホ作品論集	鳥居真知子 著	三九九〇円
38	夏目漱石「自意識」の罠 後期作品の世界	松尾直昭 著	五二五〇円
39	歴史小説の空間 鷗外小説とその流れ	勝倉壽一 著	五七七五円
40	松本清張作品研究 付・参考資料	加納重文 著	九四五〇円

（価格は５％税込）